कुछ किस्से

BITS PILANI कैंटीन से

उपन्यास

चिराग खत्री

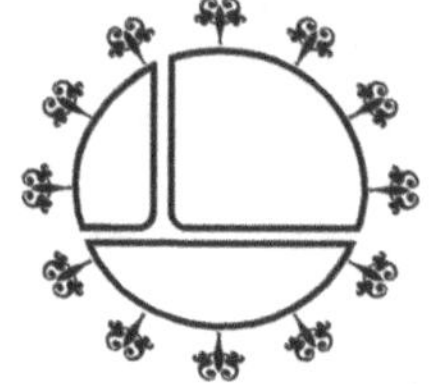

अंजुमन प्रकाशन

इलाहाबाद

कुछ किस्से - Bits Pilani कैंटीन से (उपन्यास)
लेखक : चिराग खत्री (सर्वाधिकार सुरक्षित)
संपादक : कनिष्का

प्रकाशक : **अंजुमन प्रकाशन**
942, मुठ्ठीगंज, इलाहाबाद-3 उत्तर प्रदेश, भारत
वेबसाइट - anjumanpublication.com
ईमेल - contact@anjumanpublication.com

आवरण : श्री कम्प्यूटर्स
टाइपसेटिंग : श्री कम्प्यूटर्स
संस्करण : प्रथम, जनवरी 2018
ISBN : 978-93-86027-34-4

उस शख़्स के लिए,
जिसने बर्बाद करके मुझे आबाद कर दिया...
उस शख़्स का नाम
मेरे इस फसाने में तो नहीं है,
पर उसके लिए
कुछ शब्द यहाँ रखने का मन है -

जब मेरे दिल का दर्द
मेरी आँखों ने बयां किया,
जब मेरे मन की शांति
मेरे दिल की तनहाई बन गयी;
तब मैंने उठाई कलम, और लिखा...
न वो शाइरी थी, न वो कहानी थी;
वो तो मेरे दिल का दर्द
और तुम्हारी बेवफाई थी।

ज़िन्दगी की स्याही में डूबे कुछ किस्से

ज़िन्दगी में कुछ किस्से ऐसे होते हैं, जिन्हें, न सुनने की, न ही कहने की ज़रूरत होती है। वे हमारी ज़िन्दगी के किस्से नहीं; हमारी ज़िन्दगी के हिस्से होते हैं; 'कुछ क़िस्से' उन्ही किस्सों का एक समूह है।

मुझे इंजीनियरिंग के पहले कभी नहीं लगता था, कि मैं ज़िन्दगी में कभी भी लिख सकता हूँ; पर वो होता है न, कि आप ज़िन्दगी की तैयारी करते हैं, और ज़िन्दगी खुद तैयार होकर सामने खड़ी हो जाती है। 'कुछ किस्से' लिखते वक़्त, और जीते वक़्त दोनों समय मैंने ये चीज़ महसूस की है।

ये कहानी, उन कॉलेज के कैंटीन में चाय पर मिलने वाले पाँच लड़कों की है, जिनकी बातें शुरू तो हँसी मज़ाक से होती हैं, पर न जाने वो बातें कब ज़िन्दगी के, समाज के, नए राज़ खोलने लगती हैं, और अंत में हंसी मजाक के शोर की जगह, ज़िन्दगी की गंभीरता की शांति होती है। इस शोर और शांति में आप अपने अन्दर की चंचलता और भीतर की गंभीरता पा लें, तो मेरा लिखना सफल हो जायेगा।

- चिराग खत्री

आभार

कुछ लोग हैं, जिनका नाम नहीं लिया गया, तो ये किताब अधूरी रह जायेगी। कपिल खत्री, कनिष्का खत्री, प्रबल जैन, अभि जैन, कौस्तुभ पॉल, राजा शुक्ला, सुरभित जौहरी, आदित्य चौहान, आशीष बंसल, हर्षिल भट्ट, दिव्या खत्री, भावना खत्री, अवनि गोयल, श्रद्धा गंगवार, ऋषिकेश शेटगावकर, अक्षत मालवीय, ऋषभ-बी-देसी, योगिता वार्डे, हार्दिक जैन, सुमित गोदारा, शैलेन्द्र सर, ऋचा प्रियदर्शी; मेरे माता-पिता।

...और हाँ, अंत में वो, जिससे सब कुछ शुरू हुआ... 'Bits Pilani'.

अनुक्रम

	चैप्टर ज़ीरो	- 13
1.	दख़लअंदाजी	- 20
2	समंदर	- 37
3.	समय	- 60
4.	हरामी हवा	- 86
5.	Arranged Love	- 103
6.	ज़िन्दगी की पत्रिका	- 130
7.	True Love	- 159

कुछ किस्से
BITS PILANI कैंटीन से

सुबह के छः बज रहे हैं। सूर्य की किरणें BITS Pilani के सरस्वती मंदिर तक पहुँच चुकी हैं। उस समय, शांत और सुन्दर से बिरला मंदिर का नज़ारा पूरे दिन का सबसे हसीन नज़ारा होता है। जहाँ एक तरफ पंछियों की चहचहाहट पूरे माहौल में एक मधुर ध्वनि भर रही है, वहीं दूसरी तरफ, मंदिर की घंटी, उसी माहौल में एक शंखनाद का काम कर रही है। वो मंदिर ही है, जहाँ से सूर्य के एक प्रतिबिंब को अपने कदमों में देखा जा सकता है, और वहीं से सूर्य के उदय को भी देखा जा सकता है। अपने कदमों में तेज और उसका उदय, दोनों साथ में होना, केवल यही दर्शाता है कि ज्ञान यदि अहंकार न बने तो उसका उदय अवश्य होता है।

मंदिर, जहाँ ज्ञान को अपने दिल में धारण करना सिखाता है, वहीं, वहाँ का clock tower, हर पल BITS में कुछ नया होने की खबर रखता है। उस क्लॉक टॉवर और मंदिर के बीच में लगभग 500 मीटर का फासला है। इस 500 मीटर में दो हरे-भरे मैदान हैं; उन मैदानों के बीच में BITS का academic ब्लाक है। इस academic block की ख़ास बात ये है, कि ये ज़मीन से पन्द्रह फ़ीट नीचे होकर गुज़रता है। इस academic block को ऊपर से देखा जाए, तो clock tower और सरस्वती मंदिर इसके दो स्तंभ हैं। जहाँ एक स्तंभ, BITS के स्टूडेंट्स को समय का महत्त्व बता रहा है, वहीं दूसरा स्तम्भ, उनकी ज़िन्दगी में ज्ञान का अनुभव करवा रहा है। मंदिर के पीछे भगवान शिव की पच्चीस फ़ीट ऊँची मूर्ति है, जो सिर्फ मूर्ति ही नहीं, आस्था का प्रतीक है। मूर्ति से बहती हुई नहर, गंगा का प्रतिचिह्न है। ये नहर, BITS के हर कोने में जाकर, हर जगह को भगवान शिव के मस्तक जितने ज्ञान से भर रही है।

सुबह की ठण्ढी धूप में BITS की क्रिकेट और फुटबॉल टीम, मंदिर के पास के क्रिकेट और फुटबॉल ग्राउंड में अपना सुबह का work-out कर रही है। वैसे तो वे लोग वहाँ इंजीनियरिंग की पढ़ाई के लिए आये हैं, पर यहाँ आकर अपने interest को अपना passion बनाने का पूरा प्लेटफार्म मिलता है; इसी कारण से पढ़ाई के साथ-साथ, वे कुछ और नयी चीजों में अपना मन लगा लेते हैं।

उन grounds के आगे एक basket ball court और एक हॉकी का ग्राउन्ड है, वो ना जाने क्यों आज बंद है। मंदिर के दूसरी तरफ एक तीन मंजिला बिल्डिंग है, वो BITS के हर स्टूडेंट की शान है; Student Activities Centre. इस सेंटर में बैडमिंटन, टेबल टेनिस और squash के court में लोग अपनी टीम और अपने शरीर को मजबूत बनाने में लगे हैं।

उस तीन floor की building में, ग्राउंड फ्लोर पर लगभग 7 कमरों का Gym है, जहाँ हर तरह का body builder पाया जा सकता है। पहले और दूसरे फ्लोर पर martial-artist है, और तीसरे फ्लोर पर, दुनिया के हर तरह के indoor games खेले जा रहे हैं। Bits pilani के infrastructure और उसकी zero attendance policy के अलावा, ये उसकी सबसे ख़ास चीज़ है, कि वहाँ सब तरह के sports में interest रखने वाले लोग, हर तरह की art में अपने हुनर के जलवे बिखेरने वाले लोग हैं। शायद यही कारण है कि यहाँ से इंजिनियर कम और artist ज्यादा निकलते हैं।

उस building के पास ही एक बॉयज हॉस्टल है, जिसकी सुबह

अभी तक नहीं हुई थी। वो बॉयज हॉस्टल, अपनी रात और जीरो attendance policy दोनों के पूरे मज़े ले रहा है, और उसके पास birla museum है, जहाँ पिलानी के आस-पास के लोग अपना सन्डे मनाने आते हैं।

कॉलेज का केवल infrastructure ही नहीं, बल्कि वहाँ की हवा भी बाहरी हवा से बिल्कुल अलग है। जहाँ बाहर की समस्या आज भी वही है, जो हमारे देश की अहम समस्याएँ हैं, वहीं BITS की समस्याएँ उनके club, departments और उनके CGPA के आस-पास ही घूमती है। जिस तरह पिलानी शहर की हर समस्या का समाधान राजनेताओं के पास है, वैसे ही BITS की हर समस्या का समाधान उसकी कैंटीन में है; बस दोनों में अंतर इतना है कि राजनेताओं की बैठकों में समस्या का समाधान नहीं होता, पर कैंटीन में सब समस्याओं का समाधान हो जाता है।

BITS की कैंटीन

इंजीनियरिंग कॉलेज के स्टूडेंट्स का अड्डा। कॉलेज के नेताओं की 'चाय पर चर्चा' की जगह, Love Birds की नज़र में 'कॉलेज की सबसे private जगह'; और जिन लौंडों की गाड़ी के डिब्बे खाली रह गए, उनके लिए गप्पें मारने; और लड़कियाँ ताड़ने की सबसे सही जगह है। ये कैंटीन कॉलेज की class और उस class की strength, दोनों से बड़ी है। इस canteen में जहाँ एक तरफ radio पर बजता हुआ slow म्यूज़िक है, वहीं दूसरी तरफ, T.V. पर चलते हुए english गानों के आपत्तिजनक चित्र हैं, जो रोमांस और हवस दोनों की कमी पूरी कर रहे हैं। छह-सात दबंग कुर्सियों के बीच सिमटी हुई छोटी सी टेबल, जो केवल वहाँ की कुर्सियों को नहीं, बल्कि वहाँ की मंडलियों को भी दर्शाती है।

बातचीत और हँसी-मज़ाक के अलावा इस कैंटीन की एक और ख़ासियत है; वो ये कि, इस कैंटीन में सारे गुमनाम, सारे अंजान मिल जाते हैं। सालों से क्लास में जो नहीं दिखा होगा, वो अपने रूम के अलावा कहीं और मिल सकता है, तो वो है ये कैंटीन। अमूमन तो कॉलेज के कैंटीन में केवल खाने की चीजें ही मिलती हैं, पर ये कैंटीन, यारों की यारी की जगह

है, बस इसलिए इसमें खाने से भी अहम चीज़, यादें मिलती हैं।

कैंटीन की T.V., entertainment का नहीं, बल्कि लोगों की बातचीत में disturbance डालने का काम करती है। एक तरफ जहाँ चाय की छोटी सी टपरी है, वहीं दूसरी और cash का बड़ा counter है। उस cash counter पर बैठने वाले गुड्डू जी, शहर के बड़े लोगों में अपनी जगह रखते हैं। कैंटीन से शुरू हो कर धीरे-धीरे, उन्होंने एक travel agency खोल ली। ये वैसी ही बात है, कि कैंटीन में उनका दिल, और travel agency में उनका दिमाग है... शायद यही कारण है, कि इतना बड़ा बिज़नेस होने के बाद भी, वे एक कैंटीन खुद चलाते है।

गुड्डू जी, जात से बनिया तो नहीं हैं, पर उनमें बनियों वाले सारे गुण हैं। हर रोज़ छुट्टे की आड़ में, अपने कैंटीन के नाम की दो-दो, तीन-तीन रुपये की कितनी पर्चियाँ वो स्टूडेंट्स को थमा देते हैं, ये वो भी नहीं जानते। कभी- कभी स्टूडेंट्स के पास उनकी दी हुई इतनी पर्चियाँ इकट्ठी हो जाती हैं, कि वो सारा bill पर्चियों से ही दे दिया करते हैं। गुड्डू जी को नोटबंदी से कोई फर्क नहीं पड़ा। पर्चियाँ थमाना ही उनकी ओर से cashless economy की तरफ एक बड़ी पहल है।

पूरी कैंटीन में दो ही बड़ी मेजें हैं, जो आमने-सामने हैं। उन tables पर, जहाँ एक तरफ couples बैठा करते हैं; वहीं ठीक उनके सामने वे लड़के बैठते हैं, जिनकी booking अधूरी रह गयी। ये लड़के केवल देखकर ही सब चीज़ का अनुभव कर लेते हैं। ऐसे ही महानुभावों की टोली, चाय पर इकट्ठा होकर, दुनिया भर की बातें, ज़माने भर के किस्से, सिगरेट के कश के साथ उड़ा देती है। आज भी ऐसे ही पाँच महाअनुभवी अपना mid-semester exams ख़त्म करके कैंटीन में एक नयी रचना को जन्म देने वाले हैं।

8:00 A.M.

इमरान और दिग्विजय, सुबह की क्लास miss करके Gym से सीधे कैंटीन आ गये।

''एक काम कर, लक्ष्य को फ़ोन कर; वो पूरी रात सोया नहीं होगा,

उसको भी बुला ले।'' दिग्विजय ने इमरान से कहा।

''रुक, करता हूँ।'' इमरान ने दिग्विजय से कहा।

''Hello..लक्ष्य.. हाँ सो गया क्या तू?''

''बस अभी सोने ही वाला था; पूरी रात जाग गया आज तो... रात को 2 बजे Counter strike खेलना शुरू किया था, कब 8 बज गये पता ही नहीं चला।'' लक्ष्य ने इमरान से कहा।

''अबे... चाय पीने आ जा कैंटीन में; दिग्विजय भी साथ में है।'' इमरान ने कहा।

''अकेला तो नहीं आऊँगा मैं... अगर समर्थ जाग रहा होगा तो उसके साथ आता हूँ।'' लक्ष्य ने कहा।

अब समर्थ जाग रहा होता या नहीं, उसको जाना ही पड़ता; क्योंकि इंजीनियरिंग कॉलेज का ये पहला सिद्धांत है – *'अगर एक यार को सिगरेट पीनी हो, तो सच्चा यार वही है, जो उसके साथ सिगरेट पीने जाता है, पर खुद नहीं पीता।'*

लक्ष्य का रात भर जागकर गेम खेलना, classes bunk करना, ये उस इयर में बिल्कुल कॉमन था, क्योंकि लक्ष्य, इंजीनियरिंग के second year में था। उसकी इस बेफिक्री का कारण, उसकी ज़िन्दगी का वो time था। ज़िन्दगी के उस पड़ाव पर हर स्टूडेंट को यही लगता है कि दुनिया उसकी मुट्ठी में है; वो उसके हिसाब से चलेगी। पर लास्ट इयर तक आते आते, उनका ये वहम 'भी' दूर हो जाता है।'भी' इसलिए, क्योंकि इस समय एक और वहम हर बच्चे के मन में होता है... '100 % प्लेसमेंट का वहम।'

8:15 A.M.

''क्या यार.. सुबह-सुबह बुला लिया।'' लक्ष्य ने कहा।

''मैं तो क्लास जा रहा था, मुझे ज़बरदस्ती ले आये ये दोनों।'' सोहेल ने इमरान से कहा

सोहेल और इमरान cousins थे। वैसे तो कॉलेज में ऐसा कम ही

होता है, कि दो भाई एक ही कॉलेज में हों, और जब ये हो जाता है, तो उनका साथ रहना भी ज़रूरी हो जाता है।

"तुम लोग सुबह उठके Gym कैसे चले जाते हो यार... मुझसे तो हो ही नहीं पाता।'' लक्ष्य ने कहा

"रात भर Counter strike खेलेगा, तो सुबह कहाँ से उठेगा।'' दिग्विजय ने कहा

"ठीक है.. ज्ञान देना मत चालू कर देना अब तू।'' लक्ष्य ने कहा

"गुड्डू जी! 5 चाय और 5 सिगरेट कर दो।'' दिग्विजय ने तेज़ चिल्लाकर काउंटर की तरफ कहा।

गुड्डू जी का कैंटीन किसी कम्पनी से कम थोड़े था। केवल 5 ही मिनट में टेबल पर पाँच चाय के साथ पाँच सिगरेट रखी हुई थीं।

"तुम लोगों की नींद कुछ ख़ास कारण से बिगाड़ी है; Trip की बात करनी थी। Mid-sem खत्म हो गये हैं, कहीं चलना है कि नहीं? इस हफ्ते किसी की लैब भी नहीं होगी... इस हफ्ते नहीं गये तो फिर नहीं जा पाएंगे।'' दिग्विजय ने lead करते हुए कहा।

"चलते हैं... कोई दिक्कत नहीं है।'' चारों ने साथ में कहा

"मैंने कल रात को ऋषिकेश जाने का चेक किया था; अगर हम 3 दिन के लिए जाएँ तो per head लगभग 2500 पड़ेगा। मैं परसों की पांच टिकट करवा दूं?''

"रुक यार.. मैं नहीं चल पाऊँगा, मुझे प्लान से बाहर रखना।'' समर्थ ने कहा

"क्यों यार... क्या हो गया?'' लक्ष्य ने कहा

"कुछ काम है।'' समर्थ ने कहा

"क्या काम है?'' दिग्विजय ने कहा

"वही writing का काम है।'' समर्थ ने कहा

"अबे.. तीन दिन की बात है; तीन दिन में कुछ नहीं होगा और travel करेगा तो तेरे लिए भी नया experience होगा; क्या पता तुझे वहीं से कुछ

कहानी मिल जाए, और तू आकर किताब-विताब लिख दे।'' लक्ष्य ने वो बात कही तो मज़ाक में थी, पर वो नहीं जानता था कि समय आने पर सच में कुछ ऐसा ही होगा।

चारों ने एक साथ कहा ''चल यार.. तीन दिन में कोई फर्क नहीं आएगा।''

''चलो ठीक है.., तुम इतना बोल रहे हो तो चल चलेंगे।'' समर्थ ने कहा।

आम लोगों के लिए ये बड़ा अजीब हो सकता है पर इंजीनियरिंग में जब सारे दोस्त एक साथ किसी चीज़ के लिए अपने दूसरे दोस्त को बोलते हैं, तो वो इतनी ही जल्दी मानता है।

''तू मान गया वो तो अच्छा है; अब कुछ लिखा हुआ, सुना भी दे तो सोने पर सुहागा हो जायेगा।'' दिग्विजय ने कहा

दिग्विजय के बाद सब ने एक साथ कहा ''हाँ... आज तो हो जाए कुछ।''

''एक कहानी है; वो मैंने लिखी तो है, पर मेरी सोची हुई नहीं है; वो मेरे एक दोस्त की कहानी है। उसने कहा था कि, जब तेरी पहली किताब आये, तो उसमें सबसे पहली, मेरी ये वाली कहानी ही डालना। उस कहानी को मैंने अपनी डायरी में इस तरह से लिखा है, जैसे वो मेरी कहानी हो। writer हूँ न; कहानी लिखते वक़्त हर कहानी को अपनी कहानी बनाना पड़ता है। मैंने कहानी में अपना नाम तो नहीं लिखा, पर उसे ऐसे लिखा है, जैसे वो कहानी मैं खुद जी कर किसी और को सुना रहा हूँ।'' समर्थ ने कहा

''मेरे उस दोस्त का नाम नव्य है। वो इस कहानी का central character है। वो कहानी उसकी, उसके passion की, उसके प्यार की, और उसके शहर की है। उस कहानी को मैं सुनाऊँगा तो उसके नाम से; पर इस तरह से सुनाऊँगा, जैसे मैं ही नव्य हूँ, चलेगा?'' समर्थ ने कहा।

''अरे.. दौड़ेगा; तू शुरू तो कर।'' चारों ने साथ में कहा।

दख़लअंदाजी

आज की ये रात न जाने कैसे कटेगी? एक-एक पल, एक अरसे सा लग रहा है; और लगना भी चाहिए... पूरा साल मटरगश्ती में जो निकाल दिया। आज न जाने क्यों, पास वाले वेद जी की बात सही लग रही है। वो कहते थे, *'12वी की परीक्षा, तुम्हारी ज़िन्दगी का धर्मयुद्ध होता है।'* तब तो बड़े विश्वास से उन्हें बोल देता था, मार्कशीट बस कागज़ का एक टुकड़ा है, जो केवल कुछ नंबर बताती है, किस्मत नहीं; ये किसी की क्षमता कहाँ से तय करेगी। पर अब लग रहा है, उस समय होशियारी थोड़ी कम मारनी चाहिये थी, और कुछ पढ़ लेना चाहिए था। वैसे तो ये हर बार की कहानी है। हम लास्ट बेंचर्स की दास्तान होती ही कुछ नेताओं की तरह है; जब काम करना चाहिए, तब करते नहीं हैं, और परिणाम के समय वे जनता से भीख माँगते हैं; और हम भगवान से। ये वाली फीलिंग एग्जाम टाइम पर भी आई थी, पर इस बार कुछ ज्यादा ही डरा हुआ हूँ; उसका कारण ये नहीं है कि, मुझे पेपर देने से डर लगता है... पेपर तो जितने मर्ज़ी चाहे ले लो, बस लेकर वापस मत दो... मुझे तो वापस लेने में दिक्कत है।

वैसे तो अब इन सब बातों का कुछ खास मतलब नहीं, क्योंकि रिजल्ट से पहले की रात, और break-up के बाद की रात, होती ही खुद

से सवालों और खुद से जवाबों वाली है; उसमें जीवन के और दुनिया के सारे राज़ खुल जाते हैं। इन दो रातों में बस फर्क केवल समय का नहीं होता; फर्क तो feelings का भी होता है। जहाँ एक तरफ डर के बादल होते हैं, वहीं दूसरी तरफ दुःख की बारिश होती है।

अब यही सब सोच-सोचकर मन कुछ बैठा जा रहा है। अभी स्ट्रेस उतारने के लिए सुट्टा भी नहीं मार सकता; घर में जो बैठा हूँ। लगता है अब भलाई इसी में है, कि मैं अपनी चिंता की इस किताब को बंद करके सोने की कोशिश करूँ।

इन्हीं सब यादों में, खुद से कुछ बातों में, न जाने वो किताब कब बंद हो गयी, और मेरी नींद लग गयी। तभी बाहर से एक आवाज़ आई,

"राजा बेटा उठ जा, सुबह के नौ बज रहे हैं।"

अपने को बिस्तर पर झकझोरते हुए घड़ी में समय देखा। नौ बजकर दस मिनट हो रहे थे।

"नौ बजे तो रिजल्ट आने वाला था; नींद कैसे नहीं खुली मेरी... फटाफट तैयार होता हूँ और रिजल्ट देखने जाता हूँ।"

जल्दी से तैयार होकर रोल नंबर लिया, और गुप्ता साइबर कैफ़े की तरफ तेज़ रफ़्तार से भागा, जैसे कोई शिकार करने जा रहा हूँ, वैसे असलियत में तो शिकार बनने जा रहा था।

"बेटा, नाश्ता तो कर ले।" अपनी माँ की इस बात पर मैं सोचने लगा, कि चाहे मैं अपने इम्तेहान के परिणाम को देखने जा रहा हूँ, या फिर किसी के उठावनी में सांत्वना देने जा रहा हूँ, मेरी माँ को कोई फ़र्क नहीं पड़ता... उनकी ज़िन्दगी का केवल एक ही मकसद है, मुझे खिलाना; और ये शायद मेरी नहीं, इस देश के हर माँ और बेटे के बीच की कहानी है। हिन्दुस्तान में चाहे सब कुछ बदल जाए, पर माँ-बेटे का रिश्ता नहीं बदल सकता। माँ का अपने बेटे की तरफ प्यार, और बेटे का अपनी माँ की तरफ सम्मान; ये हमारे देश की परम्परा है। हर बेटे की तरह मेरा जवाब भी वही था।

"माँ, आकर खाता हूँ, या फिर बाहर ही दोस्तों के साथ कुछ खा

लूँगा; अभी चलता हूँ।''

और अपनी बर्बादी में शरीक होने मैं निकल चला।

जब गुप्ता साइबर कैफ़े पहुँचा तो वहाँ का नज़ारा देखकर ऐसा लग रहा था, जैसे कोई मुआवज़ा बँट रहा हो और हज़ारों लोग अपना हक माँगने आये हों।

वो कतार जायज़ भी थी; क्योंकि हमारे देश में शहरों में शिक्षा के ठेकेदारों के दफ्तर के बाहर, और गाँवों में पैसे के सूबेदारों के घर के बाहर, नौजवान, लम्बी कतार लगाकर रोज़गार की आशा में खड़े होते हैं, जबकि ये दोनों ही ठेकेदार इस आशा को इस्तेमाल कर अपनी थाली सजा लेते हैं।

हजारों की उस भीड़ में शामिल तो मैं पहले ही हो चुका था; उस कतार में लगकर भीड़ का एक अंश होने का वो एहसास एक बार फिर उजागर हो गया।

चाहे वो जिंदगी 'की' कतार हो, या जिंदगी 'में' कतार हो; मैं हमेशा ही अंजाम तक जल्दी पहुँचना चाहता था, पर वो मेरी ज़िन्दगी की पहली ऐसी कतार थी, जिसमें मैं अंजाम तक पहुँचना ही नहीं चाहता था, क्योंकि सफ़र को अंजाम तक मुसाफ़िर केवल दो ही कारणों से नहीं पहुँचाना चाहता है; पहला जब उसने सफ़र पूरे मन से न किया हो; और दूसरा; जब उसने सफ़र के बीच में ही हार मान ली हो। मेरे case में ये दोनों ही बातें लागू थीं। इसलिए मैं अपने से पीछे वाले लोगों को आगे जाने देता रहा। पर चाहे वो कतार हो या ज़िन्दगी; हम आगे रहें या पीछे, नंबर तो आ ही जाता है; हम संकट से भागते तो हैं, पर बच नहीं पाते। जैसे ही वहाँ पर भीड़ कम हुई, मेरा नंबर भी आ ही गया। सच बोलूँ तो तब तक मेरा डर भी स्थायी हो चुका था।

मैंने अपना रोल नंबर आगे किया, और वहाँ से जवाब आया 68 %। ये सुनकर मैं बड़ा खुश था। मेरे रिजल्ट के बाद मेरे मन को संतोष मिला; वो बात अलग थी कि ज़िन्दगी में संतोष काम से, और गर्व, परिणाम से मिलना चाहिए; पर मैं जो काम कर रहा था, उसमें काम से मुझे स्ट्रेस, और रिजल्ट से संतुष्ट होना पड़ रहा था। इसी संतोष में, मैं अपने रिजल्ट का प्रिंट

आउट लेकर घर की ओर जाने लगा, तभी मेरे स्कूल का पुराना दोस्त मिल गया।

''अरे तन्मय..! भाई.. कैसा रहा रिजल्ट?'' मैंने पूछा

''72%... और तुम्हारा?''

''भाई तुमसे थोड़ा कम है.. 68%''

''अरे बढ़िया है यार; आओ शर्मा टी स्टॉल चलते हैं; चाय पीते-पीते बात करते हैं।''

''भैया, दो चाय देना... सिगरेट पियोगे?''

''हाँ चलेगी..।''

''भैया..दो सिगरेट भी कर देना..।''

''हाँ... तो और बताओ नव्य, आगे क्या करने की सोच रहे हो?''

''यार, लोग कहते हैं, और मुझे भी लगता है कि मैं थोड़ा ठीक-ठाक लिख लेता हूँ; मुम्बई में एक कॉलेज है, जो केवल लैंग्वेज का कट-ऑफ देखता है, और लैंग्वेज में मेरे नंबर अच्छे हैं; तो जहाँ तक है, उसमें हो जाना चाहिए... बस अभी तो वहीं जाने की सोच रहा हूँ, बाकी देखते हैं। और तुम सुनाओ, तुम क्या करने की सोच रहे हो?''

''यार, मैं भी मुम्बई से journalism का कोर्स करने की सोच रहा हूँ; कुछ कॉलेज हैं, जिनका कट-ऑफ निकलेगा तो अप्लाई करूँगा; अब देखते हैं।''

''वाह! ये तो बहुत ही बढ़िया हो गया; अब पापा से जब बात करूँगा, तो तुम्हारा जिक्र भी कर दूँगा, तो मनाने में आसानी होगी।''

''हाँ भाई, मनाओ अपने पापा को; वैसे न मानने का तो कोई सवाल ही पैदा नहीं होता, क्योंकि तुम अच्छा ही काम करने जा रहे हो; अपने सपने को जीने जा रहे हो।'' तन्मय ने कहा।

''सपनों के पकवान, समाज की दुकान में कहाँ बन पाते हैं यार।'' मैंने

कहा।

''पकवान तो तुम्हारे सही हैं, बस दुकान गलत है... तुमने ये शेर नहीं सुना क्या?''

''इस समाज ने तो सदा ही करवाया है.. सपनों से समझौता..
बोलता है, एक सीधे रास्ते पर ही चलना है होता...
खत्म किये हैं कितने रिश्ते, न जाने कितनों की खुशियाँ...
यदि बनना है महान.. तो करनी होगी इससे शत्रुता..''

''क्या बात है! लिखता मैं हूँ, और शाइरी तुम सुना रहे हो... नहुआ बहिरा, गान गों काफी अच्छा था। चलो कोशिश करूँगा महान बनने की, और शत्रुता करने की भी।''

''हाँ... बिल्कुल।'' मुस्कराते हुए तन्मय ने कहा।

''जो भी होता है, मैं तुम्हें बताता हूँ।''

''मिलते हैं शाम को फिर।'' तन्मय ने कहा।

चाय और सिगरेट दोनों ही ख़त्म हो चुकी थीं, लेकिन हमारी बेचैनी, हमारी बेताबी, और भी बढ़ चुकी थी। कुछ बातें होती ही ऐसी हैं, जिनमें जवाब की खोज में हम नए सवाल पा लेते हैं; ये शायद उन्हीं में से एक वार्तालाप था। मैं अपनी आँखों में अपने सपने, और मन में ख्वाहिशें लिए अपने घर के लिए निकल गया। न जाने उस दिन, खुद अपने ही घर में जाने से पहले मैं बेचैन क्यों हो रहा था। वो बेचैनी शायद जायज़ भी थी। हर वो जगह, जहाँ एक बड़ा फैसला होने वाला होता है, वो हमारे लिए सुख और दुःख का तो पता नहीं, पर बेचैनी ज़रूर ला देती है।

मैं इन्हीं ख़यालों में अपने घर पर पहुँचा, और अपने रिजल्ट का बयाना अपनी माँ को दे दिया; वो अलग बात है कि मेरी माँ के लिए मैं तब भी राजा था, और अब भी राजा हूँ; इंतज़ार तो पिताजी का था, ये वो ही बात थी, कि, वर्ल्ड कप फाइनल के पहले आपने थोड़ी नेट प्रैक्टिस कर ली। मैं खाना खाकर, अपनी बची हुई नींद का कोटा पूरा करने अपने कमरे में चला गया।

रात को खाना खाते हुए, पिताजी से बात करने का मन मैंने पहले ही

बना लिया था। इतने में खुद जज साहब ने दलील पेश करने का आदेश दे दिया। उनके हाव-भाव से मुझे लग गया था, शायद माँ ने पहले ही मेरा केस फाइल कर दिया है; अब मैं मुल्जिम भी था और ख़ुद अपना वकील भी।

''आगे का क्या सोच रहे हो तुम?'' पिताजी ने पूछा।

''उसी सिलसिले में आपसे बात करनी थी।'' मैंने जवाब दिया..

''हाँ बोलो।''

''मेरा 12th का रिजल्ट आ चुका है, और मेरे...''

''हाँ.. मुझे पता है, तुम्हारे 68% बने हैं।'' पिताजी ने मेरी बात को काटते हुए कहा।

''हाँ तो अब जब रिजल्ट आ चुका है, तो मैं सोच रहा हूँ कि मुम्बई में एक कॉलेज है, जो केवल लैंग्वेज का कट-ऑफ देखता है, और लैंग्वेज में मेरे नंबर अच्छे हैं; तो मैं सोच रहा था कि उस कॉलेज में मेरा सेलेक्शन हो जायेगा। पापा, सब लोग कहते हैं कि मैं काफी अच्छा लिखता हूँ; मुझे भी ऐसा ही लगता है, बस इसलिए मेरा बड़ा मन है वहाँ जाने का... मेरे पास ये काफी अच्छी opportunity है; मैंने अगर अच्छा किया; तो मैं काफी आगे जा सकता हूँ।''

''राइटर बनने जाओगे बम्बई? ये सब शौक के लिए अच्छा है; अपने शौक के लिए यहाँ रहकर तुम जो चाहो वो कर लो; मुझे कोई दिक्कत नहीं है, समझे! और वैसी भी बम्बई जाओगे तो खर्चा भी वैसा ही होगा; और इन सब चीजों के पैसे कहाँ से आएँगे?'' पिता जी ने मानो एक झटके में केस ही रिजेक्ट कर दिया हो

''पापा, ऐसा नहीं है; आजकल काफी स्कोप है इन सब चीजों में। मैगज़ीन के लिए लिख सकते हैं। ऑनलाइन लिख सकते हैं। रेडियो के लिए लिख सकते हैं, tele-films लिख सकते हैं; और अच्छा रहा तो अपनी किताब भी लिख सकते हैं; पहले जैसा नही रहा अब... और जहाँ तक पैसे की बात है, तो बैंक से लोन आसानी से मिल जाएगा; मेरे बहुत से दोस्त यही कर रहे हैं।''

''देखो, मेरा फैसला बदलने वाला नहीं है; तो तुम्हारी भलाई इसी में

है, कि तुम अपना मन बदल लो।'' पिताजी ने फास्ट ट्रैक कोर्ट की तर्ज पर फटाफट अपना फैसला सुनाया और उठकर अन्दर चले गये। मैं केस हार चुका था।

उस दिन मेरा पेट और मन दोनों भर गये थे। हर फिसलती घड़ी के साथ, मैं अपने सपनों को भी फिसलता देख रहा था। ये कितनी अजीब बात है कि, जिन रिश्तों को हमें, हमारे सपनों को, हौसला देना चाहिए, वे ही रिश्ते हमें दुनिया का हवाला देते हैं। उस खाने के टेबल पर बैठकर मेरी तो बिल्कुल अलग ज़िंदगियाँ मेरे ज़ेहन में आ चुकी थीं। ये वैसे ही दो रास्ते थे, जिसमें एक पर जाना नामुमकिन नज़र आ रहा था, और दूसरे पर जाने का केवल एक खयाल मुझे भीतर से झकझोर रहा था। अपनी किस्मत और पिताजी की जिद से लड़ने के लिए मैं पिताजी के कमरे की ओर बढ़ा। वहाँ पहुँचते ही मुझे माँ की आवाज़ सुनाई पड़ी, मैं बाहर ही रुक गया।

''उसका मन है तो जाने दो उसे...पैसे की ऐसी कोई ख़ास दिक्कत नहीं है.. लोन भी मिलने लगे हैं आजकल आसानी से।'' माँ ने कहा

''ये मैं भी जानता हूँ; बिना सिक्यूरिटी के लोन मिल जाएगा; लेकिन मैं खुद नहीं चाहता कि वो जाये।'' पिताजी ने कहा

''नहीं चाहते मतलब?'' थोड़ी आश्चर्यचकित आवाज़ में माँ ने पूछा।

''जाना क्यों चाहता है वो बम्बई; राइटर बनने, कुछ लिखने का कोर्स करने जा रहा है... बाहर लोगो को क्या बोलूँगा मैं, कि मेरा बेटा झोला टाँगकर कलम लिए दर-दर की ठोकरें खाता है। अरे कोई ढंग की पढ़ाई करने जा रहा होता, तो उसके लिए अपना घर भी बेच देता; बाहर मैं लोगों को क्या जवाब दूँगा।'' पिताजी ने अपनी प्रतिष्ठा को और बड़ा करते हुए कहा।

उन बातों को सुनकर मैं वहाँ से चला आया और सोचने लगा, काश कि पापा से बात करने के लिए उनके कमरे में नहीं जाता, काश! मैं डाइनिंग टेबल से सीधे अपने कमरे में चला जाता; काश! कि मैं अपने बाप की वो बात नहीं सुनता। पर क्या करूँ? 'काश...' ये तो हमारी ज़िन्दगी का एक

ऐसा शब्द है, जिसका खुशियों से वैसा ही रिश्ता है, जैसा हमारे देश के तमाम राजनैतिक दलों के बीच में होता है; एक का होना, दूसरे की मौजूदगी को अपने आप ही दूर कर देता है।

वो पहला दिन था, जब खयालों में ही सही, लेकिन मैंने अपने पिताजी को बाप कहा था। उस दिन से मेरे मन में, हमारे रिश्ते में थोड़ी कड़वाहट आ गई। वैसे भी इस देश में रिश्तों के बीच खामोशियों ने जितने संबंध बचाए हैं, बातचीत ने उतने ही संबंधों को नष्ट किया है; चाहे वो बातचीत आपस में हो, या फिर आपस की बातचीत किसी तीसरे से हो।

उस दिन अपने सपनों की हार, अपने पिता के प्रति सम्मान की हार को अपनी आँखों के पिटारे में बाँधकर, मैंने अपने अश्कों से बहा दिया। लोग अक्सर मुझे कहते थे कि आँसू आपको भीतर से कमज़ोर बनाते हैं, इसलिए हमें रोना नहीं चाहिए। लेकिन मुझे लगता है, दिल में दबे मलाल को और मन में छुपे दुःख को यदि आँखों में लाकर विदा कर दिया जाए तो उससे दुःख जाता तो नहीं, पर हाँ, उस दर्द को अगली बार सहने की शक्ति ज़रूर आ जाती है।

एक बार फिर से इन्हीं सब यादों में, खुद से कुछ बातों में, न जाने वो किताब कब बंद हो गयी, और मेरी नींद लग गयी। बस इस बार वो किताब मेरी थी, लेकिन उस किताब में लिखे अलफ़ाज़ मेरे नहीं थे। ज़िन्दगी ही केवल एक ऐसी किताब है, जिसमें सारे लफ़्ज़ हमारे नहीं होते; और जब उस किताब में सारे लफ़्ज़ हमारे हो जायें तो शायद उसे ही ज़िन्दगी से मुहब्बत होना कहते हैं।

जैसे-जैसे समय बीतता गया, तन्मय अपने आप को मुम्बई के लिए, और मैं खुद को, अपने शहर के कॉलेज के लिए तैयार करता रहा। मुझे लगता था, मेरी तैयारी उससे बहुत ज्यादा मुश्किल थी, क्योंकि वो तो केवल खुद को उल्टी धारा में तैरने के लिए तैयार कर रहा था, लेकिन मैं... मैं तो ऐसा तैराक हो चुका था, जो नदी में तैरना तो दूर, उसके पानी को देख भी नही सकता था। लोग इस मुश्किल को कोई मुश्किल न होने की मुश्किल कह सकते हैं, पर मेरे लिए ये मुश्किल उन कठिनाइयों को पार कर हासिल

होने वाले सपनों और तजुर्बे की आहुति थी।

रिजल्ट आने और कॉलेज शुरू होने के अंतराल में, मैं बस यही सोचता रहा, कि मेरे मुम्बई न जाने का दोषी, जितना पिताजी के मन में समाज को लेकर डर था; शायद उतना ही दोषी मेरा डर भी था, जो मेरे मन में पिताजी को लेकर था। चंद्रशेखर आजाद ने कहा 'Rebellion starts at home.' विद्रोह घर से शुरू होता है। विद्रोह तो छोड़ो, मैंने तो विरोध भी नहीं किया। सपनों की ये आहुति, मेरे मन के इस डर को मेरी आँखों के सामने ले आई। बस उसी डर का कारण था कि मैंने अपना दाखिला अपने शहर के कान्हा इंस्टिट्यूट ऑफ़ कॉमर्स (K.I.C.) गें पापा लिया; लेकिन मेरे लिए ये इंस्टिट्यूट रुक्मणी था, और मैं इसका कान्हा... मुहब्बत तो राधा से करता था, लेकिन ज़िम्मेदारी रुक्मणी के साथ निभा रहा था।

मेरा कॉलेज मेरे लिए हमेशा ही K.I.C. रहा। उसके पीछे का कोई ख़ास कारण नहीं था। कॉलेज में आते ही लोग भगवान को और उनकी मान्यताओं को भूलते तो नहीं, लेकिन हाँ, भूलने का नाटक ज़रूर करने लगते हैं; बस मैं भी वही कर रहा था।

मेरा कॉलेज शुरू हो चुका था। मेरे कॉलेज के शुरूआती दौर में, मैं किसी से बात न करके अपने ही ख्वाबों में अकेला रहता था, लेकिन धीरे-धीरे मैं खुद को अपने कॉलेज के कल्चर में ढालने लगा। ये मुनासिब है, कि जिस चीज़ को हम खुद जैसा नहीं बना पाते, हम उसके जैसे बन के रह जाते हैं।

देखते ही देखते मेरे अन्दर काफी बदलाव आये। मैं भी उस चाय की टपरी पर बैठने लगा। कॉलेज में लड़के चाय की टपरी पर केवल दो ही तरह की बात करते हैं; पहली तो वहाँ से निकलने वाली लड़कियों की, और दूसरी अपने भविष्य की। पहली तरह की बात कॉलेज के शुरूआती समय में होती है, और जैसे-जैसे समय बीतता है, वैसे-वैसे दूसरी तरह की बात हमारे लफ्जों में जगह बना लेती है।

चूँकि ये मेरे कॉलेज की शुरूआत ही थी, तो हम लोग उस चाय की टपरी पर बैठकर अपनी अपनी पसंद की लड़कियों पर दावा ठोक देते थे। ये वैसी ही बात थी, कि खुद प्लाट को भी नहीं पता, कि उसकी बुकिंग हो

चुकी है; और सेटिंग तो इस तरह से होती थी, कि बाकी के लड़के किसी दूसरे लड़के द्वारा तय की हुई लड़की पर नज़र भी नहीं मारते थे। बस, तो इस बदलाव की लहर में मैंने भी अपना दावा ठोंक दिया।

उस दिन मुझे पहली बार अपनी दाढ़ी होने का एहसास हुआ, या यूँ कह लो, अपनी जवानी के आगमन का एहसास हुआ। ख़ैर ये मेरी किस्मत ही थी, कि जो लड़की मुझे पसंद थी, वो मेरी ही क्लास की थी। लेकिन मुश्किल अभी ख़त्म नही हुई थी, क्योंकि छोटे कस्बों के चाहे स्कूल हो या कॉलेज, लड़के लड़कियाँ अलग ही बैठते हैं, और उस छोटे कस्बे को एक बार और छोटा होने का प्रमाण देते हैं। पर छोटे शहरों में भी टेक्नोलॉजी ने बड़े स्तर पर प्यार को अंजाम तक पहुँचाया है, इतना, कि शायद बड़े शहरों में भी न पहुँचाया हो। कुछ बातें होती हैं, जो समाज के नियमों के हिसाब से नहीं चलतीं; ये उन्हीं में से एक है।

तो इस मुहब्बत की शुरूआत सबसे पहले फेसबुक की बातचीत से हुई, फिर धीरे-धीरे करके हम रात-रात भर बात करने लगे। आजकल प्यार की कुल तीन स्टेजेस होती हैं; पहली-बातचीत, दूसरी-दोस्ती और तीसरी-मुहब्बत। वैसे तो चौथी भी होती है... उसे लोग break-up बोलते हैं। जहाँ तक मेरे प्यार की बात थी, मेरा प्यार दूसरे मुकाम तक पहुँच चुका था। जैसे जैसे समय बीतता गया, हम और बातें करने लगे।

अब हमारी बातें इतनी बढ़ गयी थीं, कि हम कॉलेज में भी बातें करने लगे; लेकिन फेस-टू-फेस नहीं, फेसबुक पर। उस दिन मुझे समझ आया, कि इन्टरनेट ने इस दुनिया को पास लाकर भी कितना दूर कर दिया है।

उसकी एक बात मेरी समझ के बिल्कुल बाहर थी; वो मुझसे मिलने को अक्सर मना कर देती थी, और मैं भी उस पर इस बात का ज्यादा दबाव नहीं डालता था। इसी दोस्ती के नाम को खुद से जोड़कर मैंने अपना पूरा साल निकाल दिया। उस दोस्ती के खत्म होने का डर, और उस प्यार के मुक्कमल होने की चाहत में, कब मेरा पूरा साल निकल गया, मुझे पता ही नहीं चला।

लगभग एक साल बाद तन्मय से फिर मुलाकात हुई। उसके इम्तिहान हो चुके थे, और वो घर आ चुका था। ये उसके और हमारे कॉलेज का एक

बड़ा अंतर था। उसका सेमिस्टर शुरू होने से पहले ही सब कुछ तय हो जाता था, और हमारे कॉलेज में परीक्षा की तारीखों के भी कुछ अते-पते नहीं होते थे। यही शायद बड़े और छोटे कॉलेज में अंतर होता है। जहाँ बड़े कॉलेज में एक परिंदा भी administration की इजाज़त के बगैर नहीं उड़ता, वहीं एक छोटे कॉलेज में administration अपनी ही बातों से हिलता रहता है; फिर वो चाहे कॉलेज के fest की date हो, externals की date हो, या फिर results की date हो।

''और भाई तन्मय कैसो तो? कैसा चल रहा है सब मुम्बई में?'' तन्मय को देख मैंने पूछा।

''सब बढ़िया चल रहा है, और...'' उसके जवाब को काटते हुए मैंने दूसरा सवाल पूछ लिया,

''तुम्हारा फोटो देखा था फेसबुक पर; यार मैगज़ीन के लिए भी लिखने लगे तुम...''

''हाँ वो एक कोर्स होता है, उसके तहत थोड़ा बहुत मैगज़ीन का, इंडस्ट्री का एक्सपोज़र मिल जाता है।''

''बहुत अच्छे.. बहुत आगे निकल गये यार।''

''और तुम सुनाओ.. सब बढ़िया?'' उसने शायद न चाहते हुए ये सवाल पूछा।

मेरी एक हलकी सी मुस्कराहट से मैंने अपने सारे ग़मों को छिपाने का प्रयास किया। उसने मेरा कॉलेज नहीं पूछा। शायद वो मेरा गम और कॉलेज दोनों ही जानता था।

तन्मय को देखकर पता चला, वो कितना बदल गया था। उसका हाव-भाव, बोलने का तरीका, सब कुछ बदल चुका था। उस समय मुझे ये एहसास हुआ, कि ज़िन्दगी में केवल एक फैसला, आपकी ज़िन्दगी को किस तरह और कितना प्रभावित कर सकता है। ज़िन्दगी में लिया हर फैसला केवल तुम्हारी ज़िन्दगी का किस्सा बनकर नहीं रह जाता; वो तो ज़िन्दगी का एक हिस्सा हो जाता है, जो या तो चहरे पर मुस्कराहट, या फिर आँखों पर

नमी लाने का काम करता है।''

आज एक बार फिर से सपनों के गड़े मुर्दे उखड़ आये थे। ये सपनों के मुर्दे कुछ होते ही ऐसे हैं, कि केवल एक बातचीत से, केवल एक ख़याल से सामने आ खड़े होते हैं।

लेकिन उस पूरे वार्तालाप में, मैंने एक बात तो तय कर ही ली थी कि, पिछली बार की गलती फिर से नहीं दोहराऊँगा। पिछली बार जो हिम्मत थोड़ी कम रह गयी थी, वो इस बार पूरी कर दूँगा। बस... मैंने तय कर लिया था, चाहे जो भी हो जाए, मैं अपनी गलती से सीखकर अपने प्यार का इज़हार कर दूँगा।

अगले दिन कॉलेज में पहुँचकर, मै उसे कैंटीन में अकेला बैठा देख उसके पास गया, लेकिन उसने मुझे देखकर अनदेखा कर दिया, और वहाँ से जाना सही समझा। फिर मैंने लाइब्रेरी में उसको अकेले बैठे देखा, और मौके का फायदा उठाना चाहा, और उसके पास जाकर बैठ गया। तभी बड़ी परेशानी में उसने मुझे बोला, ''यहाँ से जाओ; किसी ने देख लिया तो दिक्कत हो जाएगी।''

इतने प्रयास के बाद भी मैं उससे मिल नहीं पाया, और तभी क्लासेस ख़त्म होते ही, उसका एक मैसेज मेरे पास आया, *'शर्मा टी स्टाल पर मिलो कॉलेज के बाद'*।

मै सही समय पर सही जगह उसका इंतज़ार कर रहा था। तभी वो वहाँ बड़ी घबराहट में आई और बोली,

''बोलो क्या हुआ? मैंने मिलने के लिए मना किया है न; हम मिल नहीं सकते..''

मै काफ़ी देर तक ख़ामोश रहा; तभी उसने मेरी ख़ामोशी को तोड़ते हुए कहा

''अब कुछ बोलोगे भी?''

उस समय ख़ामोशी मेरा अस्त्र नहीं थी; मेरी योजना नहीं थी, और मेरा निर्णय भी नहीं थी... ख़ामोशी तो उस समय मेरा स्वभाव थी।

मैंने उसका हाथ पकड़कर कहा, ''मैं तुमसे मुहब्बत करता हूँ।''

उसकी आँखों में आँसू थे। उसने हाथ छुड़ाते हुए कहा, ''नव्य, प्यार मैं भी तुमसे करती हूँ, लेकिन ये नहीं हो सकता; क्योंकि अगर मेरे घर वालों को कुछ पता चल गया, तो मुझे अपनी पढ़ाई छोड़नी पड़ेगी; नव्य मुझे माफ़ कर दो।''

वो आँसू उसने मुझे दे दिए। जाते-जाते अपने होठों से मेरे होठों पर, मेरी ज़िन्दगी का सबसे अनोखा शेर वो लिख गयी, और कह गयी – *'Love You हमेशा।'*

मैं बड़ी देर तक वहीं बैठकर सोचता रहा, कि उसके घर वालों को दिक्कत क्या थी। तब बहुत देर सोचने के बाद समझ आया कि ये ज़माने में जो इज्ज़त बटोरने का कारोबार चल रहा है, वो दीमक की तरह खा गया दो लोगों के जहान को; और लोग जो कहते हैं, कि ये समाज केवल तुम्हारी शादी और उठावनी में अपनी मौजूदगी दर्ज करता है, ये पूरी तरह से गलत है... क्योंकि ये तो तुम्हारी ज़िन्दगी के हर फैसले में, हर पल में अपनी मौजूदगी दर्ज कराता है, या यूँ कह लो अपनी दखलंदाजी दर्ज करता है।

उस दिन मुझे इस चीज़ का एहसास हुआ कि आज़ादी के 70 साल में हम एक दूसरे की नज़र में तो आज़ाद हैं, लेकिन नज़रिये में आज़ाद नहीं हैं। मैंने एक सिगरेट जलाई। उस सिगरेट के धुएँ के साथ दिल के थोड़े अरमान उड़े, और राख के साथ थोड़ी ज़िन्दगी गिरी।

इस पूरे साल में शायद कुछ भी नहीं बदला। शर्मा टी स्टाल भी वही था, ये चाय और सिगरेट भी वही थी, और ये समाज भी बखूबी अपना काम कर रहा था। कुछ बदला, तो तन्मय द्वारा सुनाया हुआ वो शेर। एक साल पहले वो बस एक शेर था, लेकिन अब वो मेरी ज़िन्दगी की कहानी बन चुका था।

इन्हीं सब यादों में खुद से कुछ बातों में, उस अधूरी किताब की अधूरी कहानी में, एक पूरा शेर मैंने लिख दिया –

तालीम वो इश्क की देती है,

पर दूर वो मुझसे रहती है....
समझती तो है वो ये मुहब्बत..
बस निभाने में डरती है।

आज भी अपनी ज़िन्दगी के उस पन्ने को मैं हमेशा के लिए नहीं फाड़ पाया। समाज के नियमों को आज भी मैं बखूबी निभा लेता हूँ। समाज से बदला तो नहीं ले पाया, और न ही कभी ले पाऊँगा; पर हाँ, जब भी कभी किसी अधूरे को पूरा करने का मौका मिलता है, तब उसे नियमों को तोड़ने की हिम्मत मैं दे देता हूँ। वो दर्द जीकर मैंने सहा है, जो मेरी ज़िन्दगी का सच बन गया है, वो दर्द मुझे समाज ने ही दिया है; और उस ही दर्द से मैं इस समाज के हर व्यक्ति को बचाना चाहता हूँ, क्योंकि समाज में कुछ गलत और कुछ सही, किसी व्यक्ति की ज़िम्मेदारी नहीं; वो हम सब की ज़िम्मेदारी है। मैं दर्द सहने के बाद भी अपनी ज़िम्मेदारी निभा रहा हूँ... बाकी समाज को बिना सहे निभानी चाहिए। बस उस दर्द को हमदर्द बनाने के लिए, उस दर्द को इस कविता के पन्ने में, मैंने कुछ इस तरह तब्दील कर दिया।

- चिराग खत्री

जाड़े की वो काली रात थी
मन का अँधेरा चेहरे पर था
हवा, माटी उड़ाकर बहते समय का एहसास दे रही थी
चाँदनी, अँधेरे को चीरकर आशा की साँसें भर रही थी
पर,
मन भी अकेला
माहौल भी अकेला
दिन भी अकेला
रात भी अकेली थी।
इस अकेलेपन का राज़ था, वो अधूरी कहानी
वो कहानी, जिसमें समय मंदिर था
वो खुदा थी और मैं उसकी इबादत

पर.. पर मंजूर न ये हमारी किस्मत को था..
अलग करना जो ज़माने की फितरत में था..
वो .फ़र्ज़ की वक़ालत में थी
मैं इश्क की इबादत में था।
इस फैसले में न जाने कौन गुनहगार था, कौन था बेगुनाह
या फिर... या फिर..... शायद था पूरा परिस्थितियों का दोष।
आरोप प्रत्यारोप का सवाल न था
तर्क – वितर्क का भी बवाल न था।
ज़िन्दगी का कानून भी वैसा ही अंधा था,
वक़्त की ज़ंजीरों में वो भी बंधा था
नियमों की आड़ में भावनाएँ, यहाँ भी टूटीं
वहीं की तरह बेगुनाह की आशा इधर भी रूठी
थे दोनों ही समय के कटघरे में
काले -काले बादल के उस घेरे में
बस फर्क इतना था,
किसी ने कुर्बान की थी... अपनी चाहत...
तो किसी ने छोड़ दी पूरी ज़िन्दगी की राहत।

*   *   *

कहानी खत्म हो चुकी थी और कुछ देर के लिये मेज की चारों ओर सन्नाटा पसर गया। सब लोग चुप हो गये थे। दिग्विजय, लक्ष्य, सोहेल और इमरान, समर्थ से और भी कुछ सुनना चाह रहे थे। उनके लिए ये कहानी अधूरी ही थी। वैसे देखा जाये तो वो कहानी सच में अधूरी थी। उस कहानी का अंत अधूरा था, पर अधूरा ही सही; वो नव्य की ज़िन्दगी और इस समाज का सच था।

"बस खत्म हो गयी?" अचानक इमरान ने सन्नाटे को तोड़ा।

"हाँ..! खत्म हो गयी।" समर्थ ने कहा

"कहानी तो ठीक थी, बस end समझ नहीं आया।" इमरान ने कहा

"समझ नहीं आया मतलब?" समर्थ ने पूछा

"मतलब... थोड़ा हजम नहीं हुआ। सिर्फ इसलिए कि लड़की के घर वाले क्या बोलेंगे, लड़की ने लड़के को मना कर दिया, ये समझ नहीं आया।" कौन लड़का-लड़की घर वालों को बताकर आपस में प्यार करते हैं।" इमरान ने कहा।

"तू अभी अपनी मौजूदा सरकार की तरह बात कर रहा है; main मुद्दा कुछ और है, और तू कोई छोटी चीज़ में flaw निकाल कर, main मुद्दे को भटका रहा है।" समर्थ ने कहा

"क्या है, main मुद्दा?" सोहेल ने पूछा

"इस कहानी में, ये ज़रूरी नहीं कि जो हुआ वो हो सकता है या नहीं; ज़रूरी ये है कि समाज तुम्हारे सपनों के लिए, तुम्हारे प्यार के लिए हर पल तुमको judge करेगा; और केवल judge नहीं करेगा, बल्कि उन दोनों को हासिल करने में, या हमेशा के लिये खो देने में अपनी पूरी दखलंदाजी भी करेगा। मुझे उनके judge करने से कोई दिक्कत नहीं है; मुझे उनके दखल देने से दिक्कत है।" समर्थ ने कहा

"मेरे हिसाब से समर्थ ठीक बोल रहा है; हमारा समाज हमारे लिए हमारी सरकार की तरह है। अब जैसे कोई कहे, मुझे राजनीति में interest नहीं है, इसलिए मैं राजनीति follow नहीं करता; इसका मतलब ये थोड़े ही है कि उसे राजनीति से कोई फर्क नहीं पड़ता; उसे भी राजनीति से फर्क पड़ता है, और राजनीति को भी उससे फर्क पड़ता है।" लक्ष्य ने कहा

"मुझे ऐसा नहीं लगता। जहाँ तक politics की बात है, तो तेरी बात बिल्कुल सही है, क्योंकि हमारे देश में politics का मतलब है elections, लोग election लड़वाते हैं, इसलिए politics को हमसे फर्क पड़ता है; और जो लोग election जीतते हैं, वे हम पर rule करते हैं; तो उनसे हमको फर्क पड़ता है।" दिग्विजय ने कहा

"हां... तो मैंने भी तो यही बोला।" लक्ष्य, दिग्विजय की पूरी बात सुने बग़ैर बोला।

''हाँ.. पूरी बात तो सुन ले मेरे लाल.. politics के case में तेरी बात सही है, क्योंकि उस केस में एक constitution है, कुछ rules हैं और वो follow नहीं किये गए तो punishment भी है; और ये चीज़ citizens और politicians दोनों के लिए है। हमने किसी rule को तोड़ा, तो हम पर action होगा; उन्होंने भी अगर election में कुछ घपला किया, तो उन पर भी action होगा, Rules से इस case में दोनों ही बँधे हुए हैं; पर समाज के केस में, समाज की हम पर, और हमारी समाज पर दखलंदाजी एक option है, compulsion नहीं।'' दिग्विजय ने कहा

''तुझे सच में ऐसा लगता है, समाज से लोग बँधे नहीं होते?'' समर्थ ने कहा।

''समाज के हिसाब से काम करना एक choice है, एक option है; एक स्वभाव है... कोई नियम नहीं। मैं अपनी ही एक cousin की बात बताता हूँ; उसने अपनी ज़िन्दगी में समाज के सारे नियम तोड़े हैं, उससे उसने कुछ हासिल किया, और बहुत कुछ खोया भी। उसकी जो कहानी है, उसका केवल एक सार है 'Rules are made to be broken'. मैं उसकी कहानी बताता हूँ, उससे तुझे समझ आ जायेगा मैं क्या कहना चाहता हूँ।'' दिग्विजय ने कहा

समंदर

मुम्बई.....

मुम्बई शहर केवल लोकल ट्रेन की खच-खच, लाखों की तादाद में भीड़, या फिर उसकी रोशन रात के लिए ही नहीं जाना जाता; ये तो जाना जाता है, रात को दिन की जीत में बदलने वाली मेहनत के लिए; ज़मीन को भीड़ में तब्दील करने वाले सपनों के लिए। ये वही शहर है, जहाँ लोग या तो अपने सपने बना लेते हैं, या फिर उन सपनों को पूरा करते हुए खुद बन जाते हैं।

वैसे एक और चीज़ है, जिसके लिए मुम्बई बड़ी विख्यात है... वो है यहाँ का समंदर। अन्य शहरों और देशों में अक्सर, समंदर अपने सुंदर किनारों के लिये जाना जाता है, पर मुम्बई में समंदर के किनारे केवल देखने की चीज़ नहीं हैं; वो तो राज़ों से भरे संदूक हैं, जो सबके लिए खुले होकर भी बंद हैं। सबके लिए खुले इसलिए, क्योंकि, अपने राज़, अपनी बातें, इस समंदर से कोई भी बाँट सकता है, पर ये समंदर उन्हें किसी के साथ बाँटता नहीं, और उस संदूक को हमेशा बंद रखता है। मुम्बई के लोग समंदर को बहुत अच्छा दोस्त मानते हैं और अपने राज़ इसको बयां कर देते

हैं, और वो राज़ एक अच्छे साथी के पास होने के कारण सदा के लिए राज़ ही रहते हैं।

मुम्बई ने इस समंदर को एक महबूब की नहीं, बल्कि हमेशा ही एक दोस्त की जगह दी है; उसका कारण शायद इन लहरों की मुम्बई में समा जाने की नाकाम कोशिश है; जो केवल शहर को छू पाती है, लेकिन उसे अपना बना नहीं पाती। ये समंदर का मुम्बई की तरफ एकतरफ़ा प्यार की झलक है, जो उसे एक दोस्त बनने पर मजबूर करती है।

समंदर और मुम्बई के रिश्ते को दोस्ती करार देने का कारण साफ है; समंदर ने मुम्बई के जिस्म को अपनी हर बूंद से सींचा है, जो कोई महबूब नहीं, बल्कि एकतरफ़ा प्यार में एक दोस्त ही कर सकता है।

वैसे भी दुनिया में जब कोई दो चीजें मिलकर भी अधूरी रह जाती हैं, तब हमेशा 'मुहब्बत' की जगह 'दूरी' और 'बातों' की जगह 'राज़' ले लेते हैं। यही कारण होगा कि मुम्बई यहाँ आकर अपनी बातें बयां नहीं करती; वो तो यहाँ अपने राज़ बयां करती है।

ये कहानी है शिखा की; जो अक्सर समंदर के किनारे पर बैठकर अपना वक़्त गुज़ारा करती थी। वैसे तो शिखा की ज़िन्दगी में कोई ऐसा राज़ नहीं था, जिसे वो बयां करे, लेकिन फिर भी वो उस समंदर के अनोखेपन को महसूस करने वहाँ अक्सर आया करती थी।

शिखा, समंदर के अनोखेपन को महसूस कर, किनारों से अपने रिश्ते को और मजबूत कर रही थी, तभी पीछे से किसी ने शिखा को अपनी बाँहों में लेते हुए, अपने प्यार के रिश्ते को मजबूत कर लिया।

'तुम?' शिखा ने थोड़ा घबराते हुए कहा।

''तुम किसी और के बारे में सोच रही थी क्या?'' राजेश ने पूछा

''जबसे तुम ज़िन्दगी में आये हो, किसी और के बारे में सोचने की फुरसत ही कहाँ है।'' शिखा ने अपनी जुल्फों को समेटते हुए कहा

''अच्छा।'' राजेश ने ये बोलकर एक बार फिर से शिखा को खुद की

मुहब्बत में रँगते हुए अपने होठों से उसके होठों को गीला कर दिया। शिखा की जुल्फें फिर से बिखर गईं, पर इस बार शायद उसकी ज़िन्दगी थोड़ी सँवर चुकी थी।

दोनों ही अपने पिछले दिनों में एक बार फिर से खो गये। ज़िन्दगी में हमारे पिछले दिन हमें तभी याद आते हैं, जब हम उन दिनों को फिर से जीने की या तो चाहत रखते हैं, या फिर उन दिनों से हमेशा के लिए राहत चाहते हैं। ये वैसी ही बात थी, कि वे उस लम्हे के साथ अपने पिछले सभी लम्हों को भी जी रहे थे।

कुछ समय पहले...

ये वही दिन थे, जब शिखा अपने कॉलेज में पढ़ा करती थी। वो मुम्बई के किसी कॉलेज से पोस्ट ग्रेजुएशन कर रही थी। उन दिनों राजेश, शिखा के पिता के इलेक्ट्रिकल्स show-room पर नया-नया लगा था। उसका काम शुरू हुआ ही था कि शिखा के पिता ने एक फरमान जारी कर दिया।

"राजेश... ये मेरी बेटी है शिखा...; show-room आने से पहले तुम उसे कॉलेज छोड़ोगे, उसके बाद show-room आओगे।" शिखा के पिता ने थोड़ा रोब से बोला था।

पहले तो राजेश ने सोचा कि ये बात उसकी ड्यूटी से बाहर जा रही है, लेकिन फिर भी मन ही मन आशा के दिए जलाते हुए उसने कहा, "हाँ साहब, चलेगा।"

राजेश ने अपनी उम्र के हिसाब से कोई नयी चीज़ नहीं की थी। उस उम्र का हर लड़का, उस समय आशा के ऐसे दिये कई बार जलाता है... जवानी की आग अक्सर ही ज़िन्दगी में इश्क के दिये जला देती है।

राजेश के लिए इस पहली नज़र वाले प्यार का एहसास नया नहीं था। छोटे कस्बे से मुम्बई पहुँचे अधिकतर युवाओं के लिए ये एहसास बड़ा पुराना होता है। पुरानी होने के कारण चीजें जिस तरह से कमज़ोर हो जाती हैं, ये एहसास भी वैसा ही कमज़ोर था। कमज़ोर से एहसास को राजेश ने ज्यादा importance नहीं दिया, और शिखा को कॉलेज छोड़ना अपनी

ड्यूटी का ही एक हिस्सा मान लिया।

इस कमज़ोर एहसास को अपने कंधे पर, और शिखा को बाइक पर लिए, राजेश रोज़ सुबह निकल जाता था। जैसे-जैसे समय बीतता गया, उनकी बाइक पर सिर्फ Hi-Hello में होने वाली बातचीत की जगह बड़ी-बड़ी बातचीत ने ले ली। समय का काम ही कुछ ऐसा होता है, या तो वो वर्तमान के रिश्तों को मजबूत करता है, या फिर अतीत के जख्मों को खुरेदता है। राजेश का शिखा के लिए कुछ अतीत तो था नहीं; था तो वर्तमान और, भविष्य की आशा।

समय जीने-जीने तो अपना काम कर रहा था, और शिखा राजेश अपना।

''हम जुहू चलें?'' शिखा ने हिम्मत करके पूछ लिया

''पर आपका कॉलेज?'' राजेश ने कहा

''कॉलेज, तुमको पता है, जवानी में क्यों होता है, ताकि हम उसको bunk कर सकें; तुम कॉलेज की चिंता मत करो, वो adjust हो जायेगा।''

एक हफ्ते पहले नंबर माँगा था, अब घूमने को पूछ रही है; दोस्त तो इसके वहाँ कॉलेज में भी होंगे, फिर मेरे साथ क्यों घूमना चाह रही है। राजेश ने अपने ख़यालों में सोचा।

''क्या हुआ, किस सोच में पड़ गए?'' शिखा ने राजेश की सोच को तोड़ते हुए कहा।

''नहीं.. नहीं कुछ.. नहीं बस ऐसे ही।'' राजेश ने अपनी कल्पना की दुनिया से बाहर आकर कहा।

''तो मैं कल का पक्का समझूँ?'' शिखा ने कहा

''हाँ.. ठीक है।''

राजेश ये बिल्कुल भी नहीं समझ पा रहा था, कि धीरे-धीरे उसकी ज़िन्दगी में क्या हो रहा था। शिखा की तरफ से रोज़ उसको फ़ोन करना; अब घूमने के लिए पूछना, इन सब बातों का क्या मतलब था, राजेश समझ नहीं पा रहा था, कि इन सब बातों से कोई रिश्ता बन रहा था, या फिर केवल

शिखा एक दोस्त के रूप में उससे ये सब पूछ रही थी।

"तुम्हें पाता है जुहू की ये लहरें मुम्बई के लोगों की ज़िन्दगी में क्या message देती हैं?'' शिखा ने समंदर की लहरों की तरफ इशारा करते हुए कहा।

राजेश की खामोशी में ही उसका सवाल था

"ये लहरें मिलन का प्रतीक हैं; जिस तरह से ये मिलती हैं, उस तरह से मिलना सबका सपना होता है; शायद यही कारण है कि सारी मुम्बई अकेले सपना लेकर यहाँ आती है, और किसी से मिलन के बाद इष्र्या ले कर जाती है।'' शिखा ने कहा।

"मैं ज्यादा कुछ समझ तो नहीं पाया, पर जो भी आपने अभी बोला, वो सुनने में बड़ा अच्छा था।'' राजेश ने कहा।

शिखा ने राजेश की नासमझी को उसका भोलापन करार देकर बात को टाल दिया।

समंदर की उन लहरों ने शिखा के मन में प्यार की भावना उत्पन्न कर दी थी; वहीं राजेश के मन में प्यार कम, संदेह अधिक था। यह स्वाभाविक भी था। commitment के पहले रिश्ते में, लड़के दिमाग से सोचते हैं, और लड़कियाँ दिल से; पर रिलेशनशिप में आने के बाद लड़के दिल से सोचने लगते हैं, और लड़कियाँ दिमाग से। उसका कारण साफ़ है, कि रिलेशनशिप के पहले लड़के के पास खोने के लिए कुछ नहीं होता, और रिलेशनशिप में होने के बाद लड़की के पास खोने के लिए कुछ नहीं होता।

जुहू में मिलना, रात में घंटों बातें करना; ये शिखा और राजेश की आदत बन गयी थी। अब बाइक पर शिखा के हाथ राजेश के कंधों की जगह उसके सीने पर रहने लगे थे।

राजेश के लिए ये सब बहुत अनोखा तो था, लेकिन बड़ा अजीब भी था। वो समझ नहीं पा रहा था, इन सबके जवाब में वो क्या करे। छोटे शहर के लड़कों के साथ बस दिक्कत यही होती है, वे टाइमिंग को नहीं समझ पाते... करने की हिम्मत और काबिलियत तो उनमें भी होती है। राजेश ऐसी स्थति में पहुँच चुका था, जहाँ संदेह के कारण जो उसे करना चाहिए था, वो

वह नहीं कर पा रहा था। अपने मन में जो वो ज़िन्दगी जी रहा था, वो ज़िन्दगी वह असल में नहीं जी पा रहा था... शंका में, न चाहकर भी प्यार में उसका रिस्पांस फीका हो गया।

राजेश का, प्यार में इतना फीका रिस्पांस देखकर शिखा के मन में डर था, कि वो कहीं उसे मना न कर दे, लेकिन एक उम्मीद शिखा को हमेशा ही थी, कि वो हाँ बोलेगा, क्योंकि राजेश के पास उसको मना करने का कोई कारण नहीं था। शिखा मॉडर्न थी, पढ़ी-लिखी थी, सुन्दर थी; उसमें वो सारे गुण थे, जो एक जीवनसाथी में होने चाहिए।

लेकिन ज़िन्दगी के हर फैसले की घड़ी में वो होता है ना, जब दिल और दिमाग के बीच में घमासान हो जाता है। दिल परिस्थिति देख डर बयान करता है, और दिमाग...दिमाग तर्क देख उम्मीद। बस इसी डर को भेदते हुए और उम्मीद को खुद से जोड़ते हुए, शिखा ने इश्क के इम्तेहान में ख़ुद को साबित करने का फैसला कर लिया। आज तो इस पर उस पार।

अमूमन जिस तरह शिखा, राजेश को समंदर किनारे लाया करती थी, उसी तरह वो उस दिन भी उसे वहाँ ले आई। उस दिन और दूसरे दिनों में फर्क बस इतना था, कि उस दिन मुम्बई की सुबह हो रही थी। दूसरे दिनों में वो अक्सर दिन में आया करते थे।

सूरज, बादलों को चीरते हुए, अपनी किरणें समंदर तक पहुँचा रहा था। लाल रंग के सूरज का उदय, शिखा को अपनी ज़िन्दगी के उदय का सन्देश दे रहा था।

उन दोनों की ख़ामोशी इतनी गहरी थी, कि दोनों एक दूसरे की धड़कन को महसूस कर पा रहे थे।

तभी राजेश ने उस ख़ामोशी को तोड़ते हुए कहा ''हम आज सुबह ही आ गये?''

शिखा अब भी खामोश थी।

''वैसे सुबह का ये नज़ारा बहुत अच्छा है; ये उगता हुआ सूरज कुछ ऐसा लगता है, जैसे समंदर से उग रहा हो... मुम्बई की सारी रात को जोड़कर ये सुबह बनी है, इसलिए उसकी सुन्दरता ने भी जुड़कर यह रूप

लिया है।'' राजेश ने कहा।

''तुम कुछ बोल क्यों नहीं रही हो? सब ठीक तो है?'' राजेश ने भोर की तरफ इशारा करते हुए कहा।

शिखा ने राजेश का हाथ पकड़ते हुए कहा, ''राजेश, हम काफ़ी समय से साथ में हैं और...''

''और?'' राजेश के मन में एक उम्मीद की किरण फूटी।

शिखा की साँसें गहरी हो चुकी थीं, और धड़कनें तेज उन सब पर लगाम रखते हुए शिखा ने कहा-

''और पता नहीं ये सही समय है या नहीं, But I have feelings for you, मैं तुमसे प्यार करती हूँ।'' ये बोलकर शिखा उस बच्चे की तरह रुक गयी, जिसका बोर्ड एग्जाम का रिजल्ट आने वाला हो।

वो अलफ़ाज़ सुनकर राजेश के सारे भ्रम टूट गये। वही भ्रम, जो हर लड़के के मन में होता है, जब वो किसी लड़की से रात-रात भर बातें करता है... Boyfriend... और Boy-Friend के बीच की छोटी सी जगह वाला भ्रम।

राजेश ने अपना जवाब शिखा को सुना दिया, ''प्यार तो मैं भी बहुत करता हूँ, बस जताना नहीं जानता।''

राजेश के केवल इन कुछ लफ्जों ने शिखा के मन में फूल खिला दिये। उसके बाद दोनों ने एक दूसरे को गले लगा लिया। दोनों इतने करीब थे कि एक दूसरे की साँसों की आवाज को सुन सकते थे। उस दिन दोनों ने अपने होने का एहसास किसी और की साँसों से पा लिया।

समंदर की लहरों ने दोनों के पैरों को गीला कर दिया था, और उन दोनों ने एक दूसरे में समा कर अपने होठों को।

आज समंदर के मायने शिखा के लिए बदल चुके थे। उस दिन शिखा को दो अनोखी चीजें मिल गयीं, एक तो उसका प्यार, और दूसरा एक बहुत अच्छा साथी, जो पूरी मुम्बई के पास था... बस उसे पहचानने की देरी थी।

उनके रिश्ते के इतने समय बाद भी, राजेश ये नहीं समझ सका, कि

शिखा इतनी सुन्दर, मॉडर्न और पड़ी लिखी होते हुए भी उससे प्यार क्यों करती थी। पर वो कहते हैं न, प्यार अंधा होता है। राजेश के लिए तो ये प्यार अंधा था, पर शिखा के लिए केवल प्यार था।

एक और शख़्स था, जिसकी इस प्यार पर राय बननी ज़रूरी था, और वो थे शिखा के पिता। यदि उन्हें इस इश्क के बारे में पता चल जाता, तो उनके लिए प्यार अन्धा नहीं, बल्कि बेवकूफ होता, क्योंकि वे तो अपनी बेटी को किसी बड़े घर में सेट करने की पूरी प्लानिंग कर चुके थे।

Ring...Ring...

अचानक फ़ोन की घंटी बजी, और दोनों अपने उन ख़यालों से बाहर आ गये, क्योंकि अक्सर हमें वर्तमान की कोई घटना ही अतीत से बाहर निकालती है।

शिखा के फ़ोन पर 'पापा' डिस्प्ले हो रहा था।

''किसका फ़ोन है?'' राजेश ने घबराते हुए पूछा। वो समझ गया था, शिखा के पिता का ही फ़ोन होगा।

''पापा का।'' शिखा ने जवाब दिया।

''मुझे लगा ही था। मुझको, तुम्हें लेने के लिये भेजा था, और मैं यहाँ आशिकी कर रहा हूँ। एक काम करो, फ़ोन मत उठाओ, और मैसेज कर दो कि गाड़ी पर हो, पहुँचने वाली हो।''

''अपने ससुर से इतना डरते हो!'' शिखा ने थोड़ा फिरकी लेते हुए बोला

''ससुर से नहीं, साहब से डरता हूँ।''

''तुम मैसेज करो, नहीं तो मुझे फ़ोन आने लगेगा।''

शिखा ने एक बड़ी मुस्कुराहट के साथ राजेश की बात मानी, और दोनों घर के लिए निकल गये।

शिखा भी और राजेश भी, उम्र और प्यार के ऐसे मुकाम तक पहुँच गये थे, जहाँ से वो इस रिश्ते को ज़िन्दगी भर का रिश्ता बनाने की सोच रहे

थे। शिखा भी और राजेश भी, उम्र और प्यार के ऐसे मुकाम तक पहुँच गये थे। जहाँ से वो इस रिश्ते को ज़िन्दगी भर का रिश्ता बनाने की सोच रहे थे। वैसे ये दोनों बातें ठीक कुछ खुशकिस्मत लोगों के साथ ही बैठती है। कभी सही समय नहीं होता और सच्चा प्यार हो जाता है, तो कभी सच्चा प्यार नहीं होता और समय बीत जाता है।

शिखा ने कई बार राजेश से शादी की बात छेड़ी थी, पर राजेश हमेशा ही ख़ामोश रहकर बात को टालने की कोशिश करता था। इसका कारण ये नहीं था कि वो शिखा से शादी नहीं करना चाहता था, वो तो बस आगे की सोच में खोकर घबरा जाता था। ऐसा लाज़मी भी था, क्योंकि जब हमें आगे की कुछ खबर नहीं होती, तब हमेशा हमारा जवाब ख़ामोशी में होता है; फिर वो चाहे दूसरों के लिए हो या फिर खुद के लिए।

शिखा, उसके पिता, राजेश और समय... सब; अपना काम बखूबी कर रहा थे। शिखा ने राजेश पर प्रेशर बनाना शुरू कर दिया, शिखा के पिता ने शिखा के लिए रिश्ता देखना शुरू कर दिया था। अपने समाज में डॉक्टर, इंजिनियर से लेकर सरकारी नौकर, सबकी खोज हुई, और वैसे भी इतिहास गवाह है, मोहल्ले का प्यार ऐसी फसल है, जिसे जोतते तो मोहल्ले के लौंडे हैं, पर फसल और लौडों दोनों को ही ये डॉक्टर इंजिनियर काट देते हैं।

और समय को कैसे भूल सकते हैं? इस दुनिया में चाहे कोई कितना भी अपने काम से अचूक रहे, लेकिन समय अपना काम ज़रूर करता है, और जब कोई अपने काम में अधूरा रह जाता है, तब तो समय अपना काम और तेजी से करता है; और यहाँ तो कोई अपने काम को अंजाम नहीं दे पा रहे था। बस समय ही इस बार भी अपना काम बखूबी कर रहा था। शिखा और राजेश की बढ़ती उम्र को और बढ़ाने का काम।

''अचानक से यहाँ क्यों बुला लिया?'' राजेश ने थोड़ा डरते हुए और पूरे घर में अपनी निगाहों को फेरते हुए कहा

''चिंता मत करो, कोई नहीं है; मम्मी बाज़ार गयी हैं, और पापा कुछ

काम से मुम्बई से बाहर गये है... यहाँ हम अकेले ही हैं।''

''तो तुम्हारा इरादा क्या है ?'' शिखा के हाथों को पकड़ते हुए राजेश ने कहा।

''Control yourself; ये न रोमांस का, न मज़ाक का टाइम है; मुझे तुमसे कुछ ज़रूरी बात करनी है।'' शिखा ने राजेश को दूर करते हुए कहा।

''हाँ.. बोलो।'' राजेश सब कुछ सुनने के लिए तैयार हो गया।

''राजेश, तुम्हें जल्दी कुछ करना होगा; घर वालों की तरफ से शादी का बड़ा प्रेशर आ रहा है; ऐसा न हो कि मेरे गाल को छूने की जगह तुम मेरे बच्चों के गालों को छू के बोलो, भतीजे के गाल बड़े अच्छे हैं।'' शिखा ने गहरा उलाहना दिया था।

''मुझे भी पता है, लेकिन तुम भी तो समझो; अगर हम भागते हैं, तो मुझे कुछ नया काम करना होगा। ऐसा तो कर नहीं सकता कि रात को तुम्हें भगाऊँ और सुबह को तुम्हारे पापा की दुकान पर जाकर काम करने लगूँ। कुछ समय अंडरग्राउंड रहने के लिए भी पैसे चाहिए होंगे; और तो और कहीं घर भी देखना होगा।'' राजेश ने एक ही साँस में सारी समस्या बयान कर दी।

''जहाँ तक अंडरग्राउंड होने की बात है तो निकलते समय मैं पैसे लेकर चलूँगी; और वैसे भी मैं तुमसे प्यार करती हूँ, तुम जहाँ रखोगे मैं रह लूँगी, बस तुम जल्दी कुछ करो।'' शिखा ने अपने प्यार पर भरोसा करते हुए कहा।

शिखा जानती नहीं थी वो क्या कह रही है। वो अपने वर्तमान से ही अपने भविष्य का अनुमान लगा रही थी। लेकिन ज़िन्दगी हमारे प्रेजेन्ट और फ्यूचर को जोड़ने वाली स्ट्रेट लाइन नहीं होती; ये तो ऐसा आड़ा-तिरछा फिगर है, जिसकी इक्वेशन न कोई पता लगा पाया है, और न ही कोई पता लगा पायेगा।

राजेश सब कुछ बखूबी जानता था, क्योंकि उसके वर्तमान और भविष्य में ज्यादा कुछ बदलने वाला नहीं था; ज़िन्दगी तो शिखा की बदलने वाली थी।

एक बार फिर राजेश ने अपना जवाब अपनी ख़ामोशी में दिया।

"क्या हुआ, क्या सोचने लगे?" शिखा ने थोड़ा चिंता में पूछा।

"कुछ नहीं.... मैं करता हूँ कुछ"। राजेश ने सब समस्या को दूर करने वाला जवाब दिया।

तीन दिन बाद.....

दुनिया में कोई भी बड़ा बदलाव कभी आया है, तो वो किसी आदमी के मन की स्थति में आये बदलाव के कारण, या फिर मन द्वारा बनाई हुई, बदली हुई स्थति के कारण ही आया है। और इस बार भी मन ने अपना काम कर दिया था।

तीन दिन बाद शिखा के पिता को वह लेटर मिला, जो एक प्रेमी का सपना होता है, और एक पिता के मन का डर। जिस डर की जकड़ में आकर छोटे कस्बों में बाप अपनी बेटी पर बन्दिशें बढ़ा देता है। ख़ैर, शिखा पर कोई बन्दिश नहीं थी, बस भरोसा था, जिसको शिखा ने तोड़ दिया था।

शिखा के पिता को पता चल चुका था कि उनकी बेटी उन्हीं की दुकान के नौकर के साथ भाग गयी। और हर पिता की तरह उन्होंने भी शिखा को ढूँढ़ने की बहुत कोशिशें कीं, लेकिन शिखा और राजेश का कुछ पता नहीं चला।

इधर शिखा की खोज चल रही थी, उधर शिखा अपने प्यार के साथ एक नई ज़िन्दगी शुरू कर रही थी। उसके लिए उस समय तो ये बड़ी अच्छी फीलिंग थी।

शिखा जब पहली बार राजेश की बस्ती में गई, तब उसे पहली बार अपने प्यार में तकलीफ का एहसास हुआ; जैसा कि ये उसकी शादी का शुरूआती दौर ही था, इसलिए शिखा के मन में इन सब को सहने का बड़ा जुनून था, लेकिन प्यार का अंधा जोश और इंजीनियरिंग की पढ़ाई का जुनून ज्यादा दिनों तक टिक कहाँ पाता है।

बस इसलिए उस जुनून का घटाव, और शिखा की ज़िन्दगी और सोच

में बदलाव नज़र आने लगा। अब शिखा अपने फैसले के कारण बदली अपनी ज़िन्दगी को एक-एक पल महसूस कर पा रही थी।

''मैं ऐसे नहीं रह सकती राजेश।''

''क्यों, क्या हो गया?'' राजेश ने सब जानते हुए भी पूछा।

''तुम क्या अपने घर की और अपनी सेवा करवाने के लिए एक नौकरानी घर लाये हो; मैंने अपनी पूरी लाइफ में जो काम कभी नहीं किया, वो सब कर रही हूँ।''

''मैं जानता हूँ शिखा, तुम्हें यहाँ दिक्कत आ रही है, और धीरे धीरे मैं सब कुछ ठीक कर दूँगा।''

''छुओ मत मुझे।'' राजेश को पीछे धकेलते हुए शिखा ने कहा।

''जब सब ठीक कर दो, तब प्यार करने आना मेरे पास।'' शिखा, ये कहकर गुस्से से अन्दर के कमरे में चली गयी।

शिखा का नाराज़ होना जायज़ था। जहाँ, उसकी सुबह केवल चाय और नाश्ता लेने के लिए होती थी, वहीं अब शिखा की सुबह के बिना किसी का भी चाय और नाश्ता नहीं होता था। वही 10 बजे उठने वाली शिखा, अब सुबह सूरज उगने के साथ उठने लगी थी। वो मॉडर्न शिखा, जिसका पूरा दिन मुम्बई घूमने में, मुम्बई देखने में निकलता था, अब पूरा दिन बस्ती घूमने में और वो सीरियल देखने में निकलने लगा, जिसे वो कभी 'So Cheap' कहा करती थी।

शादी के बाद इतने नहीं, पर इनमें से काफी बदलाव लड़कियों की ज़िन्दगी में आते हैं, लेकिन शिखा अपनी परिस्थितियों का फिर से आँकलन करने का मन बना रही थी, और अपनी चुनाव पर दोष डालकर ये सोच रही थी, कि यदि वो कहीं और शादी करती, तो उसकी ज़िन्दगी में कोई बदलाव नहीं आता।

वो ये नहीं समझ पा रही थी, कि शादी के बाद थोड़ा बदलाव तो सबकी ज़िन्दगी में आता ही है। ये वैसी ही बात थी कि जब किसी जवान लड़के को उसके पैशन से दूर कर नौकरी के लिए मजबूर किया जाता है, तो वो लड़का अपने स्ट्रगल का, अपने फ्रस्टेशन का पूरा दोष अपनी नौकरी

पर डाल देता है। वो ये नहीं समझ पाता, कि दूसरे रास्ते पर भी कठिनाइयाँ तो रहती हैं... वहाँ भी मुश्किलें और असफलताएँ आती हैं। इसका मतलब ये बिल्कुल नहीं, कि वो अपने मन के रास्ते पर न चले; पर यदि वो किसी भी कारण से न चलकर कुछ और करने का फैसला कर चुका है, तो उस चीज़ को खुले दिल से स्वीकार करे।

जैसे-जैसे समय बीत रहा था प्यार के मायने शिखा की ज़िन्दगी में बदल रहे थे। अब प्यार उसके लिए एक जिम्मेदारी बन चुका था; ऐसी जिम्मेदारी, जिसे दिन को किचन में और रात को कमरे में पूरा करना पड़ता था। पर राजेश का प्यार शिखा के लिए बिल्कुल भी कम नहीं हुआ। वो शिखा की सब इच्छाओं को पूरा करने का प्रयास तो करता था, पर कुछ चीजें वो चाहकर भी पूरी नहीं कर पाता था।

शिखा की, प्यार और जिम्मेदारी के बीच में चल रही इस मुठभेड़ का शिखा ने अपनी ज़िन्दगी में अपने लफ्जों और अपनी बातों में कुछ ये मतलब निकला।

"सभी एहसासों में निभाई मुहब्बत महबूब से....

वो जिस्म, वो रूह.... की शिद्दत से...

लगता नहीं मेरा प्रीत, वही शख्स है

कट जो रहा है.. हर पल अब जिम्मेदारी से...."

अब अपनी इन्हीं जिम्मेदारियों से थोड़ा हल्का होने के लिए शिखा ने अपनी हर एक बात एक जिम्मेदार इंसान से बाँटना शुरू करने का फैसला लिया।

शिखा, अपनी शादी और अपनी तकलीफों को अब इतने समय तक सह चुकी थी, कि अब तो लोग भी सब कुछ भूल चुके थे, और लोगों की जुबान पर भी शिखा का नाम आना कम हो चुका था। और लोगों का क्या है; वे बात करने के लिए किसी दूसरे शिखा और राजेश को ढूँढ़ ही लेते हैं। इन सब किस्सों में कहानियाँ कभी नहीं बदलतीं; बस कहानियों के किरदार और वहाँ की जगह बदल जाती है... कहानियाँ तो वही रहती हैं।

लोगों के साथ शिखा के पिता भी इस किस्से को हमेशा के लिए भुलाने के लिए तैयार हो गये थे। वे, शिखा और राजेश को माफ़ कर उन्हें अपनाने को भी तैयार हो गये थे।

Ring....Ring...

फ़ोन पर कोई अननोन नंबर था।

''Hello...कौन बात कर रहे हैं?'' शिखा के पिता ने पूछा-

उधर केवल एक ख़ामोशी थी... बस थोड़ी गाड़ियों की आवाज़ आ रही थी।

शिखा के पिता समझ चुके थे। ''बेटा शिखा....?'' थोड़ी आशा में शिखा के पिता ने पूछा।

''पापा, मुझे घर आना है।'' शिखा ने रोते हुए जवाब दिया।

''बेटा क्या हुआ? सब ठीक तो है? राजेश ने कुछ किया क्या? और तुम हो कहाँ?'' एक ही साँस में सारे सवालों को शिखा के पिता ने पूछ लिया।

''पापा, मैं मुम्बई में ही हूँ; मुझे आपके पास आना है।'' और इसके बाद शिखा ने अपनी सारी कहानी अपने पिता को बता दी।

तीन दिन बाद

एक बार फिर से एक लेटर लिखा गया; और ये लेटर न पिता का सपना होता है, न प्रेमी की चाहत; पर होनी को कौन टाल सकता है; इस बार भी लिखने वाला वही था, बस सपोर्ट बदल चुका था।

शिखा का राजेश के नाम अंतिम सन्देश था, वो कुछ इस तरह था।

'राजेश! मुझे माफ़ कर दो; मुझे तुमसे दूर जाना होगा; अब हम साथ नहीं रह सकते। मैं हमेशा के लिए अपने पापा के घर जा रही हूँ। मैं तुमसे

आज भी उतना ही प्यार करती हूँ, लेकिन मुझे मा.फ़ करना, क्योंकि मैं अपने घरवालों को भी बहुत चाहती हूँ। केवल कुछ महीनों के रिश्ते के लिए मैं 25 साल पुराने रिश्ते को नहीं ठुकरा सकती... मैं अपने पेरेंट्स को इतने दुःख में नहीं देख सकती, मुझे मा.फ़ करना मुझे जाना होगा।''

तुम्हारी और केवल तुम्हारी
शिखा

ख़ैर... राजेश सब जानता था कि शिखा उसे छोड़कर क्यों गयी। जब कभी शांत मन से नहीं, बल्कि मन को शांत करने के लिए फैसला लिया जाता है, तो हमेशा अच्छाई और नियमों के कंधे पर रखकर लिया जाता है। शिखा भी कुछ ऐसा ही कर रही थी।

राजेश ने शिखा से मिलने की हरसंभव कोशिश की, पर शिखा के पिता ने शिखा के लिए दीवार बनकर सब कुछ सँभाल लिया था। समय अब भी अपना काम पूरी शिद्दत से कर रहा था; वो अपनी गति से चलता रहा।

समय के साथ राजेश के जख्म पुराने हो चुके थे। बस मन में एक अजीब सी कड़वाहट बस गई थी। राजेश की यादों में आज भी शिखा थी, लेकिन अपने घर वालों के दबाव में आकर, राजेश को आगे बढ़ने का फैसला लेना पड़ा।

इधर राजेश, सबकुछ भूलकर आगे बढ़ रहा था, उधर शिखा के पिता ने शिखा की शादी अपने करीबी दोस्त के बेटे हर्षिल के साथ तय करने का फैसला किया।

हर्षिल, मुम्बई में ही एक बड़ा डॉक्टर था; और इस बार शिखा को भी ये रिश्ता मंज़ूर था; वो बात अलग है, कि ये शिखा की मंज़ूरी नहीं उसकी मजबूरी थी। और अब शिखा की मंज़ूरी ज़रूरी भी कहाँ रह गई थी।

शिखा के पिता की लगातार कोशिशों का ही नतीजा था कि हर्षिल सब कुछ जानकर भी इस रिश्ते के लिए तैयार हो गया। शिखा के लिए ये अपनी गलतियों के पश्चाताप का एक मौका था, और राजेश के लिए ये सब कुछ ऐसा था, जिससे उसे फर्क तो नहीं पड़ना चाहिए था, पर बहुत फर्क पड़ रहा

था। वहीं शिखा के पिता के लिए ये बहुत बड़ी जीत थी, और अब उन्होंने सोच लिया था, कि सब ठीक से हो जायेगा। पर ज़िन्दगी में हमारे सोचने से कहाँ कुछ होता है... और समय ने एक बार फिर से रुख बदला।

समय का आखरी वार

''सर.. दो तीन दिन पहले हम आये थे; पेशेंट का नाम शिखा है; सब ठीक तो है सर?'' शिखा के पिता ने कहा।

''Congratulations.. आपकी बेटी गाँ बागे पाएगी है; ये उसका रिपोर्ट है; आप कल उसको ले आइए, बाकी सब नार्मल है।''

शिखा के पिता के होश उड़ गए, ये सुनकर, कि शिखा pregnant थी। वो राजेश के बच्चे की माँ बनने वाली थी। उन्होंने बड़ी मुश्किलों के बाद ये बात शिखा को बताई।

''शिखा, ये तुम्हारी रिपोर्ट्स... ।'' शिखा के पास बैठते हुए शिखा के पिता ने कहा।

''क्या हुआ पापा, आप परेशान लग रहे हैं; सब ठीक तो है।'' शिखा ने चिंता में पूछा।

''शिखा.. तुम pregnant हो; तुम राजेश के बच्चे की माँ बनने वाली हो।''

एक पल के लिये तो शिखा खुश हो गयी; फिर उसको एहसास हुआ कि उसका past अब भी उसका पीछा कर रहा है; वो आज भी उसकी ज़िन्दगी में है... शायद आगे भी रहेगा।

उस पल भर में शिखा के पिता ने एक बार फिर से एक मास्टर प्लान बना लिया, और थोड़ा घबराकर, थोड़ी हिम्मत करके शिखा से बात करने का, और उस प्लान को अंजाम देने का फैसला लिया।

''शिखा! सुनो मेरी बात।'' किसी बाप की तरह नहीं, बल्कि कुछ गलत काम को शिखा से करवाना हो, कुछ इस तरह शिखा के पिता ने बोला।

शिखा खामोश थी; शायद वो जानती थी, कि क्या बात होने वाली है।

''देखो शिखा; सबसे पहले ये सब कुछ हर्षिल को नहीं पता लगना चाहिए; बड़ी मुश्किलों से अब जाकर तुम्हारी ज़िन्दगी में कुछ अच्छा हो रहा है।'' शिखा के पिता ने एक बड़ा पॉज लिया, कि शिखा भी कुछ बोलेगी।

लेकिन शिखा अब भी ख़ामोश थी।

''और दूसरी बात, तुम्हें इस बच्चे को गिराना होगा; यही तुम्हारे और सबके भविष्य के लिए अच्छा है।'' शिखा के पिता की आवाज़ में थोड़ा दर्द था, क्योंकि जो भी था, वो था तो उनका भी खून।

इस बार ख़ामोशी के साथ शिखा का जवाब और उसके आँसू भी थे।

और उस रात एक बड़ा फैसला, थोड़े दर्द और थोड़ी ख़ामोशी में लिया गया। ये बात अलग थी कि राजेश इन सभी चीजों से अंजान था। उसे अंजान बनाये रखना इस मास्टर प्लान का एक हिस्सा भी था। और एक बार फिर जाने-अनजाने में उसके साथ बड़ा अन्याय हो रहा था।

इस बार सब कुछ ठीक से हो गया। शिखा के पिता को अपने आप पर बड़ा गर्व हुआ। ये वैसी ही फीलिंग थी, जैसा एक छोटा बच्चा अपने स्कूल में चीटिंग करने के बाद महसूस करता है।

इस फीलिंग में हम खुद जानते हैं, कि जो हुआ है सब कुछ गलत है, लेकिन उद्देश्य के कंधे पर सारा बोझ डालकर, हम उसे एक Intelligent Choice का नाम दे देते हैं।

ख़ैर, ये कोई नई बात नहीं; ये अक्सर ही होता है। कुछ गलत या अजीब बात हो तो उसे अगर इंग्लिश में बोल दिया जाये, तो वो गलत या अजीब रहे न रहे, पर cool तो बन ही जाती है।

शिखा एक बार फिर से ज़िन्दगी शुरू कर रही थी; इस आशा में, कि अब सब ठीक होगा। शिखा के पिता को आशा नहीं, बल्कि यकीन था, कि सब कुछ ठीक ही होगा।

और सब कुछ ठीक हुआ भी। शिखा ने अपनी खोई हुई

लाइफस्टाइल धीरे-धीरे वापस पा ली। अब वो फिर से मॉल्स में जाने लगी, मुम्बई की चकाचौंध में फिर से शरीक होने लगी, एक बार फिर वो उन सभी सीरियल्स को So cheap कहने लगी... और थोड़ी बेवफा, थोड़ी खुदगर्ज़ होने के बाद, वो अब थोड़ी और मॉडर्न हो गयी।

कुछ समय बाद....

''जब सब कुछ ठीक ही हो रहा है, Then what is the problem?'' हर्षिल ने थोड़ा परेशान होकर पूछा था।

''How would I know?'' शिखा ने अपने अतीत की स्मृतियों को याद करते हुए कहा।

''Okay.... मुझे लगता है, We should consult a doctor.'' मेरा एक दोस्त है, वो obstrecian है; साथ में ही प्रैक्टिस थी हमारी; मैं उससे अपॉइंटमेंट लेता हूँ, फिर देखते हैं।''

शिखा के मन में बड़ा डर था।

जिस बात का शिखा को डर था, वही हुआ। शिखा अब कभी माँ नहीं बन सकती। डॉक्टर के पास हर्षिल के सवालों का जवाब नहीं था, पर शिखा के पास इन सारे सवालों के जवाब थे, जिन्हें वो किसी के साथ बाँट भी नहीं सकती थी।

शिखा की ज़िन्दगी के अतीत का काला बादल आज भी उसकी ज़िन्दगी में बरसने का काम कर रहा था। लोग अक्सर कहते हैं कि Past is a place of reference, not the place of residence. यदि आपका अतीत, आपके वर्तमान का कारण, और भविष्य का डर बन जाये, तो मेरे हिसाब से वो तुम्हारा गुजरा हुआ समय नहीं, वो केवल समय की बीती हुई तारीख है... मतलब समय नहीं बदला, बस तारीखें बदल गयी, और वो अतीत ही तुम्हारा वर्तमान बन गया है।

शिखा की ज़िन्दगी अब फिर से बदल रही थी, पर अब उसका मन उसकी ज़िन्दगी को नहीं, बल्कि उसके फैसले उसे बदल रहे थे। जिस शिखा ने कभी अपने पिता की, राजेश की, और समाज की नहीं सुनी, और

हमेशा अपने मन की सुनी, उसी शिखा को आज समय की सुननी पड़ रही थी, और सब कुछ समय के हिसाब से करना पड़ रहा था।

कुछ दिनों बाद शिखा को भी एक ख़त मिला।

'शिखा मुझे माफ़ कर दो; तुम्हें मुझसे दूर जाना होगा; अब हम साथ नहीं रह सकते; तुम हमेशा के लिए अपने पापा के घर चली जाओ। मैं तुमसे आज भी उतना ही प्यार करता हूँ, लेकिन मुझे माफ़ करना, क्योंकि मैं अपने घर वालों को भी बहुत चाहता हूँ... केवल कुछ महीनों के रिश्ते के लिए मैं 27 साल पुराने रिश्ते को ठेस नहीं पहुँचा सकता; मैं अपने पेरेंट्स को इतने दुःख में नही देख सकता... मुझे माफ़ करना, तुम्हें जाना होगा।''

- हर्षिल

शिखा को ये सारे लफ्ज़ कुछ जाने-पहचाने लग रहे थे। उस दिन उसे राजेश की जितनी याद आई, शायद पहले कभी नहीं आई होगी, और नियमों की आड़ में किये हुए वार का दर्द भी वो उस दिन समझ गयी थी।

अब शिखा के पास मजबूरी के अलावा कुछ नहीं था। उसने वहाँ से जाने का फैसला ले लिया।

शिखा ने उस दिन मॉडर्न लिबास में समाज की नंगी तस्वीर देखी थी। उसने ये कभी नहीं सोचा था, कि पढ़े-लिखे सो कॉल्ड मॉडर्न लोग उसकी इस कमी को अपनाने की जगह, उससे अलग होने की बात करेंगे। वो उस दिन समझ गयी थी कि मॉडर्न दुनिया में केवल लफ्ज़ और बातें ही मीठी होती हैं, काम नहीं। उसके ये सोचने का कारण केवल हर्षिल का मना करना नहीं था, बल्कि जिस भोलेपन से उसने मना किया, वो था।

एक बार फिर से सब अपना-अपना काम करने लगे। शिखा, शिखा के पिता, हर्षिल, राजेश और समय... सब। राजेश अपनी ज़िन्दगी में आगे बढ़ गया था। उसे एक बेटी हुई, जिसका नाम उसने शिखा रखकर शिखा

को हमेशा के लिए अपना बना लिया।

हर्षिल की ज़िन्दगी में शिखा के जाने का कोई ख़ास फर्क नहीं आया, क्योंकि एक तलाकशुदा से तलाक लेने पर दुनिया लड़के को बेचारा और लड़की को ही चरित्रहीन मानती है। शिखा के पिता अब भी शिखा की फिर से शादी करवाने की कोशिश कर रहे थे। इतनी बार अपना रुख बदलने के बाद भी समय ने नई करवटें लेना बन्द नहीं किया था।

और शिखा.... शिखा वहीं पर थी, जहाँ से उसने सब कुछ शुरू किया था। वो अपने उसी साथी के पास थी, जो हमेशा, हर परिस्थिति में वैसा ही रहेगा; वो समंदर के पास थी।

उसने अपनी सारी कहानी समंदर को बयां कर दी। मैंने कहा था न मुम्बई शहर का ये समंदर लाखों लोगों के राज को अपने अन्दर छुपाने के लिए जाना जाता है। ये समंदर, उसमें होने वाले पानी की अधिकता के कारण नहीं, बल्कि हजारों लोगों की अधूरी कहानियों और उनके आँसुओं को खुद में समाने के लिए जाना जाता है; शायद यही कारण है कि मुम्बई शहर का ये समुंदर इतना अनोखा है।

शिखा की ज़िन्दगी की इस नज़्म को केवल एक किस्सा बनाकर मैं अपने ज़हन में नहीं रख पाया, और उसके टूटे रिश्तों और छूटे हुए कुछ आँसुओं को समेटकर, उसकी जिन्दगी की नज़्म को अपने कागज़ की नज़्म में मैंने कुछ इस तरह तब्दील कर दिया।

- चिराग खत्री

समंदर के किनारे पर बैठकर अब वो सोचती है
लहरों में ही अब वो रहती है
न कोई दरिया, न किसी साहिल की अब चाह है
इस साथी के मिल जाने में ही अब नयी राह है।
कभी परिस्थितियों ने, कभी रिश्तों ने उसे तोड़ा
इन्ही टूटे रिश्तों से.. नया साथ भी उसने जोड़ा

उसकी कहानी में कुछ बदला तो बदला बस किरदारों का नाम
शुरूआत तो हमेशा वही थी, बस अंत ही था उसमे गुमनाम
है वो आँसू भी नमकीन..
है समंदर भी नमकीन..
छुपाकर..थोड़े आँसू इस समंदर में
डुबो दिये अपने गम इसके भीतर में
ख़ैर!
हमेशा ही इस समंदर ने काफी आँसुओं को है पिया
उन आँसुओं को सदा ही... मोती का दर्जा है दिया....
अभी खत्म हुई नहीं उसकी ज़िन्दगी....
खत्म तो हुआ है ज़िन्दगी का एक पड़ाव
ये अंत तो बिल्कुल नहीं था.. था ये तो
आने वाली ज़िन्दगी का नया चढ़ाव.....
आने वाली ज़िन्दगी का नया चढ़ाव.....
आने वाली ज़िन्दगी का नया चढ़ाव.....

* * *

जैसे ही दिग्विजय ने अपनी बात ख़त्म की, सब की नज़रें लक्ष्य पर
आ गयीं। सब उसके बोलने का इंतज़ार करने लगे।

"ऐसे क्यों देख रहे हो सब?" लक्ष्य ने कहा

"तू बोल अब; मैंने बता दिया सब कुछ, जो सही लग रहा था।"
दिग्विजय ने कहा

"पता नहीं यार... मुझे समझ नहीं आया, तू उससे कहना क्या चाह
रहा था।" लक्ष्य ने कहा

वैसे तो लक्ष्य सब कुछ समझ गया था, फिर भी, सब कुछ न समझने
का नाटक कर रहा था। समझदार इंसानों के साथ होता है न... जब बातें
उनके खिलाफ जाने लग जाती हैं, तब उन्हें वो थोड़ी कम समझ आती हैं।
Intelligent होने का यही नुक़सान है; जैसे-जैसे इंसान समझदार होता

जाता है, वैसे-वैसे वो थोड़ा कम acceptable हो जाता है।

''मैं बस इतना कह रहा हूँ, शिखा ने अपनी पूरी ज़िन्दगी में, पहले न अपने पिता की, न राजेश की, न समाज की नहीं सुनी; उसने हमेशा अपने मन की सुनी; तो बस मैं जो कह रहा था, समाज तुम्हारी ज़िन्दगी में दखलअंदाजी करे, वो तुम्हारी choice है।''

अब हर्षिल, शिखा से ज्यादा educated था, पर फिर भी उसने समाज की सुनी, और शिखा के साथ अपना रिश्ता तोड़ दिया; तो ये person to person vary करने वाली बात है।'' दिग्विजय ने कहा

''शिखा ने अपने मन की करके, कौन सी ख़ुशी पा ली? आखिर में उसको क्या हासिल हुआ?'' लक्ष्य ने कहा

''ये तो point ही नहीं है; बात शुरू इस चीज़ पर हुई थी कि, समाज तुम्हारी ज़िन्दगी में दखलअंदाजी करे; वो compulsion है या option, तो वो option है।

और जहाँ तक शिखा की बात है, वो अपने फैसलों की मारी है। उसने सभी फैसले गलत लिए; हो सकता है उसकी ज़िन्दगी में पीड़ा हो, पर उसकी ज़िन्दगी कभी भी बिना सहारे के नहीं होगी, क्योंकि ज़िन्दगी में काम करने का मतलब है, decision लेना; और उसने अपनी ज़िन्दगी में सारे decision खुद लिए हैं। अब ये तुम्हारे ऊपर है कि तुमको पीड़ित बनना है, या बेसहारा।'' दिग्विजय ने कहा।

''तेरी बात बिल्कुल सही है; लक्ष्य भी मान गया है ये तो।'' समर्थ ने कहा।

''मेरे सवाल इस टॉपिक पर कुछ और है; तूने अभी कहा, शिखा फैसलों की मारी थी; जब वो फैसले ले रही थी, तब वो ये कहाँ जानती थी, कि उसके फैसले गलत हो जायेंगे।'' समर्थ ने कहा

''तो तेरे हिसाब से शिखा की कोई गलती नहीं थी?'' इमरान ने पूछा

''उसने ज़िन्दगी में कुछ फैसले लिए; वे फैसले गलत हो गए; अगर वही फैसले सही हो जाते, तो हम उसकी तारीफ कर रहे होते।

''जैसे मान ले, शिखा के abortion के बाद, अगर हर्षिल और शिखा को भी बच्चा हो जाता, तो सब ठीक रहता, और शिखा भी खुश

रहती; तब उसके सारे फैसले सही हो जाते।'' समर्थ ने कहा

''तो तेरे हिसाब से कोई भी फैसला ले लो बिना सोचे समझे; जैसा शिखा ने लिया, अपने नौकर के साथ भागने का, और बाद में वो गलत फैसला जब तक तुम्हारी ज़िन्दगी में कोई असर न डाले, तब तक उसे गलत मत बोलो।'' दिग्विजय ने कहा

''फैसला सही है या गलत, ये कौन decide करेगा? तेरी नज़र में जो फैसला सही है, हो सकता है मेरी नज़र में वो गलत हो, और मेरी नज़र में जो सही है, वो तेरी नज़र में गलत हो।

सही गलत तो relative term है; इस दुनिया में कुछ भी absolute correct या absolute wrong नहीं होता।'' समर्थ ने कहा

''फिर तो discussion ही end हो गया; जिसको जो करना है करने दो; मतलब तेरे हिसाब से terrorist भी सही हैं, और संत भी सही हैं, क्योंकि वे जो कर रहे हैं, वो उनकी नज़र में सही है।'' दिग्विजय ने sarcastic tone में कहा।

जैसे ही दिग्विजय ने ये कहा, समर्थ को छोड़, बाकी सब लोग हँसने लगे।

''रुको यार.., मुझे बोलने तो दो।'' समर्थ ने सबकी हँसी को रोकते हुए कहा

''तू चीजों को extreme level पर क्यों लेके जा रहा है; मैं बस इतना कह रहा हूँ कि कोई फैसला तेरी नज़र में सही है, और तूने वो फैसला नहीं लिया, तो वो बात गलत है।'' समर्थ ने कहा।

'मतलब?' सोहेल ने पूछा।

''मतलब... लिया हुआ फैसला सही या गलत नहीं होता; यदि वो फैसला सही समय लिया जाए, तो वो सही होता है, और यदि न लिया जाए, तो वो गलत होता है।'' समर्थ ने कहा।

''मैं.. मेरे एक पहचान वाले की एक कहानी से तुम्हें समझाता हूँ।'' समर्थ ने कहा।

समय

''रिजल्ट देखो; तुम्हारा 2nd इयर में सिर्फ 56% है... ध्यान कहाँ रहता है तुम्हारा? मेरी इज़्ज़त का कुछ ख़याल है या नहीं! दो साल हो गए; तुमने अपनी मन की बहुत कर ली, अब जो मैं बोलूँगा तुम केवल वही करोगे। अब से ही तुम CAT के लिए कोचिंग join करोगे, और MBA की तैयारी शुरू करोगे... मुझे तुम्हारा पूरा ध्यान पढ़ाई और सिर्फ पढ़ाई में चाहिये।'' समय को लगा मानो पापा ने highclass society की लाइफ स्टाइल को मेन्टेन रखने का सारा दायित्व उसे सौंप दिया हो।

''पर पापा मैं, वो ....।'' समय ने सफाई देने की कोशिश में कहा।

''मुझे कुछ नहीं सुनना है; मैं जो बोल रहा हूँ, तुम वो ही करोगे; अब मुँह लटकाकर क्या खड़े हो; जाओ यहाँ से।''

''जी पापा।'' कहकर समय वहाँ से चला गया।

समय और उसके पिता के बीच में केवल एक generation का नहीं, बल्कि सोच का भी बड़ा फर्क था। जहाँ एक तरफ समय के पिता ज़िन्दगी के तजुर्बे से समय को आँक रहे थे, वहीं समय, अपनी उम्र के जुनून से ज़िन्दगी को आँक रहा था। समय के लिए उसके पापा की ज़िद केवल एक

पुरानी सोच थी। वैसे इसमें समय की नहीं, बल्कि उसकी उम्र की गलती थी। वो उम्र के जिस पड़ाव पर था, वो खुद को घड़ी की सुइयों से आगे पाता था; मगर वो ये नहीं जानता था, कि वक़्त गुज़रता नहीं; वक़्त तो बदलता है, और जब कभी वक़्त को बेफिक्री के तराज़ू में तोलकर ज़िन्दगी को कुछ फर्क न पड़ने की झूठी तसल्ली दी जाती है, तब समय और ज़िन्दगी दोनों में बहुत फर्क आ जाता है। CAT की preparation शायद समय की ज़िन्दगी में उस फर्क की एक शुरूआत थी।

"मम्मी, मेरा टिफ़िन पैक कर देना, आज से कोचिंग स्टार्ट है।" समय ने कहा।

"आज से ही?" समय की माँ ने कहा।

"हाँ मम्मी, आज से ही है।"

"अचानक last year में MBA की तैयारी; ऐसा क्या हो गया।" समय की माँ ने पूछा।

"Fourth sem का रिजल्ट अच्छा नहीं आया, उसकी सज़ा मिल रही है; अब गुनाह किया है, तो सज़ा भी काटनी ही होगी; वैसे भी आगे मुझे क्या करना है, ये मैंने सोचा तो नहीं था... अब कुछ नहीं से तो MBA ही सही।" समय ने कहा

समय की अभी तक की ज़िन्दगी इस बात का उदाहरण बन चुकी थी, कि ज़िन्दगी में सही समय पर सही निर्णय न लिए जाएँ तो ज़िन्दगी हमारे लिए निर्णय ले लेती है। अब वो निर्णय हमें सफलता देता है या असफलता, ये तो नहीं पता, पर इतना अवश्य तय है कि वो निर्णय हमें ख़ुशी कभी नहीं दे सकता।

"पापा ने कहा है; उनकी बात नहीं टाल सकता।" समय पिता की बंदिशों को महसूस कर रहा था। उसने अपनी माँ को goodbye वाला hug देते हुए कहा। "मम्मी, घर आने में टाइम लग जायेगा, मैं वहीं पर खा लूँगा; सार्थक का फ़ोन आए तो कह देना मैं निकल गया; वो भी मेरे साथ कोचिंग join कर रहा है।"

कोचिंग की शुरूआत, समय की जिंदगी में ज़बरदस्ती लाया गया एक पड़ाव था। ये वो पड़ाव था, जिसके लिए समय अभी तक तैयार नहीं था। उस पड़ाव, उस बदलाव के कारण, समय के मन में कई सवाल थे। कुछ ऐसे सवाल, जिनके जवाब वो अपने अंदर ही ढूँढ़ रहा था।

वैसे तो ये सवाल इस कच्ची उम्र के हर लड़के के अंदर होता है, कि future में उसे क्या करना है; इस उम्र की बेफिक्री उसे सोचने तो बहुत कुछ देती है, पर करने कुछ नहीं देती; शायद यही कारण है कि वो भविष्य का सोचकर वर्तमान को भविष्य में बदलते रहते हैं, और भविष्य का फैसला लेने के लिए, उसकी नींद, तन टूटती है, जाप वर्तमान [illegible] एक [illegible] भविष्य में रख देता है।

"सार्थक, कितना लेट कर दिया तूने; पहला ही दिन है कोचिंग का और हम इतने लेट हो गये।" समय ने सार्थक से कहा।

"इतना भी लेट नहीं हुए; देख अभी भी स्टूडेंट्स आ रहे हैं।" सार्थक ने कहा

"एक तो late आया, और ऊपर से सिखा भी रहा है।" समय ने कहा

"अब बहस करने में ही टाइम बर्बाद करेगा, या अन्दर भी चलेगा?" सार्थक ने कहा।

"ठीक है, ठीक है... चल, क्लास का टाइम हो गया है।" समय ने कहा।

सार्थक और समय, दोनों बहुत ही अच्छे दोस्त थे। सार्थक से ज्यादा समय को कोई नहीं समझता था, और न कोई जानता था; जानने से मतलब है, कि एक सार्थक ही था, जो समय के खुराफाती इरादों को, विचारों को, एक पल में भाँप लेता था। वो ये भी अच्छे से जानता था कि समय MBA नहीं करना चाहता; वो तो बस अपने पापा के कहने पर formality कर रहा है। वो अक्सर समय को ज़िन्दगी में serious होने की सलाह देता रहता था... ये बात अलग है कि वो खुद समय से भी ज्यादा chill था।

समय और सार्थक, जैसे ही क्लास में घुसे, एक नये माहौल ने उनका स्वागत किया। वो typical CAT की प्रिपरेशन वाली क्लास थी। वहाँ की बेंचेज़ क्लास की दीवारों से लगी हुई थीं, और उन बेंचेज़ के बीच में बहुत सी खाली जगह छोड़कर रखी गई थी मानो वहाँ से कोई satellite launch होने वाली हो। आम लोगों के लिए तो वो जगह group discussion के लिए छोड़ी जाती थी, पर MBA की तैयारी करने वालों के लिए वो जगह सच में किसी satellite launch से कम नहीं होती; उसका कारण बस इतना था, कि उस जगह पर पूरा group discussion इंग्लिश में होता था, जो उनके लिए किसी satellite launch से कम नहीं था।

क्लास में घुसते ही, समय और सार्थक, सीट ढूँढ़ने लग गये। सार्थक को तो जगह मिल गई, पर समय को पीछे वाली बेंच पर अकेले ही बैठना पड़ा। समय अपनी बेंच पर बैठ गया। उसका ध्यान न अपने कोर्स पर था, और न ही क्लास में था; वो तो अपनी आगे की ज़िन्दगी के बारे में सोच रहा था। वो ये सोच रहा था कि उसका MBA करने का क्या कारण है; उसको MBA करना चाहिए या नहीं? और अगर वो MBA नहीं करेगा, तो वो क्या करेगा, क्योंकि समय की ज़िन्दगी में ऐसा कोई passion भी नहीं था। उससे बड़ी मुसीबत उसके लिए ये थी, कि उसके पास कोई हुनर भी नहीं था, जिसको वो अपना काम बनाकर अपनी ज़िन्दगी को जी पाए; और यदि उस हुनर को अपना काम न बना पाए, तो सदा के लिए दुनिया को कोसते हुए अपने सपनों की दुनिया में जी पाए। वो ये सब सोच ही रहा था, कि इतने में एक बहुत ही मीठी सी आवाज़ ने समय का ध्यान अपनी तरफ खींचा।

"Can I sit here?"

समय कुछ कह नहीं पाया; बस उसने अपने बैग को सीट से हटाकर नीचे रख दिया।

"Hello...! सलोनी from महरानी कॉलेज।"

"Hi... समय from सुबोध कॉलेज।"

"बहुत लेट हो गया; क्लास शुरू हुए 15 मिनट हो गए हैं... ये जयपुर का ट्रैफिक, और ऊपर से इंस्टिट्यूट ढूँढ़ने में भी बहुत टाइम लग

गया।''

“Hmm.. वो तो है।'' समय ने कहा।

“एक टॉपिक कम्पलीट होने वाला है, क्या आप मेरी मदद कर देंगे इस टॉपिक में?'' सलोनी ने कहा।

“ya sure, क्यों नही; क्लास के बाद मैं आपको बता दूँगा।''

सलोनी की आवाज़ के साथ, उसकी बातें भी समय को इम्प्रेस कर रही थीं। समय के साथ ये शायद पहली बार हो रहा था, कि कोई लड़की उससे आगे बढ़कर बात कर रही हो।

अब समय के मन में कोचिंग join करने का कोई अफ़सोस नहीं था। शायद वो अपने बेटर में बेस्ट ढूँढ़ने की कोशिश कर passionate रहने की कोशिश कर रहा था। वो MBA में ही अपनी ख़ुशी दूसरी तरह से ढूँढ़ रहा था।

“Hi.. सलोनी!''

“Hello .. समय!''

“सलोनी, ये तुम्हारे इंग्लिश के नोट्स, तुमने तो सब कुछ ही लिख दिया है; इसको पढ़ लो तो किसी बुक की ज़रूरत ही नहीं है।'' समय ने कहा।

“ठीक है... ठीक है, अब इतने भी अच्छे नहीं हैं।'' सलोनी ने कहा।

“इतनी modesty भी सेहत के लिए अच्छी नहीं होती।'' समय ने कहा।

“Quants के नोट्स भी तुम्हारे पास ही हैं न?'' सलोनी ने बात बदलते हुए कहा।

“हाँ मेरे पास ही है; वो मैं कल लौटा दूँगा।''

“No problem''

पढ़ाई की बात तो हो गयी, अब अपने काम की बात करता हूँ। समय ने अपने आपसे कहा

“कुछ कहना चाहते हो क्या?”

“नहीं.. बस इतना कहना था, कि पूरे हफ़्ते से हम पढ़ ही रहे हैं; आज saturday है... तुम फ्री हो तो आज रात कहीं चलें?” समय ने एक मिनट रुककर सलोनी से कहा।

“आज.. पर कहाँ?” सलोनी ने कहा।

“नाहरगढ़ चलें? वहाँ एक नया restaurant खुला है; रात को वो जगह और भी सुन्दर हो जाती है, जैसे सारा दिन उसे सुन्दर बनाने में लगा हो।” समय ने हिचकिचाते हुए पूछा।

“Sure... night beauty of jaipur; वो भी तुम्हारा साथ, बेस्ट कॉम्बिनेशन है।”

“तो मैं done समझूँ?” समय ने कहा

“बिल्कुल.. I am in.”

समय ने ज़िन्दगी में वैसे तो कुछ भी सही वक़्त पर नहीं किया था, मगर आज समय, नाहरगढ़ के लिए सलोनी के घर बिल्कुल टाइम पर पहुँच गया था, शायद सलोनी के कारण; या फिर शायद इस कारण, कि पहली बार वो अपनी ज़िन्दगी में सही वक़्त पर खुद निर्णय ले रहा था। और ज़िन्दगी में सही निर्णय से ज़्यादा ज़रूरी होता है, सही समय पर निर्णय लेना... सही समय पर लिया निर्णय तकलीफ दे सकता है, पर पछतावा कभी नहीं देता।

“कितना अच्छा मौसम है आज।” सलोनी ने सीट बेल्ट लगाते हुए कहा।

“हाँ मौसम तो अच्छा है; नाहरगढ़ में तो और भी अच्छा होगा; और वहाँ का view तो देखते ही बनता है... तुम कभी रात में नाहरगढ़ गई हो?” समय ने पूछा।

“नहीं; आज पहली बार जा रही हूँ।”

“नाहरगढ़, लोग या तो एक बार भी नहीं जाते, या फिर बार-बार जाते हैं; तुम भी एक बार वहाँ जाओगी, तो वो जगह तुम्हारी आदत में आ जायेगी।” समय ने कहा।

“इतनी सुन्दर लगती है क्या वो जगह रात को?” सलोनी ने पूछा।

“सुन्दर और शांत दोनों; वहाँ की शांति ही वहाँ की सुन्दरता है।”

“अभी कितना टाइम है हमें पहुँचने में?” सलोनी ने पूछा।

“बस कुछ देर और।”

‘अच्छा।’

“ये लो पहुँच गए हम; वो रहा तुम्हारा जयपुर शहर।” समय ने गाड़ी रोकते हुए कहा

“What a place!” सलोनी ने गाड़ी से उतरते हुए कहा।

“ये छोटी-छोटी lightings, बिल्कुल ऐसा लग रहा है, जैसे जुगनू टिमटिमा रहे हों; मन करता है, बस यहाँ बैठकर पूरे गुलाबी शहर को निहारते रहें।”

उस गुलाबी शहर की चमक में खोकर, समय और सलोनी वहीं ज़मीन पर बैठकर शहर और आसमान दोनों के तारों को निहारते रहे। वहाँ की शांति से ज्यादा जो बात उन्हें सुकून दे रही थीं वो थी उन दोनों की नजदीकियाँ। सलोनी ने अपने फ़ोन में लता जी का गाना, *लग जा गले कि फिर ये हँसीं रात हो न हो... शायद फिर इस जनम...* लगाकर माहौल को और हसीन बना दिया। सलोनी, समय के कंधे पर अपना सर रखकर, उस शहर, उस गाने, और उस साथी में थोड़ा और डूब गयी।

“What a song!” समय ने कहा।

“ये सिर्फ गाना नहीं है.. इसके एक-एक लफ़्ज़ में जान है।” सलोनी ने कहा।

“ये रात, ये गाना, ये शहर और तुम; शायद ये ही जन्नत है।” समय ने कहा।

सलोनी खामोश रही; कुछ नहीं कहा।

वहाँ पर बैठे-बैठे, ऐसे न जाने कितने गानों को उन्होंने कानों से होते हुए दिल तक पहुँचने दिया, और अपने रिश्ते को और भी मजबूत कर

दिया।

उस रात, घर जाकर समय सो नहीं पाया। वो पूरी रात बस ये सोचता रहा, कि वो जो सलोनी के लिए feel करता है, क्या सलोनी भी उसके बारे में ऐसा ही सोचती है। उस रात उसने सारी research और सारे analysis कर लिए। ये वो ही analysis थे, जिसमें लड़का सोचता है कि, उसने हाथ पकड़ा है, तो प्यार तो करती ही है; पर उसने कहा था कि, मुझसे कुछ उम्मीद मत रखना... तो शायद नहीं भी करती हो। इस analysis की कोई बुनियाद नहीं होती, और इस analysis के बाद लड़के का अपने दोस्तों की मंडली में कद बढ़ जाता है, और उसकी ज़िन्दगी में बेचैनी भी।

जहाँ समय, एक वक़्त जिंदगी की सच्चाइयों से जूझ रहा था, वहीं आज वो प्यार के सपनों में बँध गया था। वो बार-बार ये सोचता रहा कि उसे सलोनी को सब कुछ कह देना चाहिए। अगर इस बार भी समय ने अपना काम नहीं किया, तो एक बार फिर वक़्त अपना काम करेगा; बस इसलिए उसने ये निर्णय ले लिया कि वो उसके CAT के पेपर के पहले सलोनी से सब कुछ कह देगा। आज पहली बार वो अपनी ज़िन्दगी में अपना फैसला खुद ले रहा था।

"समय, आज मम्मी-पापा की anniversary है; तुम्हें आना है।" सलोनी ने समय को call करके कहा।

"तुम्हारे घर... मैं? मुझे थोड़ा अजीब लगेगा; मै आज तक कभी अंकल आंटी से मिला ही नहीं हूँ; मेरा आना ठीक होगा?" समय ने कहा।

"हाँ ...तो आज मिल लेना; इसलिए तो तुम्हें invite कर रही हूँ।"

"मैं आ जाऊँगा।"

समय जब वहाँ पहुँचा, तो वो एकदम typical family function था। सलोनी के दोस्त छोड़ो; उसकी उम्र के भी लोग वहाँ दिखाई नहीं दे रहे थे। समय अपनी शर्म में, अकेले ही बैठकर स्टेज पर चल रहे कॉन्सर्ट का लुत्फ़ लेने लगा... तभी सलोनी वहाँ आ गयी।

"कहाँ हो यार तुम; कब से तुम्हें फ़ोन कर रहा हूँ।"

“यहीं पर थी मैं तो; अब मैं तुम्हारे साथ ही रहूँगी कहीं नहीं जाऊँगी।”

“सलोनी, मेरा तो छोड़ो, मुझे तो यहाँ तुम्हारी पहचान का भी कोई नज़र नहीं आ रहा।” समय ने कहा

“हाँ.. तभी तो तुम्हें बुलाया है; ताकि हम quality time spend कर पायें।”

“Quality time, वो भी यहाँ पर।”

“हाँ.. मैंने सब कुछ पहले से ही प्लान कर रखा था।”

‘मतलब?’

‘मतलब ये, कि थोड़ी देर formality करके हम लोग ऊपर चले जायेंगे... मैंने dad से पहले ही कह दिया है, कि समय आएगा, तब हम ऊपर जाकर पढ़ने लगेंगे।”

“हम अभी पढ़ाई करेंगे?” समय ने पूछा।

सलोनी चुप रही, उसने कुछ नहीं कहा।

और वे दोनों थोड़ी देर में ऊपर चले गए। समय को कुछ भी समझ नहीं आ रहा था, कि ये सब क्या हो रहा है, और अब उसे क्या करना चाहिए।

“इस टाइम पर हम पढ़ाई करेंगे?” ऊपर, कमरे में पहुँचते ही समय ने पूछा।

“हम कर क्या रहे हैं सलोनी?” कमरे में पहुँचते ही समय ने एक और सवाल दाग दिया था और अब सलोनी के बिस्तर पर जाकर बैठ गया।

सलोनी ने समय को अनसुना कर दिया, और वो अपनी CAT की किताब लेकर वहाँ आ गयी; वो बात अलग थी कि उसने किताब लाकर बस वहाँ रख दी, और किताब खोली भी नहीं।

क्या हो रहा है यार ये सब। ऊपर पढ़ने के लिए लेकर आयी है, या फिर कुछ और बात है। नीचे पार्टी चल रही है, पढ़ने के लिए तो नहीं लायी होगी पर किताब तो लेकर आ गयी है। कुछ समझ नहीं आ रहा। समय ने अपने आप से ये बात कही।

ये केवल समय की कहानी नहीं थी। दोस्ती और प्यार के बीच में जूझ रहे हर लड़के की यही कहानी होती है। नियति उनकी दोस्ती को प्यार में तब्दील करने का मौका देती है, पर उस वक़्त वे ऐसे मौकों को सोच-सोचकर ही गवाँ देते हैं।

एक काम करता हूँ, इससे ही पूछ लेता हूँ। समय ने अपने आप से कहा।

''सलोनी, हम यहाँ पर क्यों आये हैं।'' समय ने सलोनी से कहा।

''क्यों, तुम्हें अच्छा नहीं लग रहा यहाँ पर?'' सलोनी ने समय की आँखों में आँखे डालते हुए कहा।

''नहीं, अच्छा तो लग रहा है, पर अजीब भी लग रहा है।'' समय ने कहा।

''अजीब क्यों लग रहा है... हम अच्छे दोस्त हैं; नीचे उस boring party से अच्छा है, मैं यहाँ शांति में तुम्हारे साथ बैठकर अपने दिल की बातें तुमसे करूँ।'' सलोनी ने कहा

''सलोनी, एक बात पूछूँ?'' समय ने हिम्मत करके कहा

''हाँ, बोलो समय।'' सलोनी ने कहा

''तुम मेरे साथ लगभग पूरा दिन अब बिताने लगी हो, ऐसा क्यों?''

''क्योंकि तुम मेरे बहुत अच्छे दोस्त हो।''

''दोस्त तो तुम्हारे और भी होंगे पर..।'' समय ने कहा

''पर तुम्हारे साथ जैसा लगता है, उनके साथ वैसा नहीं लगता, बस इसलिए।'' सलोनी ने समय की बात को काटते हुए कहा।

''मेरे साथ रहना, तुम्हें अच्छा लगता है, केवल ये बात है?'' समय ने पूछा।

''हाँ.. इसके अलावा और क्या बात हो सकती है।'' सलोनी ने कहा

उसके बाद वे अपनी ख्वाबों की दुनिया से बाहर आ गए थे। दिल की बातों की जगह दिमाग ने ले ली थी। अब वे CAT की और MBA की बातें

करने लगे थे। लड़के और लड़कियों की दोस्ती में ऐसे पल कम ही आते हैं; और उस पल को गवाँ देना उनकी आने वाली ज़िन्दगी पर बड़ा फर्क डालता है। उस दिन शायद सलोनी और समय ने भी वो पल गवाँ दिया था।

बातें करते हुए समय और सलोनी को उस कमरे में लगभग 1 घंटा हो चुका था। नीचे पार्टी भी खत्म हो चुकी थी, इसलिए समय ने वहाँ से जाने का फैसला लिया।

समय, जब बिस्तर से उठ कर गेट की तरफ गया, और उसने गेट खोला, तो पीछे से सलोनी ने कहा 'समय!'

समय ने पीछे गुड़बार सलोनी की तरफ देखा।

"तुमने ये पूछा था न, कि हम यहाँ क्यों आये हैं?"

'हाँ।' समय ने कहा

"जब घर में पार्टी चलती है, तब कोई भी लड़की अपने कितने भी अच्छे दोस्त को कभी अकेले कमरे में नहीं लाती।" सलोनी ने ये कहकर समय की बेचैनी और असमंजस दोनों को बढ़ा दिया।

समय, सब कुछ सुनकर चुपचाप वहाँ से चला गया; उस बात का, और उस रात का कुछ मतलब नहीं निकाल पाया, इसलिए उसने अपने दोस्त, सार्थक का सहारा लिया और उस रात ही उसको अपने घर बुला लिया।

"अबे... तूने इतनी रात को क्यों बुलाया है?" सार्थक ने कहा

"मुझे तुझ से कुछ ज़रूरी बात करनी थी।" समय ने कहा

"हाँ बोल.. क्या हुआ?"

"मुझे सलोनी का कुछ समझ नहीं आ रहा, वो चाहती क्या है।"

'मतलब?'

"मतलब ये कि एक तरफ तो वो मुझे दोस्त बोलती है, और दूसरी तरफ मुझे कई बार ऐसा लगता है कि वो मुझे पसंद करती है; अब समझ नहीं आ रहा कि उसके मन में क्या है।"

"देख, अभी CAT में केवल दो महीने हैं; अभी तू उससे जैसे बात

कर रहा है, वैसे ही करता रह; और कभी मौका मिले तो बोल देना। तू ये उम्मीद मत करना कि वो तुझसे बोलेगी... और ज्यादा जल्दी भी मत करना बोलने में, समझा।''

''तो अभी क्या करूँ?''

''तू अभी थोड़ा hint देता रह; एक बार exam हो जाये फिर देखते हैं कि क्या करना है।''

''चल ठीक है।''

सार्थक, समय का वो दोस्त था, जिसका कभी किसी लड़की से कोई वास्ता नहीं रहा, पर दूसरों को रिलेशनशिप में पहुँचाने के उसके पास बहुत से नुस्ख़े थे। केवल समय ही नहीं हिन्दुस्तान में हर लड़के का एक ऐसा दोस्त होता है, जिससे वो अपने दिल की सारी बातें करता है; और चाहे उस दोस्त का प्यार में अनुभव शून्य हो, पर वो उसे love-गुरु ही नज़र आता है।

अब सार्थक के कहने पर, या फिर अपने डर के कहने पर, समय केवल सलोनी के साथ समय काटने लगा। वो एक बार फिर से वही गलती करने जा रहा था, जिसकी सज़ा वो एक बार पहले पा चुका था। एक बार फिर से वो वक़्त बिताकर अपने फैसले खुद नहीं, बल्कि ज़िन्दगी को लेने की अनुमति दे रहा था। समय ने, समय से कुछ ख़ास सबक नहीं लिया, और फिर वो दिन आ ही गया जिसका सबको इंतज़ार था।

''Hello.. कहाँ हो समय, आज रिजल्ट है अपना। हमने decide किया था कि हम रिजल्ट साथ ही देखेंगे; तुम आए नही अभी तक!'' सलोनी ने कहा।

''हाँ सलोनी, मैं मंदिर आया था।'' समय ने कहा

''ये टाइम मंदिर जाने का है क्या?''

''मंदिर आने का यहीं सबसे सही टाइम होता है।''

''ठीक है बाबा.. जल्दी आओ।

''तुम फ़ोन काटो, मैं बस अभी प्रकट हुआ।''

''ok bye.''

समय को वैसे तो भगवान के दर पर जाने की ऐसी कोई खास ज़रूरत नहीं थी; उसके लिए CAT रिजल्ट के कुछ ख़ास मायने नहीं थे... उसके लिए कुछ ज़रूरी था, तो वो थी सलोनी। शायद वो उस दिन CAT के एग्ज़ाम में नहीं, बल्कि अपनी ज़िन्दगी के एग्ज़ाम में pass होने की प्रार्थना करने मंदिर गया होगा।

''आ गये तुम! मैं कब से तुम्हारा wait कर रही हूँ।'' दरवाजा खोलते हुए सलोनी ने कहा

''बहुत डर लग रहा है, पता नहीं क्या होगा।'' समय ने कहा

''डरना मना है, सब अच्छा ही होगा।; चलो अब site खोलो और देखो कि क्या हुआ हमारा।''

''मैं नहीं तुम देखो।'' समय ने कहा

''लाओ, अपना रोल नंबर दो।''

''समय, तुम्हारे 94 percentile है।''

''और तुम्हारे?'' समय ने कहा

मेरे ....? मेरे 99 .... विश्वास ही नहीं हो रहा, ये सच है या सपना।''

''सलोनी, 99 percentile मतलब IIM college ... You did it Saloni... I am proud of you. मेरा थोड़ा कम है; तुम्हारे साथ तो कोई कॉलेज नहीं मिलेगा, मगर कोई college तो मुझे रख ही लेगा।''

''हाँ.... लेकिन अब से पूरा ध्यान सिर्फ इंटरव्यू की तैयारी में ही लगाना है; चलो अब घर वालों को भी ये गुड न्यूज़ दे देते हैं।''

यहाँ भी समय की किस्मत एक कदम पीछे ही रह गई। समय थोड़ा उदास तो था... वो सलोनी का साथ नहीं छोड़ना चाहता था। उसे इस बात का अफ़सोस नहीं था कि उसके percentile कम रह गए; उसे अफ़सोस ये था कि अब उसको सलोनी से अलग होना पड़ेगा। समय की ज़िन्दगी का ये वक़्त काफी असंतोष में गुज़र रहा था, क्योंकि जो निर्णय उसे लेना चाहिए था, उस फैसले को वो केवल टाल रहा था।

वो दिन भी आ ही गया, जिस दिन समय और सलोनी को college

मिलने थे। समय को निरमा कॉलेज, अहमदाबाद मिला, और सलोनी को IIM बैंगलोर। अब उनका अलग होना तय हो चुका था।

"समय, हो गई तैयारी जाने की?"

"हाँ, बस चल रही है।"

"मेरा तो अभी काफी कुछ बाकी है; बहुत डर भी लग रहा है; नई जगह, नए लोग... कैसे मैनेज करूँगी।"

"तुम कहो तो मैं चलूँ तुम्हारे साथ; तुम्हारे सारे काम भी कर लूँगा और तुम्हारा ध्यान भी रख लूँगा।"

"Very funny ... तुम अपना ध्यान रख लो वही बहुत है, मैं अपना ध्यान खुद रख लूँगी।" सलोनी ने कहा।

"वैसे तुम्हें भी आज ही निकलना है न?" सलोनी ने आगे जोड़ा

"हाँ ... आज ही; तुम्हारी ट्रेन के एक घंटे बाद मेरी ट्रेन है... तुम ठीक समय पर station पहुँच जाना, मैं तुम्हें वहीं see off करने आऊँगा।"

समय ने बड़ी हिम्मत के बाद फैसला ले लिया कि अब वो सलोनी को सब कुछ कह देगा; उसके दिल में जो भी है, वो सब कुछ उसे बता देगा, और उस आखरी मुलाक़ात को अपनी ज़िन्दगी की सबसे यादगार मुलाक़ात बना देगा।

उस दिन बिल्कुल ठीक समय पर समय स्टेशन पहुँच गया। बहुत हलचल थी, उसके मन में, और शायद दिल में भी। बहुत सारी बातें थीं, जो वो सलोनी से कहना चाहता था... और सुनना भी। जब उसने पहली बार सलोनी को देखा, तब से लेकर आज तक वो सारी बातें सलोनी को बताना चाहता था, जो वो उसके लिए महसूस करता था। वो हर एक अहसास, जो उसने सलोनी के साथ जिया, मगर कभी कह नहीं पाया, वो उन सारे अहसासों का ज़िक्र करना चाहता था। समय भी ये जानता था कि उसके पास सलोनी से अपने प्यार का इज़हार करने का ये आखरी मौका था, इसलिए उसने अपनी सारी हिम्मत जुटा ली, और सलोनी से अपने दिल की बात कहने के लिए तैयार हो गया।

''समय! किन खयालों में डूबे हो; कब से आवाज लगा रही हूँ, तुम सुन ही नहीं रहे।''

''कुछ नहीं बस ऐसे ही... सलोनी, तुमसे कुछ बात करनी थी।''

''कहीं तुम ये तो नहीं कहना चाहते, कि तुम्हें अहमदाबाद न जाकर, मेरे साथ बैंगलोर आना है।''

''अरे नहीं बाबा ...।''

''हाँ मुझे पता है, just kidding ..पहले प्लेटफार्म पर चलते हैं, फिर बात करते हैं।''

प्लेटफार्म तक पहुँचते-पहुँचते समय को हर पल के बीत जाने का अहसास हो रहा था। घड़ी की हर एक टिक-टिक मानों उसके दिल की धड़कन को बयान कर रही थी।

''वैसे मुझे भी तुमसे कुछ कहना था, पर पहले तुम बोलो।'' सलोनी ने कहा।

''तुम भी कुछ कहना चाहती हो? तो तुम बोलो।'' समय की आँखों में अचानक ही चमक आ गयी।

''ठीक है बाबा... मैं बस यही कहना चाहती थी समय, तुम्हारे साथ जितना भी वक़्त मैंने गुज़ारा है, वो मेरी ज़िन्दगी का सबसे अनोखा वक़्त रहा है; तुमने मेरे लिए बहुत कुछ किया है, तुम बहुत याद आओगे; तुम मुझे भूल तो नहीं जाओगे?''

''कैसी बातें कर रही हो सलोनी।''

''समय, पापा ने मुझे एक बड़ी ज़िन्दगी देने के लिए बहुत कुछ किया है; वो हमेशा चाहते थे। मैं किसी बड़े कॉलेज में पढ़ूँ... अब मैं उस सपने को पूरा करने जा रही हूँ, ये तुम्हारे बगैर कभी पूरा नहीं हो पाता।''

''अरे, मैं अपनी बातों में ये तो भूल ही गयी, कि तुम्हें भी कुछ कहना था।''

समय रुका, और कुछ कह नहीं पाया। शायद उसकी हिम्मत कम पड़ गयी। उसने सलोनी की ट्रेन को आते हुए देखा और कहा-

''हाँ... मैं यही कहना चाहता था कि तुम्हारी ट्रेन आ गई; इस ट्रेन के

साथ तुम भी आगे बढ़ जाओ।''

नहीं कह पाया समय। पहली बार जिंदगी में समय को, समय बहुत कम लग रहा था। उस चलती हुई ट्रेन, और सलोनी को गेट पर देखकर समय को ऐसा लग रहा था, कि ये लम्हा यहीं ठहर जाए। किसी भी तरह वो बस सलोनी को अपने पास रोक ले... मगर वो कुछ नहीं कर पाया।

कई महीने बीत गए। समय और सलोनी की, facebook और whatsapp पर बात होती रही; मगर वैसी ही, जैसी दो मैनेजमेंट स्टूडेंट्स की होती है। समय, कई बार फ़ोन पर बात करने की कोशिश करता, मगर कभी कर नहीं पाता था। वो कभी सलोनी से कुछ कह नहीं पाया। देखते ही देखते समय का पहला टर्म खत्म हो गया, और इतने महीनों बाद समय वापस जयपुर आ रहा था।

''इतने लम्बे सफ़र में साला टिकट भी RAC मिला है; ऐसा लग रहा है मेरी पूरी जिंदगी ही reservation against cancellation में ही निकलेगी; अब वो चाहे करियर हो या फिर प्यार।''

''Excuse me! .. आधी seat मेरी है, please आप अपना बैग हटायेंगी?'' समय ने सीट पर बैठी हुई लड़की से कहा।

''Ya sure.'' समय को उस आवाज़ से अपना अतीत याद आ गया।

ये शायद पहली बार ही हुआ था, कि समय को RAC seat मिलने से भी खुशी हो रही थी। समय अपनी आधी seat पर बैठ गया। वो उस लड़की से बात शुरू तो करना चाह रहा था, पर यही सोचता रहा कि वो उससे क्या पूछे... इतने में खुद उस लड़की ने ही पूछ लिया।

''Do you have some water?''

''No.. But...ट्रेन रुकी है; क्या मैं आपके लिए पानी ले आऊँ;''

कोई जवाब नहीं, सिर्फ मुस्कराहट... इसका क्या मतलब समझा जाए; चलो पानी ले ही आता हूँ। समय ने खुद से कहा।

नीचे उतरते हुए समय बहुत खुश था। उसके ज़ेहन में केवल एक ही

बात थी; जहाँ एक तरफ उस लड़की की प्यास बुझेगी, वहीं दूसरी ओर उसके मन की प्यास बुझेगी।

"अरे, आप पानी ले आये... Thanks; By the way, I am नताशा।"

"Myself समय।"

"आप अहमदाबाद में रहती हैं?" समय ने पूछा।

"हाँ.. मैं अहमदाबाद में fashion designing कर रही हूँ, अभी फाइनल इयर है।"

"That's nice.. मैं भी अहमदाबाद में रहता हूँ, अभी MBA कर रहा हूँ... first year."

नताशा ने समय से कुछ पूछा नहीं था, पर फिर भी समय ने अपने बारे में सब कुछ बता दिया। तीन महीने में ही समय में मैनेजर वाले सारे गुण आ गये थे; उसने अभी से अपने आप को बेचना शुरू कर दिया था।

"आप जयपुर जा रहे हैं?"

"हाँ, बस term end हुआ है, तो अब घर जा रहा हूँ।"

"Ohh..मेरा घर भी जयपुर में है।"

नताशा और समय की बातचीत बिल्कुल सफ़र में चलने वाले दो मुसाफिरों की तरह रहती, वे वैसे ही अपने शहर के बारे में, अहमदाबाद के बारे में, अपने काम के बारे में बातें करते रहते, अगर वहाँ Lataji का गाना न बजता... *लग जा गले.. कि फिर ये... हँसी रात हो न हो... शायद इस जनम...*। और समय को किसी के ये शब्द याद न आते *'ये सिर्फ गाना नहीं है.. इसके एक-एक लफ़्ज़ में जान है।'* ये बात समय को जैसे ही याद आई, समय उस गाने के एक-एक लफ़्ज़ में डूब गया।

"Amazing song."

"मुझसे किसी ने कहा था, *ये सिर्फ गाना नहीं है.. इसके एक-एक लफ़्ज़ में जान है।*" कहते हुए समय दुबारा अपनी कुछ पुरानी यादों में खो गया।

"इतना प्यार सिर्फ गाने से.. क्या आप गाते भी हैं?"

''नहीं, मैं गाता नहीं हूँ, मगर इस गाने से मेरी बहुत सारी यादें जुड़ी हैं।''

''Sorry.. मैं थोड़ा पर्सनल हो रही हूँ... पर कैसी यादें जुड़ी हैं?''

समय थोड़ा रुका, और उसने अपने दिल का सारा दर्द बयां कर दिया। अब एक मैनेजर की मार्केटिंग नहीं; बल्कि एक टूटे हुए दिल की मासूमियत दिख रही थी। समय ने नताशा को वो सारी बातें बता दी... वो हर एक लम्हा, जो समय ने सलोनी के साथ जिया; और उसके जाने पर अपने दिल की बात भी नहीं कह सका; सब कुछ उसने नताशा को कह दिया। नताशा ने भी सारी बातें ऐसे सुनी, जैसे वो समय को बहुत टाइम से जानती हो।

समय, यदि अपनी उस कसक को शब्दों में न लाता, तो ये सफ़र उसके लिए बिल्कुल सामान्य ही होता... पर अपनी कहानी को सुनाने के बाद, और अपनी बातों में नताशा को हमराही बनाकर उसे सारे हक देकर, उससे और बातें करना चाहता था, पर ज़िन्दगी में एक बार फिर समय को समय कम लगा। ट्रेन रुकी और जयपुर आ गया।

''बातों बातो में जयपुर आ गया, पता ही नहीं चला। समय, तुम्हारे साथ पूरी रात कैसे बीत गई पता ही नहीं चला।'' नताशा ने कहा।

समय चुप ही रहा, उसके दिमाग में कुछ और चल रहा था, वो नताशा से और भी कुछ कहना चाहता था; वो उससे उसका नंबर लेना चाह रहा था; वो उसका address लेना चाह रहा था। उसने अपनी पूरी हिम्मत जुटाकर इस काम को पूरा करना चाहा।

''अरे.. किस सोच में पड़ गये?''

समय के सामने अब उसका अतीत खड़ा था... वो अतीत, जो आज एक बार फिर उसे, डर को ख़त्म कर, निर्णय लेने को कह रहा था; उसको एक सीख लेने को कह रहा था।

''नहीं, कुछ नहीं बस ऐसे ही।'' समय ने कहा

''मैं तो मेट्रो से घर जाऊँगी तुम कैसे जाओगे?''

समय वैसे तो मेट्रो से घर नहीं जाने वाला था, पर थोड़ा और वक़्त उसे

मिल जाएँ, इसलिए उसने भी कह दिया,

"मैं भी मेट्रो से ही जाऊँगा, वैसे मुझे तुमसे एक बात भी कहनी थी।"

"अभी हम metro station चलते है, वहाँ पहुँचकर बात करते हैं।"

Metro station पहुँचकर, खुद नताशा ने समय से कहा।' "तुम कुछ कह रहे थे न... मुझे भी तुमसे कुछ कहना है।"

समय की समझ से सब कुछ बाहर हो गया था। वो गहरी सोच में पड़ गया था। नताशा ने उसकी चुप्पी को तोड़ते हुए कहा,

"मुझे तुमसे बात करके बहुत अच्छा लगा, पहली बार RAC टिकिट का दुःख नहीं है मेरे मन में... और रात कैसे कट गयी कुछ पता ही नही चला; वैसे तुम भी कुछ कहने वाले थे न?"

"मैं.. हाँ मैं.. यही कहना चाह रहा था, कि नताशा तुम्हारी ट्रेन आ गयी; इस ट्रेन के साथ तुम भी आगे बढ़ जाओ।"

समय, नताशा से कुछ कह तो नहीं पाया, पर उसकी ये गलती उसकी पिछली गलती से थोड़ी अलग थी, अपनी पिछली गलती से समय कोई सबक नहीं ले पाया था, पर आज उसने सबक लेकर एक निर्णय कर लिया था। आज के दिन समय के past और present में बड़ा अंतर था... एक बड़े निर्णय का अंतर था। उस वक़्त समय ने सोच लिया था, कि ज़िन्दगी में उसने केवल चीजों को अधूरा छोड़ा है; फिर चाहे वो उसका carrier हो या उसका प्यार। पर आज वो ये नहीं करेगा; अब वो अपनी ज़िन्दगी को एक नया मौका ज़रूर देगा; वो सलोनी को फ़ोन कर अपनी feelings का इज़हार ज़रूर करेगा... और समय ने सलोनी को, बैंगलोर फ़ोन कर दिया।

"Hello.. सलोनी, समय here..."

"Hello समय, कैसे हो? कितने टाइम बाद फ़ोन किया तुमने।"

"सलोनी.. मुझे तुमसे कुछ कहना है।"

"हाँ, बोलो समय...।"

"पता नहीं मुझे अब ये बोलना चाहिए या नहीं, पर मैं जो फील करता हूँ, मैं वही बोल रहा हूँ।"

“अब बोलोगे भी।”

“सलोनी ... I feel for you.. I love you.. saloni..।”

“कितना टाइम लगा दिया समय तुमने; मैंने ये 3 शब्द सुनने के लिए बहुत इंतजार किया था, मगर...”

“मगर क्या सलोनी?”

“समय, अब बहुत देर हो चुकी है; मैं अपनी जिंदगी में बहुत आगे बढ़ चुकी हूँ, और शायद तुम भी बढ़ गए होगे। मैं तुम्हे dishearten नहीं करना चाहती, पर I am sorry समय; अब मेरी जिंदगी में कोई और है... मुझे माफ़ कर दो; समय We can be good friends.”

सलोनी ने हर लड़की की तरह फ्रेंडशिप वाला ज़हर समय को दे दिया। ये फ्रेंडशिप, किसी भी लड़के के लिए उसकी ज़िन्दगी की सबसे बुरी दोस्ती होती है। ये किसी भी लड़के के लिए वैसी ही बात होती है, कि प्यार के युद्ध के सेनापति तो आप थे, खून भी आपने ही बहाया, और युद्ध भी आपने ही जीता, पर राज सिंहासन कोई और ले गया।

समय की ज़िन्दगी में जिसने प्यार के रंग भरे थे; जिसके लिए समय ने अपनी कई चीजें दाँव पर लगा दी थी, आज वो ही समय की जिंदगी से दूर जा चुकी थी। समय पर वक़्त का ये सबसे खतरनाक वार था... जिसके बाद समय को खुद नहीं पता था कि अब वो क्या करेगा।

4 दिन बाद

समय अपना फेसबुक अकाउंट चेक कर रहा था, तभी उसने एक लड़की का मेसेज देखा

“Hey.. natasha this side..।”

“Hello नताशा कैसी हो?” समय ने देखते ही रिप्लाई किया

“मैं अच्छी हूँ, तुम कैसे हो?”

“मैं भी बहुत अच्छा हूँ।” समय ने कहा

“सुना है, Fashion designing वाले, अपने कॉलेज में बहुत

busy रहते हैं, और घर आकर उनका टाइम कटता ही नहीं है; अगर फ्री हो तो कॉफ़ी पर चलें?'' समय ने आगे अपनी बात को बढ़ाते हुए कहा।

''Mr. Samay, मुझे पता है आपने अपनी ज़िन्दगी में कुछ चीजों में बहुत देर की है; आपको नहीं लगता कि आप इस बार थोड़ी जल्दी कर रहे हैं?''

''बिल्कुल नहीं.. मुझे लगता है, मैं अपनी गलती से सीख रहा हूँ।''

''तो कल CCD फाइनल करें?'' समय ने कहा।

'Sure...'

उसके बाद समय और नताशा की लगभग एक घंटे तक बात होती रही। जैसे ही समय और नताशा ने अपनी बातों को खत्म कर एक दूसरे से विदाई लेनी चाही, तभी नताशा ने समय को ये आखरी मैसेज किया।

''समय.. एक आखरी बात कहनी थी; कोई भी लड़की अपने कितने भी अच्छे दोस्त को stalk करके उसको मेसेज नहीं करती।''

उसके बाद समय और नताशा फेसबुक से off-line हो गए, लेकिन केवल दो ही महीनों में उन्होंने अपने प्यार को on-line कर दिया था।

उस दिन के बाद समय अपनी गलतियों से सीखकर अपनी ज़िन्दगी में आगे बढ़ गया था। उसे अब समय का महत्त्व पता चल चुका था। अपनी गलतियों के चलते उसने काफी कुछ खोया था, पर अपनी गलती से मिले अनुभव, और अपनी गलती से बदली सोच के कारण उसने काफी कुछ पा भी लिया था।

समय की पूरी कहानी, उसकी नयी और पुरानी सोच की जंग, और उसके अनुभव को मैंने कुछ इस तरह से अपने शब्दों में समेट लिया।

- चिराग खत्री

फिसलती माटी सा यह कह गया
हर एक साँस में यह रह गया
था असीम समन्दर सा यह मेरे पास
पर कतरा-कतरा होकर यह बह गया

कभी ठोकरों से, कभी सहारों से मिली दिशा
मिला कभी उजाला, तो थी कभी निशा
तजुर्बा, अनुभव, यादें, ये थे हमेशा साथ
कुछ धोता रहा तो था वो समय से हाथ
दुःख, पीड़ा बने केवल ज़िन्दगी के एक अध्याय
जिसका महत्त्व न समझा, उसने ही दिलाया इनसे न्याय
किरणों को बादल से ढक कराया सूरज को खुद से ज्ञात
उगना-ढलना न है बरखा का काम, है ये नियति के चक्र की बात
नवजात शोर से कब्र अंत तक साथ चलता रहा
कृष्ण की लीला अर्जुन का सामर्थ्य दोनों बनता रहा
तब रणभूमि अब जन्मभूमि का पहिया था
घूमकर निरंतर सब कुछ ही इसने दिया था
उस मीठे बचपन और कड़वे फैसलों को जब भी मैं सोचता हूँ
पल-पल उससे आज भी मैं सीखता रहता हूँ
अपनी चुप्पी से मैंने बहुत कुछ खो दिया
डर का बीज अपने मन में बो दिया
दर्द आज कुछ इस डर का नहीं
डर तो बस इस बात का है,
समय होकर मैंने समय को खो दिया

* * *

''मैं समझ गया, सही decision अगर delay कर दिया जाए, तो वो आगे आने वाले समय में गलत decision बन सकता है।'' सोहेल ने कहा

''बिल्कुल सही बोल रहा है; समय ने पहले सलोनी को अपने दिल की बात नहीं कही, और जब बाद में बोला, तब तक बहुत देर हो चुकी थी। और केवल रिलेशनशिप ही नहीं, अपने carrier में भी वो इस तरह से ही चीजों को टाल रहा था, जिसका खमियाज़ा उसको भुगतना पड़ा।'' समर्थ ने कहा।

''कुछ भी बोलो वो lucky तो था; मानता हूँ, उसको उसकी गलतियों की सजा मिली, पर समय रहते ही जो चीज़े उसे चाहिए थीं, वे उसे मिल गयीं।'' दिग्विजय ने कहा

''अब चाहे वो उसके carrier में हो या रिलेशनशिप में; अपने ग्रेजुएशन के second year में बुरा परफॉर्म करने के बाद भी वो सँभल गया... उसको निरमा यूनिवर्सिटी मिल गयी, और सलोनी को खोने के बाद उसको नताशा मिल गयी।'' दिग्विजय ने अपनी बात को खत्म करते हुए कहा।

''ये सही है, एक गयी तो पूरी आ गयी... यहाँ तो साला एक भी नहीं पट रही है।'' लक्ष्य ने जैसे ही ये कहा, सब लोग हँसने लगे।

''बेटा, तुम इंजीनियरिंग में हो, तुम्हारे दो ही काम हैं; पहला कटवाना..।'' इमरान ने कहा।

''और दूसरा?'' लक्ष्य ने पूछा

''कटवाकर फिरसे कटवाना।'' इमरान ने समर्थ को ताली मारते हुए कहा।

''अब ये बकैती बंद हो गयी हो तो मैं कुछ बोलूँ?'' दिग्विजय ने कहा

''हाँ बोल न क्या हुआ। समर्थ ने पूछा।

''ग्रुप पर चल रहा कि 15 से 17 की छुट्टी है; 18-20 की G.T. लगा देते हैं, तो ये पूरा हफ्ता ही off हो जायेगा। काफी सारे लोग हैं, जो trip पर थोड़ा दूर-दूर जा रहे हैं।'' दिग्विजय ने कहा।

''G.T तो लगनी ही थी, mid-sem जो ख़त्म हुए हैं; और बहुत सारे लोग हैं, 10-10 के ग्रुप में daman and diu जा रहे हैं।'' इमरान ने कहा।

''G.T. लगती है तो अपने लिए अच्छा ही है; हम लोग आराम से दो दिन बाद निकल सकते हैं।'' दिग्विजय ने कहा।

उन पाँचों की चाय और सिगरेट खत्म हो चुकी थी, पर उनकी बातें अभी भी बाकी थीं।

''भैया ये पाँचों गिलास ले लूँ?'' गुड्डू जी के यहाँ काम करने वाले

लड़के ने पूछा।

"हाँ ले जा।" इमरान ने कहा।

"कुछ और मँगवाना है क्या?" दिग्विजय ने पूछा।

"मेरा एक सैंडविच और एक सिगरेट कर देना।" समर्थ ने कहा

"मेरी एक मैगी और एक सिगरेट कर देना।" लक्ष्य ने कहा

"मेरा कुछ नहीं, बस एक सिगरेट।" सोहेल ने कहा

"मेरी भी बस एक सिगरेट कर देना।" इमरान ने कहा

"पाँच सिगरेट, 1 सैंडविच और 2 मैगी फटाफट ले आ।" दिग्विजय ने कहा।

"बस अभी लाया भैया..।" अपनी पाँच ऊँगलियों में पाँच गिलास फँसाते हुए छोटू वहाँ से चला गया।

थोड़ी ही देर में उनकी टेबल पर उनकी सिगरेट, मैगी और सैंडविच पहुँच गये।

"भैया ये आपका आर्डर।"

"Thanks" दिग्विजय ने कहा।

छोटू जूठे बर्तन और चाय की केतली लेकर वहाँ से दूसरे टेबल पर चला गया। ऐसे न जाने कितने छोटू, ऐसी ही कितनी कैंटीन पर अपने मुलायम हाथों से वहाँ के टेबल को, बर्तनों को पावन कर, खुद को और इस समाज को मैला करते रहते हैं। हम हमेशा बोलते रहते हैं कि बच्चे हमारे देश का भविष्य हैं; और जब भविष्य चाय की कैंटीन में काम करता मिले, तो उस देश की वर्तमान हालत और भविष्य का अनुमान लगाया जा सकता है।

"मुझे बहुत बुरा लगता है, जब भी किसी बच्चे को ऐसे काम करते हुए देखता हूँ।" समर्थ ने छोटू को जूठे बर्तन लेकर जाते हुए देखा, तब कहा।

"किस चीज़ के लिए बुरा लगता है..child-labour?" लक्ष्य ने सिगरेट को होठों के बीच रखते हुए कहा।

"Child –labour तो एक factor है; Main कारण तो..।" समर्थ

कह ही रहा था, कि इतने में लक्ष्य ने उसकी बात को बीच में ही काट दिया।

"तो film industry में जो बच्चे काम करते हैं, उनको देखकर भी तुझे बुरा लगता होगा?" लक्ष्य ने कहा।

"अबे.. मुझे समझ नहीं आता, जब कभी भी child labour की बात निकलती है, लोग फिल्म इंडस्ट्री में जो बच्चे काम करते हैं, उनको क्यों बीच में ले आते हैं? चाय की दुकान पर कोई बच्चा काम कर रहा है, तो ये उसकी मजबूरी है; पर कोई बच्चा इंडस्ट्री में काम कर रहा है, तो वो अपनी इच्छा से कर रहा है... नाम के लिए, शोहरत के लिए कर रहा है; दोनों को compare करने का कोई पॉइंट ही नहीं है।" इमरान ने कहा

"Film industry में काम करने वाले बच्चों को discussion में लाने वाले लोग वही होते हैं, जो चाहते हैं, child labour बना रहे, कभी खत्म न हो। पर ये बात वो लोग सीधे बोल नहीं सकते, इसलिए इस पैंतरे को इस्तेमाल करके बोलते हैं।" दिग्विजय ने कहा।

"तू कुछ बोल रहा था; तुझे क्यों बुरा लगता है?" दिग्विजय ने समर्थ से कहा।

"हाँ.. मैं ये बोल रहा था कि Child –labour तो एक factor है; मुझे इस बात का बुरा लगता है कि उनको equal opportunities नहीं मिल पातीं... मतलब उनके जन्म के बाद ही उनका future, उनका काम, सब कुछ decide हो जाता है। तेरा टैलेंट और तेरी capability से नहीं, बल्कि तू कहाँ पैदा हुआ है, इससे decide होगा कि तेरी ज़िन्दगी किस ओर जाएगी... ये कितना गलत है। उनको खुद को prove करने का मौका तो छोड़ अपने टैलेंट को जानने की opportunity भी नहीं मिलती। ये सिर्फ उनके ऊपर उनके जन्म की मार नहीं, बल्कि किस्मत का अन्याय है।" समर्थ ने कहा।

"ऐसा नहीं है; बहुत से लोग हैं, जो छोटे घर में पैदा हुए हैं, पर उन्होंने life में बहुत कुछ बड़ा किया है।" दिग्विजय ने कहा।

"A.P.J. Abdul Kalam हैं, सचिन तेंदुलकर हैं... ऐसे बहुत से लोग हैं।" दिग्विजय ने अपनी बात में आगे जोड़ा।

"ये exceptions हैं; ऐसे गिनती के ही होते होंगे, जो अपने ऊपर

आने वाली problem को opportunity बना लें।'' समर्थ ने कहा।

''मुझे तो समर्थ की बात सही लग रही है; जिस background में हम पैदा होते हैं, जाने-अनजाने हम भी वैसे ही हो जाते हैं; और केवल हमारा carrier ही नहीं, हमारी आदतें, हमारा lifestyle, सब कुछ ही हमारे background से decide होता है... मतलब हमारे पैदा होने से पहले ही हमारा माहौल हमारी ज़िन्दगी की किताब के कुछ पन्ने लिख देता है।'' इमरान ने कहा।

''मैं तो बस इतना जानता हूँ कि हमारा background हमारी ज़िन्दगी का दायरा है; वो एक ऐसा कमरा है, जहाँ पैदा होकर हम अपना आसमान भी चुनते हैं, और उस आसमान को चूमने के लिए उड़ान भी भरते हैं। अब ये दायरा किसी भी चीज़ के कारण हो सकता है... पैसे के कारण, छोटे शहर के कारण, या फिर मज़हब के कारण।'' इमरान ने अपनी बात को आगे बढ़ाते हुए कहा।

''पैसे के कारण तो समझ आता है, छोटे शहर के कारण; समर्थ ने जो अपने दोस्त की कहानी सुनाई थी, उससे समझा जा सकता है... पर मज़हब के कारण कैसे?'' दिग्विजय ने कहा।

''मेरे एक relative हैं; उनकी कहानी से मैं तुझे बताता हूँ, उनका नाम अखलाक है।'' इमरान ने कहा।

''अखलाक.. इस नाम में ही बहुत ताकत है, फिर कहानी तो ज़बरदस्त होगी ही।'' दिग्विजय ने कहा।

''ये आज से 16-17 साल पहले की बात है, जब उनकी उम्र लगभग 10 साल होगी।'' इमरान ने ये कहकर एक नया किस्सा शुरू कर दिया।

हरामी हवा

स्कूल की घंटी बजी। ये स्कूल स्टार्ट होने की आखरी घंटी है। इस घंटी के बाद बच्चों को अपनी-अपनी क्लास में जाना पड़ता है। ये घंटी उस स्कूल को organised बताने का, और स्कूल का learning से ज्यादा training पर focus करने का सबसे पहला signal है।

इस घंटी के पाँच-छः मिनट बाद यदि कोई स्कूल आता है, तो वो अपने स्कूल आने पर ही पछताता है; ये घंटी स्कूल के उन लौंडों के लिए अलार्मिंग बेल होती थी, जिन्हें ये लगता था कि उनके बिना स्कूल चल नहीं पायेगा... वो हमेशा स्कूल समय से पहले पहुँचकर बाहर बतियाते रहते थे। पढ़ने वाले बच्चों के लिए ये बेल, प्रेयर की शुरूआत का सिग्नल हुआ करती है, और क्लास में वे बच्चे, जिन्हें सुबह नहाने का समय नहीं मिल पाता था, उनके लिए कुछ झपकी लेने का एक संकेत।

सब बच्चे नयी क्लास में जाकर बड़े उत्सुक थे। पायल और रेशमा अपनी नई यूनिफार्म की बातें कर रही थीं। विजय और अभिषेक, नई किताबों की बात कर रहे थे; वे खुश थे कि अब उनको पेंसिल छोड़, पेन से

लिखने का मौका मिलेगा। गिरीश, स्कूल की शुरूआत से ही थोड़ा खफा था... इसलिए नहीं कि वो स्कूल आना नहीं चाहता था; इसलिए, क्योंकि न चाहते हुए भी उसे इशिता के पास बैठना पड़ रहा था। इशिता से उसकी कोई दुश्मनी नहीं थी, बस वो तो उस उम्र की दिक्कत थी। वो उम्र होती ही ऐसी है। अपने दोस्तों को छोड़, किसी लड़की के पास बैठना उस उम्र में किसी पनिशमेंट से कम नहीं होता। गिरीश की इस समस्या का कोई समाधान भी नहीं था, क्योंकि उसके स्कूल में सब चीजें ऑर्गनाइज़्ड होती थीं। आम लोगों के लिए 'G' के बाद 'I' आता है, पर उसके स्कूल में Girish के बाद Ishita को आना पड़ता था।

क्लास की इस चहल-पहल के बीच में एक लड़का अकेला, सबसे अलग, सबसे दूर बैठा था... विन्नु। विन्नु अपने ही खयालों में खोया हुआ था। ऐसा नहीं था कि विन्नु का कोई दोस्त नहीं था; बस विन्नु उन अभागों में से था, जिसका नाम सेक्शन की शफलिंग में आया था।

कान्वेंट स्कूल में प्रायः ही दोस्ती से ज्यादा इम्पोर्टेन्ट डिसिप्लिन को माना जाता है, बस इसलिए बच्चों को साल दो साल में शफल किया जाता है, ताकि discipline बना रहे, चाहे दोस्ती टूटती रहे।

विन्नु अपने खयालों से बाहर निकल ही रहा था, कि इतने में क्लास टीचर अन्दर आ गयीं। सब बच्चों ने एक साथ खड़े होकर एक ही सुर में Goooood..... Mooooorning... Mammm.... God.... Blessss You...Mammm कहा। उन बच्चों के लिए तो केवल वो सुबह की एक आदत थी, पर उस स्कूल, उस क्लास के गुजरे हुए बच्चों के लिए अब वो स्कूल की सुबह की याद बन गयी थी।

जिन बच्चों को कभी ये सुबह की आदत, एक आलस्य, एक परेशानी लगती थी, स्कूल छोड़ देने के बाद वे इस आदत को सबसे ज्यादा याद करते थे। जब कभी उनका अपने स्कूल से या स्कूल की ऐसी किसी आदत से वास्ता पड़ता था, तब उनको अपने वर्तमान पर गुस्सा, और अतीत पर गर्व होता था।

ऐसा हमेशा ही होता है वर्तमान हमेशा ही हमें खलता है, पर वो वर्तमान जब अतीत बन जाता है, तब हमें वो बड़ा ही अच्छा लगने लगता

है। उसके पीछे कारण ये होता है कि खयालों की ज़िन्दगी हमेशा ही असल ज़िन्दगी से अच्छी लगती है। ख़यालों की ज़िन्दगी के निर्माता और हीरो दोनों ही हम होते हैं, पर असल ज़िन्दगी में काफी बार, न चाहकर भी कभी-कभी हमें छोटे रोल करने पड़ते हैं।

यहाँ क्लास में बच्चों की प्रेयर खत्म हुई, और वहाँ ग्राउंड में जो बच्चे लेट हो गये थे, वे अपने लेट होने का हरजाना दे रहे थे। क्योंकि कान्वेंट स्कूल में हर चीज़ का बड़ा ही अच्छा प्रायोजन होता है। उनके स्कूल की डायरी में ही दिन के साथ तीन कॉलम बने रहते थे, जिसमें 5, 10, 15 मिनिट लेट आने का फाइन भी लिखा रहता था, जो अपने आप ही स्कूल की फ़ीस में जुड़ जाता था।

कान्वेंट की फर्राटेदार इंग्लिश के साथ-साथ हर चीज़ में बच्चों से फाइन लेने की उनकी आदत भी उन्हें शहर में बड़ा बनाती है। और वैसे भी ये केवल कान्वेंट स्कूल के साथ ही नहीं, ये तो देश में हर उस चीज़ के साथ है, जो स्टेटस का प्रतीक है।

''Can I come in mam?'' बच्चे ने पूछा।

''Yes...Yes..Come in. What's your name?'' टीचर ने अपने कान्वेंट के एक्सेंट में बोला।

'अखलाक।' बच्चे ने जवाब दिया। उस नाम से मैडम को तो कोई ख़ास फर्क नहीं पड़ा, पर मेरे लिए ये एक ऐसा नाम है, जो अपने आप में एक कहानी से कम नहीं; और मेरे तो क्या, इस देश के हर रहवासी के ज़ेहन में ये नाम और उससे जुड़ी कहानी हमेशा ही रहेगी। ख़ैर ये अखलाक तो केवल एक बच्चा था, जो इस कहानी में उस अखलाक की हमें हमेशा याद दिलाता रहेगा।

''Ok.. New admission?'' टीचर ने पूछा

अखलाक ने थोड़ा घबराकर ''हाँ'' में मुंडी हिलाकर जवाब दिया। उसका कारण या तो नए स्कूल में आने की उसकी घबराहट थी, या फिर शायद कान्वेंट स्कूल में आने की घबराहट थी।

''Ok..Sit there at last bench।'' टीचर ने कहा।

अखलाक विन्नु के पास जाकर बैठ गया। विन्नु का शफलिंग के कारण, और अखलाक का न्यू एडमिशन होने के कारण, उस क्लास में कोई भी दोस्त नहीं था। ये बात दोनों के लिए अच्छी थी। अंजान होकर भी वे नयी कहानी जो लिख रहे थे। इनका मिलना अम्बर और ज़मीन के क्षितिज पर मिलने की तरह था। दोनों एक दूसरे से अंजान भी थे। कुछ खल पहले दूर भी थे, पर मिलने के लिए ज़रूरी भी थे।

क्लास के चार पीरियड बीत गये, और हर पीरियड के दौरान अखलाक विन्नु से बात करने की कोशिश करता रहा, पर हर बार विन्नु उसे इग्नोर कर देता। एक बार फिर से स्कूल की घंटी बजी।

टन..टन...टन...

ये वही घंटी थी, जिसका सुबह से हर बच्चे को इंतज़ार रहता है। रेसस हो चुकी थी, बच्चे अपना-अपना टिफ़िन लिए खाने लगे। उन बच्चों के लिए उस समय खाने से ज्यादा ज़रूरी कुछ था, तो खाना खाने की जगह थी।

क्लास के लगभग सारे लड़के ग्राउंड में खाना खाने जाते थे। लड़कियाँ क्लास में ही अपना टिफ़िन खाया करती थीं। वैसे क्लास के वे लड़के, जो टीचर के असिस्टेंट थे, वे भी अपना ग्रुप बनाकर क्लास में ही खाया करते थे। मैं उसे ग्रुप ही बोलूँगा, क्योंकि साथ में तहज़ीब से किया गया काम ग्रुप में होता है, और एक साथ जानबूझकर किया बवाल गैंग में होता है, जो ग्राउंड में जाने वाले लड़कों के समूह को कहा जा सकता है।

स्कूल हो या कॉलेज, ये तो सब जानते हैं कि ग्रुप वाले लड़के नोट्स बनाते हैं, और गैंग वाले लड़के यादें। ग्रुप के लड़के Friends बनाते है, और गैंग के लड़के 'यार'। पर स्कूल में दोनों तरह के लड़कों का होना ज़रूरी होता है, क्योंकि दोनों ही अपने कामों से स्कूल के इतिहास में अमर हो जाते हैं।

विन्नु अकेला ही बैठकर अपना खाना खा रहा था। वो चाहता तो दूसरे सेक्शन में जाकर अपने दोस्तों से मिल सकता था, पर दुखी होने कारण वो वहीं रुक गया। वो उनसे दूर होने की आदत तो बिल्कुल नहीं डाल रहा था।

वो वक़्त की उस दहलीज़ पर था, जहाँ से वो उनसे दूर होने की आदत तो डाल ही नहीं सकता था। तो उसके वहाँ ना जाने का कारण उसके खयाल ही थे, जिनमें रहकर वो असल ज़िन्दगी से दूर होने की कोशिश कर रहा था।

''खाओगे? सिवइयाँ हैं; अम्मी ने अपने हाथों से बनायीं हैं, लो टेस्ट करो।'' अखलाक ने दोस्ती का पहला हाथ बढ़ाते हुए कहा।

विन्नु खाना तो नहीं चाहता था, पर सिवइयाँ देख वो खुद को रोक नहीं पाया, और थोड़ा सोचकर विन्नु ने एक चम्मच सिवइयाँ अन्दर कर ली।

''बहोत अच्छी है.....अखलाक।'' विन्नु ने खाते हुए कहा।

अखलाक खुश था। जिस तरह उसने विन्नु से नजरें बचाकर उसका नाम उसकी कॉपियों में देख लिया था, बिल्कुल उसी तरह विन्नु ने भी नाम और नजरें दोनों को चुरा लिया था।

'Friends?' विन्नु ने अपना हाथ आगे करते हुए कहा।

अखलाक ने विन्नु को गले लगा लिया। शायद ये अपने पिछले स्कूल से उसकी आदत थी, या फिर ईद पर सबको गले लगाते-लगाते, उसके मज़हब द्वारा दी हुई उसको एक आदत थी। अखलाक ने विन्नु को अपना 'Friend' नहीं, बल्कि 'यार' बना लिया। केवल एक झप्पी में वो बहुत अच्छे दोस्त बन गये। 'बचपन' वाली सादगी उन दोनों के चेहरे पर नज़र आ रही थी। वो सादगी ही तो थी, जिसके कारण वे दोनों अंजान होते हुए भी केवल एक कौर की अदला-बदली में इतने अच्छे दोस्त बन गये।

बचपन किसी के लिए भोलेपन के कारण अनोखा होता है, तो किसी के लिए बिल्कुल छोटी-छोटी चीजों में ख़ुशी लेने के कारण यादगार होता है; पर मेरे लिए बचपन, उसकी सादगी, उसकी simplicity के कारण बड़ा मूल्यवान है। ये सादगी ही तो होती है, जो उस भोलेपन का, उस खुशी का आधार होती है, और उसकी जड़ होती है।

समय के बढ़ने के साथ-साथ अब अखलाक और विन्नु की दोस्ती भी बड़ी तेज़ी से बढ़ रही थी। विन्नु और अखलाक ने उस समय होने वाला दोस्ती का टेस्ट भी पास कर लिया; वही टेस्ट, जिसमें आप तब तक पास नहीं होते, जब तक आप अपने दोस्त को अपने बर्थडे पर बाहर टॉफियाँ

बाँटने के लिए साथ नहीं ले जाते। और केवल उस टेस्ट में ही नहीं, वे हर चीज़ में अपनी दोस्ती को साबित कर रहे थे...

फिर वो चाहे लड़ाई हो या पढ़ाई, पनिशमेंट हो या होमवर्क; दोनों हमेशा हर चीज़ में साथ रहने लगे। अखलाक और विन्नु के किस्सों में केवल शरारतें नहीं, बल्कि बहुत सारी शिकायतें भी आने लगीं। वो उम्र ही ऐसी होती है, शरारतों के साथ शिकायतें मुफ्त में मिल ही जाती हैं। अखलाक के पास उन शरारतों को, उन शिकायतों को समझने के लिए उसके अम्मी अब्बू थे; विन्नु के पास उन किस्सों को सुनने के लिए कोई नहीं था। अखलाक इस बात से अनजान रह गया, और मज़े की बात तो ये है कि न कोई भाव, न कोई अल्फ़ाज़ थे, जो इस बात से उसकी पहचान करा पायें। वो तो खमोशी थी, जिसने उसका भ्रम तोड़ा।

''अबे साले, तुझे नंबर दिया तो कभी भी फ़ोन करेगा क्या!'' विन्नु ने थोड़ा गुस्सा, थोड़ी परेशानी में अखलाक को घूरते हुए कहा।

''तो नंबर दिया ही क्यों? बात तो करता नहीं तू।'' अखलाक ने पूछा।

''अबे यार समझ; ऐसा नहीं है... सुन, एक काम कर; तू कभी फ़ोन करे, और अगर पापा फ़ोन उठायें, तो ये मत बोलना, अखलाक बोल रहा हूँ; बोलना अखिल बोल रहा हूँ।''

''अखिल....क्यों?'' अखलाक इस सवाल का जवाब जानता था, फिर भी उसने विन्नु की जुबान से सुनना चाहा।

विन्नु पहले तो थोड़ा खामोश रहा, पर अपने सबसे अच्छे दोस्त से ये बात छुपाना उसने सही नहीं समझा; और उस ख़ामोशी में उसके मन में बना एक दिन पहले का पूरा दृश्य उसने अखलाक को बता दिया।

एक दिन पहले...

''विन्नु..विन्नु!'' विन्नु के पिता की आवाज थोड़ा तेज थी।

''हाँ पापा।'' थोड़ा सहमकर विन्नु ने जवाब दिया।

''ये अखलाक कौन है?'' नफरत भरी आवाज़ में विन्नु के पिता ने बोला।

‘‘स्कूल में है पापा।’’ विन्नु ने अपनी डरी हुई आवाज़ में जवाब दिया।

‘‘मुसलमान है?’’ विन्नु के पिता ने घृणा से पूछा। उसका कारण शायद ये था, कि विन्नु के पिता इंसानियत की लकीर को भूल, धर्म की ज़ंज़ीर में बँध गये थे।

‘‘पता नहीं पापा।’’ विन्नु का जवाब और उसकी सोच, दोनों ही पूरी तरह सही थे।

क्योंकि दोस्ती जैसी बड़ी चीज़, नाम जैसी छोटी चीज़ से कभी तय हो ही नहीं सकती, पर विन्नु की ज़िन्दगी की किताब के इतने पन्ने अभी खाली थे, कि वो इस समाज के जर्जर नियमों को समझ नहीं पाया था। ये तो नहीं पता कि जाति के हिसाब से बनाये हुए रिश्तों के ज़िम्मेदार, समाज के लोग है या नहीं, लेकिन एक बात तो तय है कि, धर्म के हिसाब से लोगों का बँटवारा समाज की मान्यताओं ने ज़रूर किया है।

‘‘पता नहीं मतलब...? विन्नु एक बात कान खोलकर सुन लो; इन लोगों से तुम्हें दूर ही रहना है। ये लोग न हमारे लिए और न ही इस देश के लिए सही हैं। मैं दिन रात मंदिर में पूजा-पाठ कर यहाँ धर्म करूँ, और तुम इन लोगों के साथ रहकर मेरा सारा धर्म भ्रष्ट कर दो। विन्नु एक गाँठ बाँध लो; अब तुम उसके आस-पास भी रहे तो मुझसे बुरा कोई नहीं होगा।’’

‘‘Sorry पापा, अब ऐसा नहीं होगा।’’ एक बच्चा पहली बार अपने पिता से सही बात के लिए झूठ बोल रहा था।

आज का दिन...

इस पूरे दृश्य को विन्नु ने एक ही बार में अखलाक को बयां कर दिया।

‘‘बस इसलिए बोल रहा था; फर्क क्या पड़ता है, मेरे लिए तो तू हमेशा ही अखलाक रहेगा।’’

‘‘हाँ वो तो है।’’ अखलाक ने जवाब दिया।

‘‘पर एक बात मैं सोचता रहता हूँ, कि बड़े लोगों को इन सब चीजों से दिक्कत क्या होती है; वे क्यों नफरत करते हैं, और हमें भी नफरत करने को

बोलते हैं।'' विन्नु की आवाज़ में डर था।

''कोई बात नहीं, तुम बड़े मत होना; तुम हमेशा हमारे लिए बच्चे ही रहना।'' अखलाक जानता नहीं था, कि उसने अपनी उम्र से बहुत बड़ी बात कह दी है।

और उस दिन विन्नु ने हमेशा बच्चा रहने का खुद से वादा कर लिया।

इस बार विन्नु ने अखलाक को गले लगा लिया। अखलाक को, गले लगाने की आदत कहाँ से आई थी, ये तो नहीं पता, पर विन्नु को ये आदत अखलाक के कारण ही आई थी, ये बात तय है।

इस बार की झप्पी ने उनकी दोस्ती को और मजबूत कर दिया या यूँ कहें, उनकी दोस्ती पर आई मज़हब नाम की मुसीबत ने उनके रिश्ते को और स्वच्छ कर दिया। मुसीबतें सिर्फ दुःख नहीं पहुँचाती हैं; मुसीबतों के कुछ फायदे भी होते हैं। रिश्तों में सफाई आ जाती है, पता चल जाता है कौन सच्चा दोस्त है, और कौन फेसबुकिया यार।

उस उम्र के हिसाब से उनके लिए ये बहुत छोटी मुसीबत थी। वे अपनी ज़िन्दगी के उस पड़ाव पर थे, जहाँ वे रिश्ते तोड़ना नहीं, बनाना सीख रहे थे। कहते हैं न, 'For Strong man, religion is way of making new Friends; Weak people make religion a fighting tool.' बस इसी प्रवृत्ति के कारण उनका दोस्त बनना मुनासिब था। वे अपने बचपन की अच्छाई और सच्चाई के कारण इतने साफ़ थे, कि यही उनकी ताकत थी।

जिस तरह शामें और गहरी, और सुबह और सुहानी होने लगी थी, उसी तरह उनकी दोस्ती भी, और गहरी, और सुहानी होने लगी थी। पर हमेशा गहरी चीजों पर वक़्त का भी गहरा वार होता है, और इस बार भी कुछ वैसा ही हुआ।

एक नया रास्ता

''विन्नु, मैंने फैसला कर लिया है; तुम आगे पढ़ने के लिए अपने मामा के पास बनारस जाओगे।'' विन्नु के पिता ने बताया।

''पापा... बनारस? अचानक? हम सही है यहाँ।'' विन्नु ने डर भरी आवाज़ में कहा।

''मेरा फैसला पक्का है; तुम्हारे मामा से बात हो गयी है। यहाँ से भी बड़ा स्कूल देख लिया है; रहना खाना भी उन्हीं के साथ है तो वो भी अच्छा है... उनके साथ रहोगे तो सब बढ़िया ही होगा।'' विन्नु के पिता ने अपने साले की तारीफ में अपना मत दिया।

''मामा के साथ?'' विन्नु थोड़ा सोच में पड़कर बोला।

''हाँ तुम्हारे मामा के साथ।'' विन्नु के पिता ने कहा।

विन्नु का सोच में पड़ना, और उसके पिता का उसे विश्वास दिलाना जायज़ भी था; क्योंकि ये वही मामा थे, जो कुछ न होकर भी खुद को बहुत बड़ा नेता बताते थे। केसरिया रंग के दल में रहकर पूरे देश को केसरिया करने की बात करते थे। वो होते हैं न, हर गली हर नुक्कड़ पर हाथों में धागा, सर पर टीका, और मुँह में पान लिए, अपनी और अपने दल की बुद्धि का प्रदर्शन करते हैं; ये उन्हीं लोगों में से थे, जिनकी, गाय और गोबर से थोड़ी अलग ही बान्डिंग है, और इंसानों से ज्यादा गाय इनके लिए ज़रूरी होती है।

इन सब बातों के अलावा इस तरह के लोगों की एक पक्की पहचान और होती है; इनका खाली दिमाग... और यही पहचान इनके व्यक्तित्व में चार चाँद लगा देती है। लोग कहते हैं, Beauty + Brain = Constant होता है, पर इनके लिए इनका Baahubal + Dimag = Constant होता है, जिसमें दिमाग की वैल्यू बाय डिफ़ॉल्ट जीरो होती है। ये राजनीतिक दलों की सबसे पहली माँग होते हैं। इनका टेस्ट भी दुनिया में सबसे अनोखा होता है। अक्सर टेस्ट में देखा जाता है, क्या आपमें दिमाग है? ये देखते हैं, कहीं आप में दिमाग तो नहीं?

पर सारी गलती इन लोगों की नहीं होती; ये लोग तो केवल मोहरे हैं... असली मास्टर माइंड तो और ही लोग होते हैं। वे लोग इनको योजनाबद्ध तरीके से पिछड़ा रख अपनी राजनीतिक रोटियाँ सेंकते रहते हैं।

विन्नु का जाना पक्का हो चुका था। वो अपना शहर, अपने दोस्त को छोड़कर बनारस जा रहा था। वो दुखी था और मजबूर भी। ये उसके लिए सेक्शन बदलने वाली फीलिंग से भी ज्यादा भयानक फीलिंग थी। अपनी भावनाओं और अपनी यादों को बाँधकर आखरी बार विन्नु ने अखलाक को स्कूल के पीछे वाले ग्राउंड में मिलने को बुलाया।

"इतनी जल्दी में यहाँ क्यों बुलाया? वो भी रात को; स्कूल वाले बोलते हैं, यहाँ साँप होता है, रात में तो बिल्कुल नहीं आना चाहिए यहाँ पर।" अखलाक ने कहा।

"कुछ नहीं होता, वो बस हमको डराने के लिए बोलते हैं।"

"तुझे सब पता है; कभी साँप डसेगा न, तब तुझे समझ आएगा।"

"मुझे कोई साँप नहीं डस सकता।" विन्नु ने कहा।

"हो गया.. अब बोल, क्यों बुलाया मुझे यहाँ?"

"मेरी बात सुन।"

"हाँ बोल।"

"एक बात बतानी थी तुझे।" विन्नु ने थोड़ी बैठी हुई आवाज़ में बोला।

"बोल न क्या हुआ..!" अखलाक ने चिढ़ते हुए कहा

"पापा ने मुझे मामा के पास बनारस भेज रहे हैं।" विन्नु ने अपनी मजबूरी बयान की।

"क्यों क्या हुआ अचानक से?" अखलाक ने पूछा

"पता नहीं यार.. पापा ने बोला कि मामा के साथ रहो; उनके साथ रहोगे तो तुम्हारे लिए अच्छा रहेगा... बस इसलिए जाना पड़ेगा।"

"तू पक्का जा रहा है; किसी भी तरीके से रुक नहीं सकता क्या!"

"नहीं रुक सकता यार..तो रुकने के बारे में अपन बात करके वक़्त ज़ाया नहीं करेंगे।"

"क्यों मतलब...क्यों यार, कर क्या दिया तू ने?"

''पता नहीं..... आखरी बार मिल रहे हैं, और तू 'क्यों क्या' कर रहा है।'' विन्नु ने कहा।

अपनी उदासी को अपनी ख़ामोशी में अख़लाक ने बयां किया।

''अबे साले, लड़कियों जैसे उदास क्या हो रहा है; मर थोड़ी रहा हूँ, आता रहूँगा, और बात भी करते रहेंगे।'' विन्नु ने अपने आँसुओं को अपने कूल अंदाज़ में छुपाकर बोला।

''भूलना मत यार और आते रहना, समझा।'' अख़लाक अपने आँसू पोछते हुए बोला।

दोनों ने एक दूसरे को गले लगा लिया। उस महज़बी दीवार को तोड़, उन्होंने गले मिलने की आदत जो बना ली थी।

विन्नु बनारस चला गया; एक नए माहौल में नए शहर की, नयी ज़िन्दगी की नयी शुरूआत करने। वो ज़िन्दगी अच्छी रहती या बुरी, ये तो मैं नहीं जानता, पर अलग रहती ये मैं अच्छे से जानता था।

दुनिया के लिए कुछ बदलने वाला था; क्योंकि जब कभी आदमी अपने से अलग तरह की जगह में पहुँचता है, या तो आदमी बदल जाता है, या फिर विद्रोह छिड़ जाता है।

फिर वही रास्ता...

बनारस शहर... वहाँ की सुबह की आरती, वहाँ के घाट। विन्नु उन सब में खुद को ढालने की कोशिश कर रहा था, और अपनी ज़िन्दगी को एक नयी दिशा देने की कोशिश कर रहा था। शुरूआत में विन्नु के लिए बनारस में रहना नया भी था और अलग भी; फिर धीरे-धीरे उसे इन घाटों से और बनारस के लोगों से प्यार हो गया।

समय बीतता गया, और बीतते समय के साथ विन्नु बड़ा हो गया। इतना बड़ा, कि अब वो अपनी ज़िन्दगी के फैसले खुद कर सकता था; अपनी ज़िन्दगी में फैसले लेने के लिए अब उसे किसी मामा, किसी पिता की ज़रूरत नहीं थी। समय के साथ उसकी समझ और उसके फैसले दोनों पक चुके थे। फैसला एक ऐसी चीज़ है, जो समय के साथ ही पकता है;

जितना लम्बा समय होगा, फैसला लेने में तकलीफ भी उतनी ही होगी, पर फैसला भी उतना ही मीठा होगा।

बनारस की गलियों से लेकर नुक्कड़ तक, उस समय में उसने सब कुछ देख लिया। बनारस की शाम से लेकर अपनी रातों को भी उसने बड़ा हसीन बना लिया। बनारस में जैसे-जैसे उसका समय बीत रहा था, उसकी ज़िन्दगी का तजुरबा उतनी तेज़ी से बढ़ रहा था। अपनी बढ़ती समझ और बढ़ते तजुर्बे से उसने वापस अपने घर आने का फैसला किया। ये फैसला खुद उसका था।

अखलाक और विन्नु की इस दौरान कभी बात नहीं हो पायी। उसमें न अखलाक की, न विन्नु की कोई गलती थी; उसमें तो विन्नु के पिता का पूरा दोष था। उन्होंने इस चीज़ का पूरा ध्यान रखा हुआ था कि अखलाक और विन्नु बात न कर पायें।

अखलाक, विन्नु को याद कर फ़ोन लगाता रहा, पर कभी उस तक सही नंबर पहुँच ही नहीं पाया। वो कहते हैं न 'सच्ची दोस्ती में जान होती है।' इसलिए अखलाक ने किसी तरह विन्नु के आने की तारीख पता कर ली। यही सोचकर अखलाक ने विन्नु को उसी जगह पर मिलने को बुलाया, जहाँ वे आखिरी बार मिले थे, और उसे सरप्राइज देना चाहा। उनके एक दोस्त ने अखलाक के कहने पर उनकी मुलाक़ात तय कर दी। ये ऐसी मुलाक़ात थी, जिसमें विन्नु, कहाँ मिलना है, कब मिलना है, ये तो जानता था, पर किससे मिलना है, ये नहीं जानता था।

"यार साहिल, तूने यहीं का बोला था न उसे?" अखलाक ने पूछा।

"हाँ यार.. यहीं का बोला था।"

"तो आया क्यों नहीं वो अभी तक?"

"यहाँ आने में टाइम तो लगेगा ही... स्कूल के पीछे वाले ग्राउंड में कोई बुलाता है क्या मिलने के लिए, वो भी रात को।"

"क्यों साँप काट लेगा?" अखलाक ने साहिल की फिरकी लेते हुए कहा।

"नहीं बे.. यहाँ कोई साँप नहीं है; वो तो बचपन में हमको डराने के

लिए बोलते थे।''

''जब पता है, तो क्यों परेशान हो रहा है इतना।''

''क्योंकि ये जगह मिलने की है ही नहीं। पहले तो इतना अँधेरा हो रहा है; और यहाँ मिलना हो तो 1 K.M. दूर गाड़ी रखो, फिर वहाँ से पैदल आयो... टाइम और energy दोनों बर्बाद होती है।''

''टाइम और energy दोनों बर्बाद होती है। पर यादें आबाद हो जाती हैं।'' अखलाक ने कहा।

''क्या मतलब? कुछ समझा नहीं मैं!''

''कुछ नहीं... तू एक काम कर; तू उस तरफ देखकर आ वो कही दूसरी तरफ तो नहीं खड़ा है।''

''चल मैं देखता हूँ।'' साहिल ने कहा।

''इसको भी गए 10 मिनट हो गए, इसका भी कुछ पता नहीं है... ढूँढ़ने भेजा था; अब इसको मुझे ढूँढ़ने जाना पड़ेगा।'' अखलाक ने खुद से कहा।

साहिल..! साहिल..! साहिल... आवाज़ देते हुए एक शख्स आगे आ रहा था।

'साहिल' ये बोलकर उसने अपने फ़ोन की flash लाइट अखलाक के चेहरे पर डाली।

अखलाक आवाज़ से ही समझ गया था; उसे किसी flash light की ज़रूरत नहीं थी।

''अबे साले कितना बदल गया; बहुत बड़ा लग रहा है।'' अखलाक ने बड़े उत्साह में बोला; इतने साल बाद जो अपने दोस्त से मिल रहा था।

दूसरी तरफ एक ख़ामोशी थी।

''कितना ट्राय किया मैंने अखिल बन के; तेरे पापा ने कभी बात ही नहीं करवाई... चल वो सब छोड़, कोई बंदी वंदी मिली या..।

''मैंने ही मना किया था।'' अखलाक की बात को नहीं, उसकी सोच को काटते हुए विन्नु ने कहा।

"क्या मतलब?" अखलाक ने थोड़ा समझना चाहा।

"मैंने ही मना किया था अपने पापा को। तुम अखिल नहीं अखलाक हो, इसलिए मैंने ही पापा को बोला था, किसी अखिल का फ़ोन आये तो मुझसे बात न करवायें।" मज़हबी भाषा में विन्नु बोला।

"अखलाक हो गया यार मैं.. तेरे लिए भी?" टूटन भरी आवाज़ और आँसुओ से नम आँखों के साथ अपने दोस्त के कंधे की तरफ हाथ बढ़ाते अखलाक ने पूछा। अखलाक के लिए उसकी दोस्ती पर ये समाज की जीत थी, और ये दर्द भरी आवाज़, और दिल से निकले आँसू उसके बहुत छोटे हिस्से थे।

"मेरे लिए, मेरे पापा के लिए, और पूरी दुनिया के लिए तुम अखलाक ही हो; हाथ मत लगाओ और सुनो, तुम्हारी भलाई इसी में है तुम मुझ से दूर रहो।"

"विन्नु, क्या हो गया अचानक?" अखलाक ने विन्नु का रास्ता रोकते हुए कहा।

"अचानक इस दुनिया में कभी भी कुछ हुआ है? देखो! तुम हमारे रास्ते और ज़िन्दगी से, दोनों से हमेशा के लिए हट जाओ, और एक बात कान खोलकर सुन लो; तुम लोगों से मुझे दूर ही रहना है... तुम लोग न हमारे लिए, न इस देश के लिए सही हो; मैं दिन रात मंदिर में पूजा-पाठ करता हूँ, अपने धर्म का पालन करता हूँ, और तुम लोग मुझे अपने साथ करके मेरा धर्म भ्रष्ट करना चाहते हो। अखलाक, एक गाँठ बाँध लो, अब तुम मेरे आस-पास भी रहे, तो मुझसे बुरा कोई नहीं होगा।"

ये बोलकर विन्नु वहाँ से चला गया, अखलाक वहीं पर बैठा रहा। तभी पीछे से साहिल आ गया।

"सब जगह ढूँढ़ा, पर वो कहीं मिला ही नहीं।" साहिल ने कहा।

"क्या हो गया अखलाक, तेरे चेहरे का रंग क्यों उड़ा हुआ है?"

"एक साँप ने मुझे डस लिया।" अखलाक ये बोलकर वहाँ से चला गया।

विन्नु की वो बात बिल्कुल गलत साबित हो गयी, कि उसे कभी कोई साँप नहीं डस सकता, क्योंकि उस दिन मज़हब के साँप ने अखलाक को नहीं, बल्कि विन्नु को डसा था, और मज़हब का ज़हर अखलाक को भी सहना पड़ा। मज़हब का ज़हर होता ही ऐसा है; उसको फ़ैलाने के लिए किसी साँप की नहीं, बल्कि डर की ज़रूरत पड़ती है, और वो भी उसके डर की, जिसने हमें बनाया है, जो पल-पल हमारी रक्षा कर रहा है।

विन्नु सही भी था। अचानक कुछ भी नहीं हुआ था; ये तो पूरे सात साल का लम्बा ज़हर था, जो बूँद-बूँद करके विन्नु के अन्दर उतरता गया। उसे पता भी नहीं चला कि वो खुद ही अन्दर ज़हर उगलने लगा है।

अखलाक के लिए विन्नु अब बड़ा हो चुका था, और विन्नु ने अपने आपसे कभी न बड़ा होने का वादा, और अपने दोस्त का दिल, दोनों तोड़ दिया था। अखलाक उस रास्ते से, अपने पुराने स्कूल के सामने से जाते हुए, यही सोचता रहा कि वो किसे दोष दे; अपने मज़हब को, अपने स्कूल में बिताए उन लम्हों को; बनारस को, या फिर बनारस में फैली उसके मामा और उनके दल की हवा को।

बस उसकी इसी सोच को अपनी कलम से मैंने कुछ ऐसा रूप दे दिया। उसकी खोयी हुई दोस्ती, और लाखों लोगों की खोयी हुई ज़िन्दगी को कुछ लफ्जों में समेटना बहुत ही छोटी चीज़ है, पर फिर भी उनके इस बलिदान को कुछ अल्फ़ाज़ों से नवाज़ना, और उनके बलिदान को अमर करने का इससे अच्छा तरीका मुझे कोई और नहीं लगा।

- चिराग खत्री

मज़हब.... की दीवारों में...
समाज... के बाज़ारों में ...
भरी कुछ ने अपनी दुकान....
कभी धर्मात्मा कभी नेताओं ने
किये पक्के अपने मकान.....
केसरिया कर दिया हमारा
हरा हो गया तुम्हारा....

केवल मंदिर मस्जिद नहीं
रंगों का भी किया बँटवारा
मुद्दों से हमें भटकाया
धर्म का तोहफ़ा जो दिया
भूख मेरी न मिटा पाए
तो पत्थर को भगवान किया।
इस खीर से, इस प्रसाद से
न मिट पायेगा मेरा मर्ज़
कटते हिंदुस्तान को देख...
पता चला मुझे अपना फ़र्ज़
अब याद रखना दोस्तों,
न है लड़ाई अपनी हिन्दू से
और न है, ये मुसलमानों से
है अगर अब अपनी लड़ाई..
तो है, धर्म के इन ठेकेदारों से
धर्म के इन ठेकेदारों से...
धर्म के इन ठेकेदारों से।

* * *

''इस case में तो विन्नु के background से केवल विन्नु की सोच में और उसकी ज़िन्दगी में ही फर्क नहीं आया, बल्कि उसके कारण अखलाक की ज़िन्दगी में भी फर्क आया।'' इमरान ने अपनी बात को ख़त्म करते हुए कहा।

''इस चीज़ से तो मैं agree करता हूँ कि, विन्नु के background के कारण ही उसकी ज़िन्दगी में इतना बड़ा बदलाव आया; पर मैं ये कतई मानने के लिए तैयार नहीं हूँ कि, विन्नु के कारण अखलाक की ज़िन्दगी में कुछ अंतर आया।'' दिग्विजय ने कहा।

''ऐसा क्यों?'' सोहेल ने पूछा।

''ऐसा इसलिए, क्योंकि ये अखलाक की गलती थी कि उसने अपनी

दोस्ती से expectations रखीं।'' दिग्विजय ने कहा।

''तो रिश्तों में expectations रखना कोई गलत बात है?'' सोहेल ने पूछा।

''सामने वाले ने कुछ commitment नहीं किया हो तो बिल्कुल गलत बात है। विन्नु जब बनारस जा रहा था, जब उसने अपनी दोस्ती की पहली सीढ़ी रखी थी। तब वो बच्चा था; उसको ये कहाँ पता था कि उसकी ज़िन्दगी इतनी बदलने वाली है। उसको दोष देना कहीं ना कहीं उसके साथ गलत होगा। जो बात उसने बोली ही नहीं, उसको उसकी सज़ा मिल रही है।'' दिग्विजय ने कहा।

''हाँ.. तेरी ये बात सही है।'' सोहेल ने कहा।

''पर तूने एक और बात कही थी, कि अखलाक, ये नाम अपने आप में एक कहानी से कम नहीं; जब नाम ही इतना बड़ा है, तो कहानी ज़बरदस्त होगी ही; तो वो बात भी बिल्कुल सही है, इसलिए अखलाक की कहानी यहाँ खत्म नहीं होती। उसके बचपन में एक कहानी थी, उसकी जवानी में एक कहानी थी; अखलाक नाम में एक कहानी थी।'' सोहेल ने कहा।

''मतलब पिक्चर अभी बाक़ी है?'' दिग्विजय ने कहा।

''हाँ.. पिक्चर अभी बाकी है; अखलाक की जवानी अभी बाकी है, एक और कहानी अभी बाकी है।'' सोहेल ने कहा।

लक्ष्य, दिग्विजय और समर्थ, तीनों के चेहरे पर जिज्ञासा थी; और इमरान के चहरे पर एक चमक; वो सारी कहानी जो जानता था।

Arranged Love

समय बीतते वक़्त नहीं लगा। आज भी अखलाक को ऐसा लगता था जैसे सब कुछ पल भर पहले हुआ हो। और ऐसा होता भी क्यों न... अखलाक ने विन्नु के साथ रहकर केवल कुछ पल अपने हिस्से नहीं किये थे, बल्कि उन पलों को खोकर आने वाले हर पल के हिस्से किये थे।

अखलाक, अब अपने शहर को छोड़ दिल्ली शिफ्ट हो गया था। उसका कारण सारे ज़माने के लिए तो वही था, जो हर जवान लड़के का उस उम्र में अपने शहर को छोड़कर बड़े शहर जाने का होता है; पर अखलाक के निजी कारण कुछ और ही थे। अपने शहर में रह कर यादें हर कदम पर उसका पीछा करती थीं। वो होता है न, जब हम हालात को बदलने में असमर्थ हो जाते हैं, तो जिन्दगी के सामने give up कर देते हैं, और अपने मन को let go का हवाला देकर समझा लेते हैं। अखलाक के साथ ऐसा ही कुछ हुआ।

वैसे, अपने शहर के अलावा एक और शहर था, जहाँ अखलाक कुछ समय रहकर वहाँ की ज़िन्दगी को महसूस करके आया था। वो शहर बनारस था। उसके लिए वो शहर वैसा ही था, जैसा कोई दूसरा शहर होता है। वही रास्ते, वही घाट, वही बाज़ार सब कुछ वैसा ही था। वो कभी ये समझ ही

नहीं पाया, कि कैसे कोई शहर किसी की ज़िन्दगी को इतना बदल सकता है। पर वो ये नहीं जानता था, कि किसी इंसान को कोई शहर नहीं, बल्कि उस शहर के लोग बदलते हैं।

अखलाक, कभी ये समझ नहीं पाया, कि क्यों बनारस को मज़हब के नाम से जोड़कर, उन घाटों, उन बाज़ारों का अपमान किया जाता है, क्योंकि जहाँ उस शहर में एक तरफ काशी विश्वनाथ मंदिर है, वहीं दूसरी ओर अलमगीर मस्जिद भी है। किसी एक मज़हब का नाम उस शहर को देना, उस शहर के साथ अन्याय करने जैसा है, और अलग-अलग मज़हब के नाम से उस शहर के हिस्से करना उससे भी बड़ा अपराध है; क्योंकि मंदिर और मस्जिद से ऊपर उठकर वहाँ पर कुछ है, तो वो वहाँ के लोग हैं जो हिन्दू या मुसलमान होने से पहले बनारसी हैं।

बनारस में चार साल बिताने के बाद अखलाक का उस शहर से प्यार, और अपने दोस्त पर तरस और बढ़ गया। पर रिश्तों को चलाने के लिए उनके बीच में प्यार होना चाहिए, दया नहीं। बस इस लिए अखलाक ने फिरसे अखिल बनना ज़रूरी नहीं समझा, और सब कुछ समय और ख़ुदा पर छोड़ दिया।

ऐसा नहीं था कि विन्नु के जाने बाद अखलाक का उसके शहर लखनऊ में, और बनारस में कोई दोस्त नहीं बना। उसने दोनों ही शहरों में काफी लोगों से दोस्ती की; पर वो कहते हैं न, बचपन की पहली यारी और जवानी का पहला प्यार भुलाए नहीं भूलते।

अखलाक की ज़िन्दगी से यारी की उस कसक का दूर होना बाकी था। अखलाक का जवानी की दहलीज को पार करना बाकी था। अभी तो पहली बार इश्क होना बाकी था।

दिल्ली में एक सॉफ्टवेयर कंपनी में SAP कंसलटेंट की पोस्ट पर काम करते हुए अखलाक को लगभग दो साल हो चुके थे। अखलाक दिल्ली में रहकर भी दिल्ली की चीजों को अपने अन्दर नहीं उतार पाया। वो अब भी वैसे ही रहता था, जैसे वो लखनऊ और बनारस में रहा करता था। दिल्ली में उसकी lifestyle में और उसकी life में कुछ ख़ास change

नहीं आया। वो दोनों ही single रह गयीं। दिल्ली उसके लिए केवल काम करने की, और पैसे कमाने की एक जगह थी। दिल्ली में उसका दिल नहीं था, पर दिल्ली में उसे दिल लगाना ज़रूर था।

दिल्ली में दिल लगाने की उसने काफी कोशिश की, पर छोटे शहर का tag होने के कारण उसकी सारी कोशिश नाकाम रही। Relationship तो दूर, उसका अपनी जॉब में किसी लड़की के साथ ज्यादा इंटरेक्शन भी नहीं होता था। हालाँकि एक किस्सा था, जिसमें अखलाक को लीड रोल प्ले करने का मौका मिल सकता था, पर समय और परिस्थितियों के कारण अखलाक को साइड रोल में ही सेटल होना पड़ा।

अखलाक के मन में इस बात का कोई ऐसा दुःख भी नहीं था। वो उस लड़की के इतने close था ही नहीं। लेकिन graduation और नौकरी के इतने time तक single रहने के बाद अखलाक उस समय फ़िज़ूल की आस लगा बैठा था।

अपनी so called love life से आगे बढ़ने के लिए, और अपनी ज़िन्दगी को अब एक नया मोड़ देने के लिए अखलाक ने फाइनली settle होने का plan बना लिया। वैसे भी 26-27 साल की उम्र के लड़कों के लिए वो ज़िन्दगी का ऐसा समय होता है, जिसमें चाहे उनको किसी की ज़रूरत महसूस हो रही हो या नहीं, पर दुनिया अपने रंग में उनको पोत के उस ज़रूरत को उनकी ज़िन्दगी में डाल ही देती है। और केवल उसको उनकी ज़िन्दगी में ही नहीं डालती, बल्कि उस ज़रूरत को मुकम्मल करने के काफी सारे रास्ते भी बताती है।

उसी में एक रास्ता अखलाक ने भी चुन लिया। वो रास्ता ख़ास अखलाक जैसे लड़कों के लिए ही बनाया गया था; जो मॉडर्न हैं पढ़े-लिखे हैं, फिर भी ज़िन्दगी में किसी लड़की से उनका कभी कोई वास्ता नहीं रहा। इस रास्ते पर चलकर, होती तो इनकी arrange marriage ही है, पर इनको अन्दर ही अन्दर love marriage का थोड़ा सा फील मिल जाता है।

ये कोई दूसरा रास्ता नही था। ये matrimonial website से शादी करने का रास्ता था। अपनी ज़िन्दगी के 26 साल अकेले काटने के बाद अखलाक ने अपना साथी shaadi.com पर खोजना शुरू कर दिया। ऐसा

नहीं था कि ये तरीका कोई नया था। पहले भी इस तरह से शादियाँ होती थीं; पहले बस इश्तिहार अखबारों में दिए जाते थे, पर अब website पर दिए जाते हैं। समय की ताकत ही ये है। लोग कहते हैं न, समय सब बदल देता है; पर ऐसा नहीं है... समय सब कुछ नहीं बदल पाता। समय केवल तरीके और तारीखें बदलता है, उद्देश्य को नहीं बदल पाता। उद्देश्य पहले भी वही था, आज भी वही है।

Shaadi.com पर अपना अकाउंट बनाना अखलाक के लिए थोड़ा नया तो था, पर लगभग 8 महीने से अकाउंट को ऑपरेट करते-करते अखलाक उस वेबसाइट से काफी friendly हो चुका था। उन 8 महीनों में उसने बहुत सी लड़कियों से बात की; उनसे मिला भी... पर किसी को भी अपने जीवनसाथी की तरह वो देख नहीं पाया। जिन लड़कियों को वो पसंद करता था, वे उसे पसंद नहीं करती थीं, और जो लड़कियाँ उसे पसंद करती थीं, अखलाक उनको पसंद नहीं करता था।

उसका इन लड़कियों से बात न बनने का कारण इन सब चीजों से बड़ा था। अखलाक को इन लड़कियों के साथ बात करके, उनसे मिलकर कभी रिलेशनशिप वाली, प्यार-मुहब्बत वाली फीलिंग ही नहीं आयी। उसे हमेशा यही लगता था, कि वो अपना पार्टनर नहीं, बल्कि अपने घर के लिए सबसे किफ़ायती सामान देखने जा रहा है; अपनी ज़िन्दगी के लिये वो कोई बेस्ट डील करने जा रहा है।

Matrimonial websites को बनाया ही इस तरह से जाता है, कि आपको आपकी बेस्ट डील मिल जाए। जैसा जीवनसाथी चाहिए, वैसा फ़िल्टर लगा लो... जैसा कि आप amazon या flipkart पर करते हैं, जब आप कोई प्रोडक्ट लेना होता है। बस इन दोनों में फर्क केवल इतना होता है कि उसमें आप फ़िल्टर अपनी ज़िन्दगी के लिए सामान में लगाते हो, पर इसमें आप फ़िल्टर अपनी ज़िन्दगी के लिए लगाते हो।

'एक नया invite...!' अखलाक ने invite को देखते हुए सोचा।

अखलाक अपना अकाउंट बंद ही कर रहा था, कि अचानक एक नया invite आ गया। शायद ये invite उसके अकाउंट को हमेशा के लिए बंद करने के लिए था।

'विशाखा शर्मा... शर्मा? ये कैसे आ गया?' उसकी प्रोफाइल को खोलते हुए अखलाक ने सोचा।

अखलाक का ये पहला ऐसा invite था, जो सभी फ़िल्टर को तोड़ कर अखलाक तक आया था; शायद इसलिए अखलाक को पहली बार उस website से कोई प्रोडक्ट वाली नहीं, बल्कि एक पार्टनर वाली feeling आ रही थी।

अखलाक ने जब प्रोफाइल खोली, तो उसमें एक लड़की grey रंग की long frock पहने, अपने लम्बे बालों को खोलकर, दिल्ली के मानसून में McDonald के logo के बगल में खड़ी होकर बर्गर खाने का पोज़ दे रही थी।

'दिखने में तो सुन्दर है, पर ये अभी भी समझ नहीं आ रहा कि इसने मुझे invite क्यों भेजा? यार shaadi.com है, कोई फेसबुक थोड़ी है। आज कल तो लोग दोस्ती में मज़हब देखते हैं; इसने marriage invite में नहीं देखा, अजीब बात है। क्यों भेजा, ये या तो खुदा बता सकता है या फिर ये खुद। खुदा से मिलने का अभी तो कोई प्लान नहीं है, invite accept करके इसी से पूछ लेता हूँ।'

अखलाक का सोचना सही था। जिस देश में आज देशभक्ति भी मज़हब के नाम पर देखी जा रही है, उस देश में arrange marriage का proposal एक अलग मज़हब से आये, ये थोड़ा अजीब तो था। अखलाक और विशाखा की शादी की इस बात से shaadi.com की tagline 'Love arranged by shaadi.com' मुझे सच होती नज़र आ रही थी।

उसके प्रोफाइल पिक्चर को देखकर जब अखलाक description में पहुँचा, तो वो कुछ इस तरह था।

"I am Vishakha. originally, I am from Banaras, but right now I am working as strategic consultant in P&G in Gurugram. I had done my graduation from Lady Shri Ram college. My hobbies are reading and writing. I am an independent girl, working for more than three years in Delhi. I am working on a restaurant chain, which will provide traditional Indian cuisine".

'बनारस से है। पता नहीं बनारस से कैसा रिश्ता बन गया है। अब एक काम करूँगा; मरने के बाद अपनी कब्र खुदवाने की जगह अस्थियाँ गंगाजी में बहाने को कहूँगा।''

अखलाक ने विशाखा का invite accept किया। अब वे दोनों एक दूसरे से बात कर सकते थे। Shaadi.com केवल दो लोगों को मिलाता नहीं, वो उनको बात करने के अलग-अलग तरीके भी बताता है। पर वो बातचीत के सुझाव अक्सर ही लगाये हुए फ़िल्टर पर निर्भर करते हैं; और ये रिश्ता तो shaadi.com के ही नहीं, समाज के भी सभी फ़िल्टर को तोड़ रहा था, जस रस्मरिवाज मुसलमान भी नैनो ती थे।

"Hi..! Akhlaq here.'' बात को शुरू करने के लिए अखलाक ने कहा।

'Hello..!'

'Right now you are living in Delhi?' विशाखा ने अपना पहला सवाल पूछा।

"Yes.. I am working in a software company from two years, और आप?''

इंग्लिश से अचानक से हिंदी में आना; अखलाक की तरफ से ये पहला कदम था, इस अनजानेपन को खत्म करने का, इस अजनबी से दोस्ती करने का।

"मैं भी काफी समय से दिल्ली में ही हूँ। अभी काम तो एक कंपनी में as a strategic consultant कर रही हूँ, पर आने वाले समय में एक चेन रेस्टोरेंट खोलना चाहती हूँ।'' विशाखा ने भी अपने मन की बात बयां करके अपनी तरफ से एक कदम बढ़ाया।

"Interesting.. सुनने में तो अच्छा आइडिया लग रहा है।''

"Hope... कि हो भी जाए.. आप भी अपने बारे में कुछ बताइये।'' विशाखा ने कहा।

"मैं भी अपने कॉलेज में एक start-up कर रहा था, पर वो टीम के टूट जाने से ख़त्म हो गया; बस अब अपनी जॉब पर ध्यान दे रहा हूँ।''

अखलाक को आज पहली बार अपने उस start-up का कोई फ़ायदा नज़र आया। Failed start-up के वैसे भी दो ही फायदे होते हैं; पहला तो उस start-up से मिलने वाला तजुरबा, और दूसरा आपको लोगों को ये कहने के लिए मिल जाता है कि ज़िन्दगी में आपने भी कुछ अलग करने की कोशिश की है।

''Start-up चाहे successful हो, या फिर fail, वो ज़रूरी नहीं है; ज़रूरी ये है कि आपने उसको एक try तो दिया।'' एक girlfriend cum बीवी की तरह विशाखा ने कहा।

''हाँ वो तो है, वैसे एक बात कहूँ?''

''हाँ बोलो।''

''आपका DP बड़ा अजीब है।'' एक blinking emoji के साथ अखलाक ने ये मैसेज भेजा।

''क्यों, आपको अच्छा नहीं लगा; change कर दूँ क्या?'' अखलाक को सारे हक देते हुए विशाखा ने कहा।

''नहीं नहीं, अच्छा है, बहुत अच्छा है; बस Indian cuisine के रेस्टोरेंट की मालकिन, McDonald के बाहर बर्गर का pose देते हुए अच्छी नहीं लगती।'' अखलाक ने कहा।

Hahaha..! विशाखा ने हँसकर टाल दिया।

विशाखा और अखलाक को बातें करते हुए लगभग दो घंटे हो चुके थे। वो shaadi.com वाली फील तो चली ही गयी थी। अब जो बचा था, वो दोस्ती थी, और दोनों के मन में हर रोज़ बात करने का एक एहसास था, अपने भावी जीवनसाथी को समझने की भावना थी।

इस सफ़र को मंज़िल तक पहुँचाने के लिए अखलाक ने विशाखा से उसका नंबर माँग लिया। वो चाहता तो उसकी प्रोफाइल से भी ले सकता था, पर रिश्ता दोस्ती के उस मुकाम तक पहुँच गया था कि जहाँ से नंबर माँगना अखलाक को बिल्कुल भी अजीब नहीं लगा।

ख़ैर एक और बात थी, जो अखलाक जानना चाहता था। वो थी 'विशाखा का हिन्दू होते हुए उसे request भेजना।' पर अखलाक ने इस

सवाल को सवाल ही रहने दिया। वो नहीं चाहता था, जो अभी उसके साथ हो रहा है वो बिखरे; ये अलग बात है कि अखलाक ने सारी बात शुरू ही इस सवाल के जवाब के लिए की थी, और अब वो इस सवाल को ही दरकिनार कर रहा था... वैसे ही, जैसे इस देश में किसी ने 'अच्छे दिन' की बात कर, उसी को दरकिनार कर दिया।

नंबर लेते ही अखलाक ने अपना अगले दिन का पूरा schedule भी विशाखा को बता दिया। वो कब फ्री होगा, और कब विशाखा से बात करेगा, सब कुछ। इसी तरह लगभग 10-12 बार Bye, Good Night करने के बाद उन दोनों ने शायिद गं अपनी बात को थोड़ा आराम और अपनी बेचैनी को थोड़ा और बढ़ा ही दिया।

बड़े शहरों की खास बात यही होती है। वहाँ बेचैनी टिक नहीं पाती, और शांति मिल नहीं पाती। अपना दिन अपनी कम्पनी के नाम करके, जब अखलाक अपने घर लौटा, तब शाम के लगभग सात बज रहे थे। उसने एक ड्रिंक तैयार की, और टीवी पर देश-दुनिया की खबर लेने लगा। वैसे ड्रिंक और न्यूज़ का ये combination थोड़ा अजीब तो था, क्योंकि शराब तो हमको हमारी दुनिया से ही दूर कर देती है, और दूसरी तरफ न्यूज़, हमारी छोड़ो, हमको दूसरों की दुनिया में पहुँचा देती है। न्यूज़ जर्नलिस्ट की पें-पें, चें-चें से आधे घंटे में ही पककर अखलाक ने अपना लैपटॉप निकाल लिया, और फेसबुक पर विशाखा के फोटो देखने लगा। अखलाक ने इस बात का खूब ध्यान रखा हुआ था, कि वो अभी उसको friend request न भेजे और न ही गलती से उसके किसी फोटो को लाइक करे। आज रात को उससे बात करके ही वो उसको friend request भेजे, और उसके बाद फेसबुक पर नहीं, उसके बाहर उसको like करे। इन्हीं सब में लगभग 8:30 बज गया, और तभी अखलाक के नंबर पर विशाखा का मैसेज आया।

"Hiiii... Vishakha here.."

'जानता हूँ... तुम्हारे ही मैसेज का वेट कर रहा था।' एक ही दिन में अखलाक 'आप' से सीधे 'तुम' पर आ गया। वैसे आप से तुम पर आना मंज़िल की तरफ पहला कदम था।

"Ohh.. really! बात करने का इतना मन था तो मैसेज कर लेते, *wait* क्यों कर रहे थे।"

"मैं सोच तो रहा था; फिर सोचा कि कहीं तुम busy हुईं तो... इसलिए wait करना ही सही समझा।" अखलाक ने कहा।

'अच्छा।'

"ये सब तो ठीक है, तुम्हारा दिन कैसा रहा?" अखलाक ने थोड़ा अपनापन जताने के लिए ये सवाल पूछ लिया।

"मेरा दिन तो वैसा ही रहा, बोरिंग सा, ये strategic consultant नाम जितना अच्छा लगता है, काम उतना ही बुरा है। अब आप ही बताओ, excel sheets बनाने में भी कोई strategy लगती है। काम interesting तो तब होगा, जब अपना रेस्टोरेंट खुलेगा।" विशाखा ने अपने भविष्य को वर्तमान बनाने की सोच ज़ाहिर की।

बात कहीं न कहीं सही भी थी, क्योंकि भविष्य और वर्तमान के बीच में एक ही चीज़ होती है, वो होती है हमारी सोच; जो अगर फैसले में तब्दील हो जाए तो भविष्य को वर्तमान बना देती है, वरना हमेशा ही भविष्य और वर्तमान को अलग कर उनके बीच की रेखा बनी रहती है।

"रेस्टोरेंट... अरे वो तो खुल ही जायेगा, अब मैं जो आ गया हूँ।"

"अच्छा... आप क्या करोगे?" विशाखा का ये सवाल समझ के दायरे से उठकर अब दिल के दायरे में जा चुका था। ये बात प्यारी भी थी, और अजीब भी... क्योंकि सवाल और जवाब जब कभी भी समझ से उठकर दिल की दीवार पर पहुँच जाते हैं, तो बातचीत उस समय तो बड़ी प्यारी लगती है, पर उसके अलावा कभी भी पढ़ी जाये तो बड़ी अजीब लगने लगती है।

"मैं तुम्हारा रेस्टोरेंट खुलवा दूँगा।"

"और आप वो कैसे करोगे?"

"वो अभी नहीं पता, पर अभी इतना पता है रेस्टोरेंट खुल जायेगा।"

"अच्छा... आपने मेरे दिन की खबर तो ले ली, अब आप भी बताओ

आपका दिन कैसा रहा।”

“IT कंपनी में *employees* से ये नहीं पूछते कि उनका दिन कैसा रहा, क्योंकि उनके दिन केवल *weekends* का इंतज़ार करते हैं।”

“वो *IT* कंपनी नहीं, वो हर प्राइवेट कंपनी की कहानी है।” विशाखा ने कहा।

“वैसे इस बार *weekend* का ज्यादा ही बेसब्री से इंतज़ार है।”

“और ऐसा क्यों?” विशाखा ने सब कुछ समझते हुए भी अंजान बनने का नाटक किया।

“ऐसा इसलिए, क्योंकि इस *weekend* तुमसे मिलने का मौका जो मिलेगा.. अगर फ्री हो तो इस वीकेंड हम मिलते हैं।”

अगर मिलने के लिए हाँ कर दिया, तो कल पक्का पूछ ही लूँगा कि क्यों रिक्वेस्ट भेजी? और अगर मना किया तो अभी ही पूछ लूँगा। अखलाक अपने मन में ये सोचकर विशाखा के जवाब का इंतज़ार करने लगा।

थोड़ी देर रुकने के बाद विशाखा ने ‘Sure’ लिखकर जवाब दिया। ऐसा नहीं था कि विशाखा मिलने के लिए सोच रही थी; वो तो बस सोचने का दिखावा कर रही थी।

उसके बाद लगभग 1 घंटे तक अखलाक और विशाखा मिलने की जगह के बारे में बात करते रहे। वो शहर था ही ऐसा, जहाँ मिलने के लिए हज़ारों जगहें होने के बाद भी एक भी जगह मिल नहीं पाती थी। जगह में 1 घंटा बर्बाद करने के बाद अखलाक और विशाखा, दिल्ली कैंट में एक साधारण से रेस्टोरेंट में ये सोचकर मिलने के लिए राज़ी हुए, कि जगह से ज्यादा, किससे मिल रहे हैं, ये ज़रूरी है।

‘*Arranged Date*’ या फिर ‘*Love Roka*’

ये अखलाक और विशाखा के लिए भी बड़ा मुश्किल था कि वो अपनी इस मुलाक़ात को क्या नाम दें; arranged date या फिर love roka. क्योंकि shaadi.com से पहली मुलाक़ात करने वाली जोड़ी खुद

की नज़र में तो date करती है, पर ज़माने के लिए वो हमेशा रोका ही होता है।

अखलाक, समय से पहले ही, तय की हुई जगह पर पहुँचकर विशाखा का इंतज़ार करने लगा। अखलाक, एक सॉफ्टवेयर कंपनी के employee का रूप लेकर ही वहाँ पहुँचा था। वो अपना लैपटॉप बैग लेकर वहाँ आया था; ये बात अलग थी कि उसके लैपटॉप बैग में आज एक IT कंपनी के employee का लैपटॉप नहीं, बल्कि एक आशिक का अपने प्यार को बयां करने के लिए एक तोहफ़ा था।

तोहफ़े से लेकर कपड़े तक बहुत सी चीज़ें थीं, जिसमें अखलाक ज़रूरत से ज्यादा टाइम दे चुका था। जिस saturday रात की हमसफ़र केवल शराब होती थी, उस saturday रात, अखलाक ने केवल ये सोचने में बिताई कि वो क्या पहनेगा... और इतना सोचने के बाद उसने आखिर में वही शर्ट और ट्राउजर पहना, जो अपनी कंपनी के इंटरव्यू में उसने पहना था। उसका कारण ये बिल्कुल नहीं था कि उस शर्ट और ट्राउज़र का कॉम्बिनेशन कुछ अच्छा था; बल्कि कारण तो ये था कि अखलाक उसको अपने लिए बड़ा लकी समझता था। उस कॉम्बिनेशन ने हमेशा अखलाक को सफलता दिलाई थी।

अखलाक को वहाँ बैठे-बैठे लगभग 10 मिनट हो चुके थे। 10 मिनट तक अपने फ़ोन को टटोलकर जब अखलाक ने अपने फ़ोन से अपनी नजरें ऊपर की, तब उसने देखा, एक लड़की नीले रंग की सलवार कमीज़ में उसकी तरफ आ रही थी। उसके बाल खुले हुए थे, मानो एक-एक बाल अभी किसी ने अलग किये हों। एक हाथ में बैग और एक हाथ में डायरी लिए वो अखलाक के टेबल के पास आकर खड़ी हो गयी।

''Can I sit here?'' विशाखा ने पूछा।

''तुम्हारे लिए ही तो है।'' अखलाक ने खड़े होकर विशाखा की कुर्सी को पीछे सरकाते हुए कहा।

''थोड़ी लेट हो गयी क्या मैं?''

''नहीं नहीं, बिल्कुल नहीं; मैं खुद भी अभी आया हूँ।''

''अच्छा है।'' विशाखा ने कहा।

''जगह ढूँढ़ने में कोई दिक्कत तो नहीं हुई?''

''फ़ोन पर मैंने ही ये जगह suggest की थी।'' अपने चेहरे पर एक मुस्कराहट लाते हुए विशाखा ने कहा। ये वही मुस्कराहट थी, जिसमें लड़की indirectly ये कहती है, *'आप कितने बुद्धू हैं।'* और इस मुस्कराहट के मिलते ही लड़का ये समझ जाता है *'ये क्या फालतू बात बोल दी मैंने।'* पर असल में ये मुस्कराहट ही है, जो उनकी ज़िन्दगी को प्यार की पहली सीढ़ी पर लेकर जाती है।

''हाँ.. मैं.. वो मैं... भूल ही गया था..।'' थोड़ा हकलाते हुए अखलाक ने कहा।

''कुछ ऑर्डर करें; मुझे तो बहुत भूख लगी है।''

''सुना है चाइनीज़ बड़ा अच्छा मिलता है यहाँ, कुछ आर्डर करो।'' मेनू कार्ड बढ़ाते हुए अखलाक ने कहा।

जब तक उनका आर्डर सर्व हो रहा था, उनकी आने वाली ज़िन्दगी आ चुकी थी। यही ज़िन्दगी थी, जो बहुत से प्रश्न उनके मन में ला रही थी। जिन प्रश्नों के उत्तर लेने के लिए वे दोनों वहाँ मिले थे। इन प्रश्नों को अपने दिल से अपने लबों पर लाने की शुरूआत अखलाक ने की।

''ये डायरी में क्या लिख रही हो?'' अखलाक ने विशाखा को कुछ लिखते हुए देखा, तब पूछ लिया।

''मैं हाथ धोने गया, तो कहीं तुम मुझसे बात करने की स्क्रिप्ट तो नहीं लिखने लगी।'' ये बोलकर अखलाक हँसने लगा, पर विशाखा के अजीब से एक्सप्रेशन को देखकर अखलाक को ये एहसास हुआ कि उसने जो कहा है, वो इतना भी फनी नहीं, जितना वो हँस रहा है।

अपनी हंसी को पोंछते हुए अखलाक ने कहा, ''मैं तो मजाक कर रहा था; पर नहीं, ये डायरी... अभी अचानक मतलब समझ नहीं आया।''

''इस डायरी में मैं अपनी लाइफ के सारे इम्पोर्टेंट दिन लिखती हूँ; और फिर जब बाद में उसको पढ़ती हूँ, तो ऐसा लगता है, जैसे उन दिनों को मैं फिर से जी रही हूँ... बस इसलिए, अभी जैसे ही मौका मिला तो आज के

दिन के बारे में लिखने लगी।''

''अगर डायरी मेन्टेन करती हो, तो फिर तुम पढ़ती भी होगी?''

''मैं... हाँ पढ़ती हूँ, काफी कुछ पढ़ा है। Young writers को ज्यादा पढ़ती हूँ, क्योंकि मुझे लगता है कि literature को जो लोग बड़ी intellectual चीज़ मान लेते हैं, वे बड़े बेवकूफ होते हैं; क्योंकि literature अच्छा तो तभी बनता है, जब कहानियाँ हमारे बीच की हों। और उनसे बड़े मूर्ख वे होते हैं जो किताब को अच्छा या बुरा उसकी भाषा के आधार पर तय करते हैं, न कि उसमें बताये गये thoughts से। ऐसी किताब भी क्या काम की, जिसकी भाषा के कारण आपको किताब में क्या लिखा है, ये समझ ही न आये।'' विशाखा ने कहा।

'अच्छा!' अखलाक अब समझ चुका था कि उसने गलत जगह चिंगारी छोड़ दी है, और अब young writers की कहानी काफी लम्बी चलेगी।

''हाँ... और young writers की कहानी और भाषा दोनों हमारे बीच की होती है; बस मैं तो इसलिए सिर्फ उन्हें ही पढ़ती हूँ... आप को क्या लगता है?''

''नहीं.. नहीं...बिल्कुल सही बात है; जो पढ़ा वो समझ ही नहीं आये तो क्या फायदा।'' अखलाक ने कहा।

''मैंने तो बहुत कुछ बोल दिया, आप भी कुछ बताओ कि आपकी hobbies क्या है, आप को क्या अच्छा लगता है?''

स्कूल से लेकर कॉलेज तक; और फिर जॉब में भी ये अखलाक के लिए सबसे मुश्किल सवाल था, क्योंकि ज़िन्दगी की हकीक़त से अखलाक को कभी फुर्सत ही नहीं मिली कि वो कुछ हॉबी बनाए।

बस हर बार की तरह इस बार भी अखलाक ने वही घिसा-पिटा जवाब दे दिया ''I like watching and playing cricket.''

विशाखा उसके interest के बारे में कुछ और पूछती, इससे पहले टेबल पर बिल आ चुका था। उस दिन बिल को देखकर पहली बार अखलाक को ख़ुशी हुई थी। विशाखा से थोड़ी बहस के बाद अखलाक ने

विशाखा को मना लिया कि बिल तो वही देगा।

जहाँ एक तरफ प्लेट से खाना, और टेबल से बिल साफ़ हो गया था, वहीं दूसरी ओर विशाखा के मन से सारे सवाल भी साफ़ हो गए थे। पर अखलाक के मन में एक सवाल था, जो इस रिश्ते की बुनियाद था। विशाखा को घर छोड़ने के बहाने अखलाक उससे वो सवाल पूछना चाहता था, पर वो आज भी उससे पूछने की हिम्मत नहीं जुटा पाया।

विशाखा से मिलने के बाद अखलाक बार-बार यही सोचता रहा कि यदि रिश्ते की शुरूआत ही कुछ ज़रूरी बातों को जाने बगैर होगी, तो आज नहीं तो कल, उस रिश्ते में वो ज़रूरी चीजें दरार डालेंगी ही। बस इस दरार, इस सवाल, इस बेचैनी को मिटाने के लिए अखलाक ने उस रात को 8:30 पर होने वाली बात को आज का सबसे ज़रूरी काम बना लिया।

"Hii..!" अखलाक ने मैसेज किया।

"घर ठीक से पहुँच गयी थी?" अखलाक ने अगला मैसेज किया

"नहीं मेरा तो बीच में ही किडनैप हो गया... Obviously पहुँच गयी हूँ।" विशाखा ने कहा।

"हाँ बाबा.. मैंने बस ऐसे ही पूछ लिया; वैसे आज मिलकर बहुत अच्छा लगा।" अखलाक ने कहा।

"एक ही सिटी में रहते हैं, फिर भी किसी से वीकेंड पर ही मिल पाते हैं; कितना बुरा है न ये शहर... किसी से मिलने को टाइम भी नहीं देता।" विशाखा ने कहा।

"बुरा ये शहर नहीं, बुरी हमारी choices हैं ज़िन्दगी को लेकर। हमने ही चुना है अपना काम, ये लाइफस्टाइल।" अखलाक ने कहा।

अखलाक की बात ही कुछ इतनी गहरी थी, कि कुछ पलों के लिए दोनों की ज़िन्दगी में एक ठहराव आ गया।

"क्या हुआ? कहाँ चली गयीं?"

"कुछ नहीं .. यहीं हूँ, बस आपकी बात टच कर गयी।" विशाखा ने कहा।

“विशाखा सुनो...” शायद अखलाक के लिए वो घड़ी आ गयी थी, जब वो पूछ ले कि क्यों विशाखा ने उसको Shaadi.com पर रिक्वेस्ट भेजी थी।

“हाँ बोलो।”

“मुझे गलत मत समझना.... मैं एक बात जानना चाह रहा था।”

“अरे पूछोगे भी अब।”

“विशाखा, तुम हिन्दू हो और मैं मुसलमान। जिस देश में दोस्ती भी मज़हब देखकर की जाती है, वहाँ तुमने शादी की रिक्वेस्ट में मज़हब की सारी दीवारें तोड़ दी। यही सवाल मेरे मन में काफी समय से चल रहा है, आज मैंने पूछ ही लिया कि तुमने मुझे रिक्वेस्ट क्यों भेजी थी?”

“अखलाक.. मेरे लिए शादी वो मज़हब है, जो हर मज़हब से बढ़कर है। तुम्हें पता है, मैं shaadi.com पर लगभग 1.5 साल से हूँ; कम से कम 20 लड़के मुझे रिजेक्ट कर चुके हैं। इसलिए नहीं कि मैं उनके साथ कम्पेटिबल नहीं थी, बल्कि इसलिए कि मैं उनकी कास्ट की नहीं थी। और जो ब्राह्मण थे, वे गोत्र देखते थे। और जब ये सब भी ठीक बैठ जाता था, तो कुंडली नहीं मिलती थी।”

“इतने टाइम तक ये सब देखकर मैंने ये तो सोच लिया था कि क्या शादी मेरे लिए इतनी ज़रूरी है। मैं इंडिपेंडेंट हूँ, खुद कमाती हूँ, खुद के सपने हैं; क्यों मैं खुद के लिए नहीं जी सकती? पर एक वादा और था, जो उस समय मैंने खुद से किया था; कि ये दो ख़याल, मैं शादी ही नहीं करुँगी, और दूसरा, मैं शादी कर के ही रहूँगी, अपने मन में कभी भी नहीं आने दूँगी। मैंने सब कुछ भगवान पर छोड़ दिया था, और अपना काम करने लग गयी थी। उसके बाद मैंने तुम्हारी प्रोफाइल देखी। तुम्हारी प्रोफाइल ही तुम्हें रिक्वेस्ट भेजना का कारण थी। जो रिलिजन वाला कॉलम था, उसमें जब मैंने No Religion देखा, बस उसी समय मुझे समझ आ गया कि मैं shaadi.com के फ़िल्टर को नहीं, मज़हब की दिवार को नहीं, बल्कि अपने इंतज़ार को तोड़ रही हूँ। कोई तो है जो मेरी तरह सोचता है; जिसके लिए शादी, मज़हब की अदालत नहीं, प्यार का इन्साफ है; जिसके लिए शादी एक नियम का ज़हर नहीं, आज़ादी का अमृत है। तो बस सोचा कि

तुम्हारे साथ आज़ाद हो जाऊँ। लोग shaadi.com तो छोड़ो, अपने मन में भी कभी no Religion वाला ख्याल नहीं आने देते; और तुमने शादी के प्लेटफार्म पर वो लिख दिया। तुम्हारे लिखे केवल उन दो शब्दों से, तुम कुछ अपने से लगे, बस इसलिए मैंने तुम्हे रिक्वेस्ट भेज दी।''

"अरे, मेरी इतनी सी बात का इतना बड़ा जवाब; मैंने तो बस ऐसे ही पूछ लिया था।''

"हाँ.. मुझे जो लगा वो मैंने बता दिया, अब मैं एक बात पूछूँ?''

"हाँ बोलो।''अखलाक ने कहा।

"रिलिजन वाले कॉलम में No religion तुमने भी इन्हीं कारणों से लिखा था क्या?''

"इसकी एक बहुत बड़ी कहानी है, कभी फुर्सत में बताऊँगा।'' अखलाक ने पुराने जख्मों को ताज़ा करते हुए कहा

"अखलाक... I love you...''

"I love you too.. विशाखा... ।''ये तीन लफ्ज़ की अदला-बदली ही थी, जिसका अखलाक और विशाखा इंतज़ार कर रहे थे।

अखलाक और विशाखा की ये 8:30 वाली बातचीत, और वीकेंड पर मिलना, ये लगभग 3-4 हफ्तों तक चला। इस पूरे एपिसोड से पककर अखलाक और विशाखा ने प्यार में एक और सीढ़ी चढ़नी चाही... दिल्ली के बाहर कुछ दिनों के लिए कहीं घूमकर।

Nainital Trip

"नैनीताल कल का फाइनल करते हैं। दिल्ली से पास भी है... मेरी कार में चलेंगे; बहुत शांति है वहाँ पर।''अखलाक ने कहा

"मुझे कोई दिक्कत नहीं; अपन कहीं भी चलें, बस 2 रात से ज्यादा नहीं रुकेंगे।''विशाखा ने कहा।

"हाँ... वैसे तो एक रात ही बहुत है।''एक ब्लिंकिंग emoji के साथ

अखलाक ने लिखा।

*"O Hello.. ज्यादा मत सोचो, और अब चुपचाप सो जाओ,
Good night ।"*

"कल सुबह 8 बजे तैयार रहना, Good night."

अगला दिन...

"नैनीताल से दिल्ली जाना बिल्कुल बढ़िया डील होती है; हिल
स्टेशन का हिल स्टेशन भी हो जाता है, और रोड ट्रिप की रोड ट्रिप भी।"
अखलाक ने कार में सामान डालते हुए कहा।

"मैंने कहा था न कि मुझे घर के आस-पास लेने मत आना।"
विशाखा ने कार में बैठते हुए कहा।

"क्यों क्या हो गया; आज नहीं तो कल घर वाले इन्वॉल्व होंगे ही।"

"हाँ.. पर अभी उनसे बात भी नहीं की है; और मैं तुम्हें कितनी बार
बोल चुकी हूँ, मेरे पेरेंट्स पुराने ख़यालात के है; किसी और जगह से हमारे
बारे में पता चला तो सिर्फ प्रॉब्लम ही होगी।"

अखलाक ने कुछ भी जवाब देना ज़रूरी नहीं समझा। वो कार में पुराने
गाने लगाकर पूरे रास्ते चुप ही रहा। और विशाखा भी उस बात को ज्यादा
कहना सुनना नहीं चाहती थी, वो पूरे रास्ते सोती ही रही। नैनीताल पहुँचते
ही अखलाक और विशाखा अपने प्यार को उन पहाड़ों की तन्हाई में खोजने
लगे। हिल स्टेशन में वैसे तो आजकल प्यार कम, दोस्ती ज्यादा ढूँढ़ी जाती
है, पर नैनीताल बाकी हिल स्टेशन से काफी अलग है। यहाँ पर एडवेंचर
नहीं शांति है, बस इसलिए दोस्ती की जगह प्यार ले लेता है।

विशाखा और अखलाक, घूमने, चीजों को देखने और खोजने से
काफी ऊपर हो चुके थे। वे न तो नैना देवी मंदिर गये, और न ही किसी
मस्जिद। वे अपने ही इश्क में सुकून लेते रहे। जबकी जिस रिश्ते को वे पूरा
करना चाह रहे थे, उसके लिए भगवान से प्रार्थना और खुदा से दुआ करना
दोनों ज़रूरी था। पर इश्क के पुजारी, भगवान से नहीं, उनकी मुहब्बत से
प्यार करते हैं; शायद इसलिए वे राधा-कृष्णा की अमर मुहब्बत को याद

करने के लिए इस्कॉन चले गए।

"राधा-कृष्ण, पति-पत्नी के रूप में कितने अच्छे लगते हैं।'' विशाखा ने मूर्ति को देखकर कहा।

"राधा और कृष्ण पति-पत्नी नहीं थे; कृष्ण की शादी तो रुक्मणी से हुई थी।'' अखलाक ने इश्क़ को मज़हब से ऊपर का दर्जा देते हुए कहा।

"Are you sure?'' विशाखा ने कहा।

एक हलकी सी मुस्कराहट अखलाक ने जवाब में दी।

"तो हम राधा-कृष्ण को साथ में क्यों पूजते हैं?'' विशाखा ने ये सवाल एक मुसलमान से नहीं, बल्कि एक इश्क़ के पुजारी से पूछा था।

"क्योंकि प्यार का अर्थ ही खोने में है; जितना बड़ा त्याग होगा, प्यार उतना ही पवित्र होगा। और राधा-कृष्ण ने तो प्यार को अमर करने के लिए एक दूसरे का त्याग कर दिया; आज दोनों जिंदा नहीं हैं, पर बस इसलिए उनका प्यार जिंदा है।''

उसके बाद अखलाक और विशाखा, प्यार की परिभाषा समझाकर और समझकर पास की एक लेक के पास खुद के प्यार को जिंदा करने में लग गये।

उन्होंने यही दिन नहीं, अगला दिन भी नैनीताल लेक के किनारे निकाल दिया। वो पहला दिन था, जब अखलाक ने विशाखा को छुआ था, उसके हाथ पर पहली बार अपना हाथ रखा था। उस दिन असल में सारी मज़हब की दीवार अखलाक और विशाखा ने तोड़ दी थी।

"मैं तो अपनी सारी ज़िन्दगी यहाँ तुम्हारे साथ निकाल सकता हूँ; मैं तुम और ये ठहराव।'' विशाखा के हाथों को चूमते हुए अखलाक ने कहा।

"कितनी अच्छी है ये जगह; यहाँ हम अपने पल-पल को महसूस कर रहे हैं, फिर भी बीते दो दिन, पल भर से लग रहे हैं... और वहाँ दिल्ली में समय का कुछ पता ही नहीं चलता; फिर भी ऑफिस के पाँच दिन सदियों की तरह लम्बे लगते हैं।'' अखलाक के कंधे पर सर रखते हुए विशाखा ने कहा।

“वो तो है। विशाखा हम एक काम करेंगे; हम अपने बुढ़ापे में ऐसी किसी जगह पर रुकेंगे।”

“हाँ, केवल हम दोनों।” उस दिन अखलाक ने पहली बार किसी लड़की के होठों को अपने लबों से लगाया था। अखलाक की नज़र में उसे ही शायद ख़ुशी कहते थे।

वहाँ पर अपनी ज़िन्दगी के सबसे अनोखे दो दिन बिताने के बाद ख़्यालों की दुनिया से बाहर निकल अखलाक और विशाखा असल ज़िन्दगी में आ रहे थे, जिसमें बहुत सी बातें थीं, जिनका होना ज़रूरी था।

“विशाखा, एक बात कहनी थी तुमसे।” अखलाक ने कार की सीट बेल्ट चढ़ाते हुए कहा।

“हाँ बोलो।”

“मुझे लगता है, अब हमें अपने घर पर बता देना चाहिए।”

“अभी... अभी नहीं.. अभी तो कुछ-कुछ ठीक हुआ है; हम एक हिंट दे देंगे अभी, फिर थोड़े टाइम बाद सीधे बात कर लेंगे।”

अखलाक खामोश ही रहा। उसके लिए सब बड़ा ही अजीब था, क्योंकि जब मंजिल पहले से ही तय थी, तो उस सफ़र के रास्ते में काँटों का आना अखलाक की समझ के बाहर था।

अखलाक, सारे रास्ते रफ़ी और लता जी के गानों में खोया रहा, और विशाखा अपनी यादों को ताज़ा करते हुए उनको अपनी डायरी में उतारती रही। वो उन पलों को लिखकर एक बार फिर से उनको जी रही थी। अखलाक ने इस बार विशाखा से उसकी डायरी के बारे में कुछ नहीं पूछा। वो अपने संगीत में उस पल में रहकर सब कुछ एक बहाव में कर रहा था।

उसी रात को 8:30 बजे...

उस रात अखलाक के मन में किस्से को हमेशा के लिए पूरा करने की बात चल रही थी। उसने सोच लिया था, वो उस रात विशाखा से सीधी बात करेगा, जो उसने अपने घरवालों से की थी। अब वो भगवान और खुदा पर

कुछ नहीं छोड़ेगा, क्योंकि जब कभी भी कोई भगवान और खुदा को बाँटकर उन पर कुछ छोड़ता है, तो न प्रार्थना पूरी होती है, और न ही दुआ कबूल होती है।

उस दिन वो अपने घर से बाहर निकलकर, बाहर एक गार्डन में बैठकर विशाखा के मैसेज का इंतज़ार करने लगा। जब 8:40 तक भी विशाखा का कोई मैसेज नहीं आया, तो उसने सीधे विशाखा को कॉल कर दिया।

"Hello.. विशाखा..!"

"हाँ अखलाक, कहो आज फ़ोन कर दिया।"

"विशाखा, कुछ ज़रूरी बात करनी थी इसलिए।" अखलाक की आवाज़ में अलग सा भार था।

"क्या हुआ अखलाक?"

"विशाखा मैंने...।" अखलाक कुछ कहना चाह रहा था, इतने में विशाखा ने उसकी बात काट दी।

"अखलाक...कुछ बात हो गयी क्या?" विशाखा की आवाज़ भी अचानक से बदल गयी।

"विशाखा मैंने...मैंने अपने पेरेंट्स से बात कर ली है, और वे खुश नहीं हैं, पर थोड़ा जिद करने पर वे मान जायेंगे।"

"ये तो अच्छी बात है।" विशाखा ने कहा।

"विशाखा, तुमने कुछ बात की अपने घर पर?" अखलाक ने विशाखा की बात को शायद सुना भी नहीं, कि उसने क्या कहा।

"अखलाक, मैंने उन्हें हिंट तो दे दी है, और अभी की परिस्थिति में वे इस रिश्ते के लिए कभी हाँ नहीं बोलेंगे; पर फिर भी मुझे भरोसा है कि भगवान सब ठीक करेगा।"

"विशाखा, इस तरह भागने से कुछ नहीं होगा; हमें आज नहीं तो कल एक स्टैंड लेना ही पड़ेगा; और हम जितनी जल्दी जो भी तय करें; वो हमारे लिए अच्छा होगा।"

''नहीं.. ऐसा नहीं है अखलाक, हमें समय को अभी थोड़ा समय देना चाहिए, सब कुछ अच्छा होगा। मुझ पर, अपने आप पर, और हमारे रिश्ते पर थोड़ा भरोसा रखो अखलाक... सब कुछ वो ही होगा जो हम चाहते हैं।''

उसके बाद अखलाक और विशाखा के बीच में वैसी ही बात हुई, जैसी हमेशा हुआ करती थी। और केवल उस दिन नहीं, ये बातचीत तो रोज़ की हो गयी थी। रोज़ ही अखलाक, विशाखा से किसी स्टैंड पर आने के लिए बोलता था, और विशाखा रोज़ सब कुछ भगवान पर छोड़ देती थी। और शुरू की 5 मिनिट की इस बात के बाद बाकी 55 मिनिट की बात वैसी होती थी, जो उन 5 मिनिट को भुलाने का काम करती थी। पर ज़िन्दगी की सच्चाइयाँ भुलाए नहीं भूलती, बस इसलिए वो बातचीत उनकी ज़िन्दगी में घर कर गयी थी।

6 महीने बाद

लगभग 6 महीने यही रात की बातचीत, वीकेंड पर मिलना चलता रहा। इस बीच विशाखा ने कभी सीधे तौर पर, तो कभी घुमाकर बार-बार अखलाक को ये बताया कि उसके घर वाले इस रिश्ते के खिलाफ हैं; पर ये कभी नहीं बताया कि वो अपने प्यार के खिलाफ है या अपने परिवार की प्रतिष्ठा के खिलाफ। अखलाक ने कई बार विशाखा को अपने परिवार के खिलाफ जाकर अपने प्यार के साथ जाने की नसीहत दी, पर विशाखा के लिए ये बड़ा मुश्किल था; इसलिए उसने न कभी हाँ कहा, और न ही कभी न कहा।

''विशाखा, इस तरह से कुछ नहीं होगा; हमें अब एक बड़ा फैसला लेना पड़ेगा।'' अखलाक ने विशाखा से कहा।

''अखलाक, समझो... मेरे घर वाले इस रिश्ते को समझ नहीं रहे हैं... इस तरह जल्दबाजी में फैसले नहीं फासले होते हैं।''

''जल्दबाजी में... छः महीने से ज्यादा हो गये हैं हमको बात करते हुए; और मैं तुम्हें याद दिला दूँ, हम कोई कॉलेज, स्कूल या ऑफिस में नहीं मिले; हम एक matrimonial site पर मिले हैं। मतलब हमारे मिलने का

मकसद ही शादी करना था, और आज हम उसके बारे में बात न करके बाकी सब कुछ कर रहे हैं।

"विशाखा, इस तरह से हम बस कुछ समय के लिए सब कुछ टाल देंगे, और ज़िन्दगी भर का जख़्म अपने दिल पर ले लेंगे। इस समाज के मज़हब से मैं पहले भी बहुत कुछ सह चुका हूँ, बस अब और नहीं सह सकता।"

"तो तुम क्या चाहते हो?" विशाखा ने कहा।

"तुम्हारे घरवाले हमें कभी एक्सेप्ट नहीं करेंगे, ये तुम्हें भी पता है और मुझे भी; तो, तुम्हारे घर वालों की रज़ामंदी से हमारी शादी होगी, इस बात को अपने दिमाग से निकाल दो।"

"तो क्या भाग चलें? उनके खिलाफ चले जायें?" इस बार विशाखा की आवाज़ में गुस्सा था।

"उनके खिलाफ जब तुम्हें जाना ही नहीं था, तो एक मुसलमान को रिक्वेस्ट भेजी ही क्यों? तुम्हीं ने न्योता दिया था न शादी का... ये तो उस समय भेजने से पहले सोचना चाहिए था कि No religion में तुम्हारे घर वालों का क्या मत है, क्या वो इस बात से इम्प्रेस हैं, या वो भी बस अपने आप को एक्सप्रेस करने में लगे हैं। मतलब तुमने जिस कारण सब कुछ शुरू किया था, अब तुम उसी को भूल गयी हो; और जब हम इसको कहीं पर लेके नहीं जा सकते, तो इस रिश्ते का और हमारा मिलने का क्या फायदा?" अखलाक का गुस्सा भी जायज था।

"मुझसे ये प्यार का झूठा नाटक अब नहीं हो पायेगा, क्योंकि मेरी नज़र में ये प्यार नहीं, बस temporary pleasure बन गया है। अब बस बहुत हो गया; अब आर या पार। अगले हफ्ते 05 फरवरी है, और मेरा बर्थडे भी है; मैं उस दिन तुम्हारा उसी रेस्टोरेंट में इंतज़ार करूँगा। अब तुम अपने घरवालों की रजामंदी से आओगी, या फिर उनके खिलाफ जाकर आओगी, मैं ये नहीं जानता। अब या तो तुम्हारी डायरी में हमारी ज़िन्दगी का सबसे अनोखा पन्ना जुड़ जायेगा, या फिर मेरी ज़िन्दगी से ये पन्ना हमेशा के लिए फट जायेगा; विशाखा, इंतज़ार रहेगा।" इतना बोलकर अखलाक ने फ़ोन काट दिया।

''अखलाक.. अखलाक... सुनो!'' विशाखा के पास अब कुछ कहने का मौका नहीं था, पर बहुत कुछ करने का मौका था।

ऐसा नहीं था कि अखलाक ने सब कुछ अचानक किया हो। वो तो सब कुछ पहले से सोचकर बैठा था, कि वो अपने बर्थडे वाले दिन विशाखा को या तो अपना बना लेगा, या फिर हमेशा के लिए छोड़ देगा। क्योंकि उसने विशाखा से बात करने से पहले ही अपने ऑफिस में अपने बर्थडे वाले हफ्ते की छुट्टी ले ली थी। अखलाक को पूरा भरोसा था कि विशाखा ज़रूर आएगा; बस इसलिए उसने उसके साथ हमेशा एक हो जाने की भी पूरी तैयारी कर ली थी। उसने उस रात विशाखा की तरह ही एक ख़त लिखा, विशाखा के नाम, जो वो उसे वहाँ जाकर दिखाना चाहता था। वो ख़त कुछ ऐसा था।

मेरी विशाखा!

मैं तुम्हे propose तो कर चुका हूँ, इसलिए मैं आज तुम्हें I love you नहीं बोलूँगा, क्योंकि वो बहुत ही घिसा-पिटा और पुराना तरीका हो जायेगा। बस, तो आज मैं उससे भी पुराना तरीका, तुम्हारा तरीका इस्तेमाल कर रहा हूँ -ख़त लिखने का। ये ख़त मैंने तुम्हें कल ही लिख दिया था, क्योंकि मुझे पता था कि तुम ज़रूर आओगी; तुम समाज के सामने अपने प्यार को ही चुनोगी... और तुम मुझे अभी समझाओगी भी, कि हमें अभी थोड़ा पेशेंस रखना चाहिए; लेकिन, मैं तुम्हारी आज एक नहीं सुनूँगा। तुम्हारी नज़र में ये जल्दबाजी हो सकती है, पर मुझसे अब तुम्हारे बिना एक पल नहीं कटता। मैंने अपनी शादी की, और आगे की ज़िन्दगी की भी सारी तैयारी कर ली है; और जहाँ तक हमारे पेरेंट्स की बात है वे कुछ समय बाद मान ही जायेंगे। विशाखा, आज का दिन हमारी ज़िन्दगी को बदल देगा, बस इसलिए एक अलग अंदाज़ में तुमसे ये कहना चाहता हूँ:-

''तेरे इश्क ने बदला कुछ,

मेरे मन ने लड़कर बदला कुछ

तेरे एहसास ने बदला कुछ,

इस ज़माने से भिड़कर बदला कुछ

अखलाक अपना ख़त और अपनी उम्मीदें लिये इस बार फिर समय से पहले ही वहाँ पर पहुँच गया। अखलाक ने वहाँ पहुँचकर सब कुछ पहले से ही ऑर्डर कर दिया। 10 मिनिट बीत चुके थे, और दिन के एक बज चुके थे। अखलाक अब भी इंतज़ार कर रहा था। देखते ही देखते खाना भी आ गया, पर अखलाक की निगाहें दरवाजे से नहीं हटीं, उसका इंतज़ार ख़त्म नहीं हुआ। 3:00 बज गये, 4:00 बज गये, 5:00 बज गये। समय अपना काम बखूबी कर रहा था, और अखलाक भी। उसने उम्मीद नहीं छोड़ी और लगभग रात को 11:00 तक वही इंतज़ार करता रहा, और विशाखा को फ़ोन करता रहा। पर विशाखा ने एक बार भी फ़ोन नहीं उठाया, और फिर कुछ समय बाद अपना फ़ोन बंद कर दिया। उसने कई मैसेज भी किये, पर किसी मैसेज का कोई जवाब नहीं आया।

अखलाक का मन और उसका ख़त, दोनों इंतज़ार करते हुए थक चुके थे। उसके मन का बोझ उसकी आँखों से आँसू बनकर बहने लगा, और उन्हीं आँसू में से एक बूँद उसके ख़त पर लिखे विशाखा के नाम पर जा गिरी। अखलाक के ख़त और उसकी ज़िन्दगी दोनों से विशाखा अब मिट चुकी थी।

उस दिन मज़हब की एक और दीवार तैयार हो गयी। अखलाक के मन में ये ख़याल आखिरकर आ ही गया, कि ये हिन्दू साले होते ही ऐसे हैं, धोखेबाज़ और बेवफा। जिस बात के लिए अखलाक ज़िन्दगी भर लड़ता रहा, आज उसी के दाग अखलाक के दामन पर थे।

अखलाक, बनारस में इतने समय रहकर भी ये कभी समझ नहीं पाया था कि कोई जगह किसी इंसान को इतना कैसे बदल सकती है। पर आज वो ये समझ गया कि किसी इंसान को कोई जगह नहीं, बल्कि वहाँ के लोग

बदलते हैं। विन्नु को बनारस के घाटों ने, बनारस के बाज़ारों ने नहीं, बल्कि बनारस के लोगों ने बदला था। वो काशी विश्वनाथ मंदिर और अलमगीर मस्जिद का अंतर अब समझ गया था। वो भी इस समाज का हिस्सा बन चुका था।

अखलाक ने उस रात अपने shaadi.com के अकाउंट में, religion वाले column में No religion हटाकर Muslim लिख दिया। उस दिन अखलाक ने केवल shaadi.com में फ़िल्टर नहीं लगाया, बल्कि अपनी सोच और अपनी ज़िन्दगी में भी फ़िल्टर लगा दिया।

अखलाक के दिल के दर्द को महसूस करना तो बहुत मुश्किल था; पर उसे थोड़ा समझकर उस पन्ने को इस कविता में समेटा जा सकता है।

- चिराग खत्री

वे बातें लबों पर आईं
आकर कुछ रुक सी गयीं
दिल से निकलीं पर
होठों पर कुछ सिल सी गयीं
आँखों से कह दिया कुछ
रिश्तों की इस ख़ामोशी ने
दिल में दबा दिया बहुत कुछ
इश्क की उस बेहोशी ने
न.. न... बन पाए हमसफ़र...
इक राह में, अलग होती रही डगर
जानते थे, ये अफसाना है, हकीक़त न होगा हमदम
फिर भी उस दास्तान में जीते रहे अपनी कहानी हरदम
न उनका, न रहा वक़्त अब साथ
दोनों से ही, न होती है अब बात
जिन्हें कहता था कभी खुदा, कैसे कह दूँ उसे खुदगर्ज़
क्योंकि.. ये कहानी का अंत नहीं... है बस नसीब का मीठा मर्ज़

* * *

''उसका बचपन और उसकी जवानी, दोनों ही समय, उस पर समय की मार थी। वो जो था नहीं, परिस्थितियों ने उसको वो बनने पर मजबूर कर दिया।'' सोहेल ने कहा।

''उसके साथ जो हुआ वो बहुत गलत हुआ; ये वैसी ही बात हो गयी कि रस्सी को इतना खींच दिया, कि रस्सी टूटने पर मजबूर हो गयी।'' समर्थ ने कहा।

''ये इसबात का best example है, कि समय को काल क्यों कहा जाता है, और क्यों काल को दुनिया में सबसे शक्तिशाली समझा जाता है।''

''सारी दुनिया या तो उसे खोकर सब कुछ पा रही है, या फिर कुछ न पाकर उसे खो रही है। ये तो तय है, कि इस कालचक्र में अपने मन को स्थिर रखना कोई इतना आसान काम नहीं।'' लक्ष्य ने कहा।

''समझ में ये नहीं आता कि गलती किसकी थी; नियति की, समय की या अखलाक की?'' इमरान ने पूछा।

''None of these...'' दिग्विजय के ये बोलने से अचानक माहौल थोड़ा ठंढा हो गया, और सारे लोग एक साथ एक सुर में हँसने लगे।

'मतलब?' इमरान ने पूछा।

''मतलब साफ़ है; जिसकी गलती है, उसको तो तू भूल ही गया।'' दिग्विजय ने कहा।

'किसको?' इमरान ने पूछा।

''उस लड़की को... विशाखा को। उस लड़की ने सारा खेल शुरू खुद किया, और बाद में अपनी ज़िन्दगी को एक बड़े शायर का ये शेर बनाना चाहा *'ये बला के पैंतरे, ये खुदगर्जी मेरे खिलाफ, रायगाँ है, मैं इस खेल का हिस्सा नहीं।'* अरे तू खेल की निर्माता है, तू इस खेल का हिस्सा कैसे नहीं। दिग्विजय ने कहा।

''अबे.. इस पूरे event में irony तो देख; वो लड़की पहले जिस कीचड़ को गाली देती रही कि, मैं इसके कारण मैली हुई, मैं इसके कारण

मैली हुई, बाद में वो उस कीचड़ में कूदकर उस कीचड़ की ही हो गयी।'' समर्थ ने आगे जोड़ा।

''यहाँ से तो ये बात भी गलत साबित हो गयी, जो लोग कहते हैं कि तुम्हारे कर्मों का फल केवल तुम्हें ही भुगतना है; क्योंकि दोनों ही बार अखलाक किसी और के कर्मों को भुगत रहा था।'' इमरान ने कहा।

''बात ये कभी थी ही नहीं, कि तुम्हारे कर्मों का फल केवल तुम ही भुगतोगे; असल में बात तो ये है कि तुम्हारे कर्मों का फल तुम तो भुगतोगे ही. और तुमने किस स्तर पर काम किया है, उसके according पता लगेगा कि और कितने लोग उसकी चपेट में आने वाले हैं। अब मान लो कि तुमने नोटबंदी कर दी, या GST ले आए तो उससे तो सारे 125 करोड़ effect हो जायेंगे, और अगले इलेक्शन में तुम भी इफेक्टेड हो जाओगे।'' समर्थ ने जैसे ही ख़त्म किया, सब एक साथ हँसने लगे।

अरे..अभी रुको यार, अभी तो मैंने महफ़िल शुरू की है, अभी एक और किस्सा सुनाना है। सोहेल ने यह कह कर नया किस्सा शुरू कर दिया।

ज़िन्दगी की पत्रिका

86027685..... कॉल करूँ या नहीं?

8602...

'किस मुँह से फ़ोन करूँ उसे?' विनोद ने अपने अतीत में झाँककर सोचा।

उस दिन विनोद अपने फ़ोन में केवल कुछ ही नंबर लिख पाया था। इन नंबर्स से उसके अतीत की कुछ यादें ताज़ा हो गयी थीं, जो अतीत उसके पास आज अचानक फिर से आ खड़ा हुआ था।

कुछ समय पहले...

"मम्मी, आप समझ क्यों नहीं रही हो; प्यार करता हूँ मैं सना से। पहले मैं भी इन सब चीजों में बुरी तरह जकड़ा हुआ था, पर मेरी लिए अब ये सब कुछ किसी भी तरह से ज़रूरी नहीं है; मैं सना से प्यार करता हूँ, वो मुझसे मुहब्बत करती है; तो मैं शादी किसी और से क्यों करूँ?'' इतना सब बड़े गुस्से में विनोद ने अपनी माँ से कहा।

"तुम अभी बच्चे हो; तुमने दुनिया देखी कहाँ है... ऐसे ही बाल सफ़ेद कर लिए क्या हमने। तुम्हारी भलाई के लिए बोल रहे हैं, हमारी बात मानो, अपनी न चलाओ।" विनोद की माँ ने अपना ब्रह्मास्त्र चलाया।

"वो बेचारी शादी के बाद अपने काम को और दिल्ली को छोड़कर यहाँ पर रहने के लिए भी तैयार है, आपको ये सब नहीं दिखता क्या? मुझे कुछ नहीं पता, मैं कुछ नहीं जानता; मैं शादी करूँगा तो सना से, वरना मैं कुँवारा ही सही हूँ... किसी से शादी नहीं करनी मुझे।" विनोद ने पक्के आशिक की तरह अपना ब्रह्मास्त्र फेंका।

"तुमने अभी से उसका गुणगान शुरू कर दिया है; पता नहीं शादी के बाद क्या करोगे। बुढ़ापे में ये दिन जवान बेटा दिखाएगा, ये सोचा नहीं था कभी।" इतना बोलकर विनोद की माँ वहाँ से चली गयी।

"मम्मी....मम्मी.... बात तो सुनो..!"

विनोद चाहता तो भागकर शादी कर सकता था, पर अपने माँ-बाप का वो इकलौता बेटा था। वो हमेशा ही ये मानता था, कि आज वो जो भी है, अपने माता-पिता के कारण है; और उनको ज़िन्दगी की इस ढलती शाम में वो अकेला छोड़ ही नहीं सकता था; फिर चाहे वे सही हों या गलत... वो लोग उसे समझें या नहीं। शायद उसके माँ-बाप उसके लिए सना से भी ज्यादा ज़रूरी थे।

विनोद की माँ वहाँ से जा चुकी थी। अपनी मुहब्बत और अपने परिवार के बीच में चल रही इस जद्दोजहद में विनोद बुरी तरह पिस रहा था। वो बहुत परेशान था। ऐसी परेशानी में विनोद अक्सर अपनी बॉलकनी में धीमी आवाज़ में रेडियो लगाकर एकाध सुट्टा फूँक लेता था। रेडियो में बजने वाली ग़ज़लों-गीतों से, बॉलकनी से दिखते ट्रैफिक से, उसकी समस्याओं का समाधान तो नहीं होता था, पर ये रेडियो, ये तेज़ी से भागता उसका शहर, उसे एक अलग दुनिया में ज़रूर ले जाते थे, जिसमें उसकी समस्याओं के लिए कोई जगह नहीं थी; अगर कुछ होता था तो केवल वो, और उसके ख़यालों की दुनिया।

विनोद अपने सुट्टे से पहला धुँआ उड़ा ही रहा था, कि रेडियो पर सना का सबसे पसंदीदा गाना बज गया। उसकी आँखों में आँसू थे, और मन में

वो दुनिया, जब वो सना के पास था, और उसके साथ उसके लिए जी रहा था। वो इन्हीं यादों में खोकर अपनी उस खोयी हुई ज़िन्दगी को फिर से पाने का फील लेने लगा। वो आँसू, वो गाना, और सिगरेट का उड़ता हुआ धुँआ; ये सब केवल एक जरिया थे, विनोद को उन यादों के और करीब ले जाने के।

दो साल पहले...

ये बात तब की है, जब विनोद ने ग्रेजुएशन के बाद मार्केटिंग डिपार्टमेंट में दिल्ली की एक कम्पनी जॉइन कर ली थी। वहीं पर उसकी सना से पहली मुलाक़ात हुई। सना उस कम्पनी के सेल्स डिपार्टमेंट में थी। अब ये तो सब जानते हैं कि कॉर्पोरेट दुनिया में प्यार कितना मुश्किल हो जाता है, जब आपका, और जिस लड़की को आप चाहते हों, यदि उसका डिपार्टमेंट अलग हो। ये स्कूल में पेश आई उसी प्रॉब्लम की तरह होता है, जिसमें लड़का उस लड़की से प्यार करता है, जो है तो उसी की क्लास की, बस उसका सेक्शन अलग है।

पर जवानी का प्यार ऐसी छोटी-मोटी बातों से अधूरा रह जाने वाला थोड़ी होता है। और मुझे हमेशा ही ऐसा लगता था, विनोद का प्यार, उसकी कहानी काफी अलग थी; उसका एक कारण शायद ये भी है, कि इतनी मुश्किलों के बाद भी विनोद का प्यार मुकम्मल रहा, और डिपार्टमेंट जैसी छोटी बाधा विनोद के प्यार में कहीं भी आड़े नहीं आई।

उस कंपनी को ज्वाइन करने के केवल 2 साल में विनोद ने प्यार की दो सीढ़ियाँ पार कर ली; पहली दोस्ती की, और दूसरी आशिकी की। मेरा मतलब बस इतना है कि विनोद की कहानी केवल पहली सीढ़ी पर रुककर Friendzoned नहीं हुई, उसका तो पूरा प्यार ऑफीशियल था... इतना ऑफीशियल, कि अपने प्यार की तस्वीरें चुराकर वो दुनिया को बयां कर सकता था, पर विनोद ने कभी ऐसा किया नहीं; उसका कारण ये था कि वो उस तस्वीर पर आने वाले दुनिया के कमेंट्स से डरता था।

रिलेशनशिप के लगभग एक साल में विनोद का प्यार एक ऐसे मुकाम पर पहुँच गया, जहाँ अपने प्यार को पहुँचाना, शायद हर लौंडे की जवानी

का सपना होता है। विनोद और सना, प्यार की चौथी स्टेज तक पहुँच गये थे। तीसरे स्टेज तो वही होती है... शादी, पर जैसा कि मैंने कहा, विनोद की कहानी थोड़ी अलग थी, इसलिए वो तीसरे स्टेज को छोड़, सीधे चौथी स्टेज पर पहुँच गया।

"रात के 11:00 बज गये हैं; तुम्हारे landlord का कितनी बार फ़ोन आ गया... जाने का कोई मूड है कि नहीं!" विनोद ने सना को अपनी बाँहों में लेते हुए कहा। सना का सर विनोद के सीने पर था। वो उसकी तेज़ धड़कन को महसूस कर पा रही थी। उस वक़्त पहली बार विनोद को अपने होने का एहसास, अपनी धड़कन का एहसास हुआ।

"जब तुम पास होते हो न, तो कहीं जाने का मूड नहीं होता मेरा।" बड़ी मासूमियत से सना ने कहा।

उस दिन से पहले विनोद, लड़कियों की उस मासूमियत को बड़ी गालियाँ देता था। उसे हमेशा ये लगता था, लड़कियों की ये मासूमियत पूरी तरह बनावटी होती है, और वे केवल लड़कों को अपनी तरफ आकर्षित करने के लिए उसे इस्तेमाल करती हैं। पर उस दिन विनोद की वो ग़लतफ़हमी भी दूर हो गयी, क्योंकि सना की वो मासूमियत कुछ थी ही ऐसी। उस दिन विनोद को सना से मुहब्बत का एक और कारण मिल गया।

सना विनोद के इतने करीब थी, कि दोनों एक दूसरे के रोम-रोम को महसूस कर पा रहे थे।

"जब इतनी मुहब्बत करती हो, तो हमेशा के लिए ही यहाँ रुक जाओ न।" विनोद ने सना के चेहरे से उसकी जुल्फों को हटाते हुए, उसके गालों को अपने लबों से गीला करते हुए कहा।

"अरे, what a great idea! ये हमारे दिमाग में पहले क्यों नही आया।" अचानक से उछलते हुए सना ने कहा, बिल्कुल वैसे ही, जैसे उसे अपनी ज़िन्दगी की बहुत बड़ी समस्या का हल मिल गया हो।

"You are joking right?" विनोद ने पूछा।

"No.. I am serious." सना ने जवाब दिया।

उसके बाद विनोद और सना, रातभर खुद को प्यार के रंग में रँगते

रहे। विनोद और सना के लिए वो रात कोई नई नहीं थी; वे तो अपने इश्क को इज़हार करने के इस तरीके को भी काफी बार जी चुके थे।

विनोद ने सना की ज़ुल्फों, उसके चेहरे, उसके बदन में उस रात एक अलग सी खुशबू पायी। उस महक का एहसास विनोद को पहले कभी नहीं हुआ था। उस एहसास का कारण शायद वो ख़ुशी थी... सना को हमेशा के लिए खुद में कैद करने की ख़ुशी। उनका रिश्ता ही कुछ ऐसा था। वे समाज के नियमों से आज़ाद थे। आपस में किसी बंधन से बँधे नहीं थे। फिर भी हमेशा के लिए एक दूसरे में कैद थे।

ने सारी रात खुद को खोकर एक दूसरे को पाते रहे। इस दुनिया के किन्हीं भी लफ़्ज़ों की उन्हें कोई ज़रूरत नहीं थी। उनकी मुस्कराहट, उनकी ख़ुशी, सब चीजों को बयां कर रही थी।

विनोद का प्यार बस इसी तरह तीसरी सीढ़ी को छोड़, सीधे चौथे लेवल पर पहुँच गया। ये वही लेवल था, जिसे एक कूल लैंग्वेज में live-in relationship कहा जाता है। इस तरह के रिश्ते को विनोद, कभी किसी ज़माने में नाजायज़ समझा करता था, पर सना से हुई उसकी मुलाक़ात के बाद उसकी ये सोच भी बदल गयी।

Live-in relationship को अक्सर ही दुनिया नाजायज़ समझती है, क्योंकि ये एक ऐसा रिश्ता होता है, जिसमें आप केवल मुहब्बत से बँधे होते हैं, ज़िम्मेदारी से नहीं। और दुनिया हमेशा ज़िम्मेदारी निभाना सिखाती है, मुहब्बत नहीं। लेकिन असल बात तो ये है, कि अगर दुनिया शिद्दत से मुहब्बत निभाना सिखाती, तो ज़िम्मेदारी खुद-ब-खुद पूरी हो जाती।

रुख तो बदलेगा...

उनकी मुहब्बत को ज़िम्मेदारी की ज़रूरत पड़ने का कारण मेरी समझ के तो बाहर था, पर वो होता है न, कि पानी कितना भी साफ़ हो, अगर वो रखा गंदगी में हो, तो वो खुद भी गन्दा हो ही जाता है। अब ये कहना तो मुश्किल है कि इसमें दोष पानी का होता है, गंदगी का, या उन दोनों को मिलाने वाले ज़रिये का।

विनोद और सना, अपने इरादों में, अपने रिश्ते में पूरी तरह पवित्र थे। पर आखिरकार वे थे तो इसी समाज का एक हिस्सा ही... बस, तो समाज के तथाकथित नैतिकता के ठेकेदारों ने थोड़ा उन्हें भी दूषित कर दिया।

अपने ज़ेहन में फैली उस गंदगी को दूर करने का, और अपने रिश्ते को फिर से पवित्र बनाने का सबसे सही तरीका जो उन्हें समझ आया, वो था, इस रिश्ते को समाज के सामने ऑफीशियल करने का। उतना ऑफीशियल, कि उस रिश्ते के बारे में वे लोगों से बात कर सकें। क्योंकि जब हम कहते हैं कि सारी दुनिया दिखावे में लगी है; तो उस दिखावे का मतलब होता ही ये है कि एक दूसरे से बात करते समय हम एक दूसरे को कितना दिखा सकते हैं।

"ऐसे तो इस रिश्ते का कोई फ्यूचर नहीं होगा; तुम इस रिश्ते को आगे बढ़ाना चाहते भी हो या नहीं?" सना ने विनोद से कहा।

"कैसी बातें कर रही हो; ऑफकोर्स मैं इस रिश्ते का फ्यूचर चाहता हूँ।" विनोद ने सना के हाथों को अपने हाथों से पकड़ कर बोला।

"फ्यूचर चाहते हो तो कुछ करो न; मेरे घर से भी अब शादी का प्रेशर आ रहा है... अगर अब कुछ नहीं किया, तो बहुत कुछ हो जायेगा।" सना ने थोड़ा गुस्से, थोड़ी चिंता में कहा।

"तुम इतनी चिंता मत करो; तुम भी अपने घर पर हिंट दे दो, मैं भी अपने पेरेंट्स से बात करता हूँ।" विनोद ने सब कुछ समेटने की कोशिश की!

"मैं जानती हूँ तुम्हें किस बात का डर है। तुम्हें शादी के बाद अपने पेरेंट्स के साथ रहना है न, मैं उसके लिए भी तैयार हूँ अगर मेरे घर वाले नहीं माने, तो मैं उनके खिलाफ जाकर शादी करने को भी तैयार हूँ; प्यार करती हूं तुमसे।" उस उम्र के प्यार में पड़ी लड़कियों की तरह सना ने कहा।

विनोद ने सना को गले लगा लिया। गले लगाने का एक कारण उस पर उस समय उमड़ा प्यार तो था ही, लेकिन उसके अलावा उसके जिस्म से लिपटकर एक राज़ को छिपाने की कोशिश भी थी।

वो राज़ कुछ यूँ था; यदि विनोद के घर से इस रिश्ते के लिए मना हो जाता, तो वो अपने माँ बाप के विरुद्ध नहीं जा सकता था... और इस बात को वो सना से कहना भी नहीं चाहता था; बस इसी कारण उसने जवाब में ख़ामोशी को चुन लिया।

"You tell your parents about us; मैं भी अपने घर पर बात करता हूँ। हम उनके बच्चे हैं; वे हमारी बात ज़रूर मानेंगे; उनके खिलाफ जाने का तो सवाल ही नहीं पैदा होगा।" विनोद उस समय सना को नहीं, बल्कि अपने मन को समझा रहा था, कि मुख़ालफत की तो बात ही नहीं आएगी, सब कुछ ठीक ही होगा।

"I love you Vinod..!"

"I love you too Sanaa..!"

वे दोनों अब केवल प्रेमी प्रेमिका नहीं रहे; अब वे एक ही मंजिल को चाहने वाले, एक ही रास्ते पर चलने वाले हमराही बन चुके थे। शायद यही कारण था कि उस दिन उनकी आँखों में एक-दूसरे के लिए एक अलग सी चमक थी। ये चमक वो ही थी, जो एक महबूबा और एक पत्नी के बीच का अंतर तय करती है। वो ही अंतर जिसके तहत महबूबा मुहब्बत होती है, और पत्नी ज़िम्मेदारी। मुहब्बत बस हो जाती है, और ज़िम्मेदारी निभाई जाती है... बस, इसीलिए महबूबा नाजायज है, और पत्नी जायज।

"कहाँ थे तुम? कब से इंतज़ार कर रही हूँ तुम्हारा।" सना ने चाय की चुस्की भरते हुए बोला।

रोहिणी के काम से गया था, अभी ये न ही बोलूँ तो अच्छा है; बिना मतलब ही बवाल होगा। विनोद ने खुद से कहा।

"कहीं नहीं गया था, वो ऐसे ही थोड़ा लेट हो गया; मैंने तुम्हें बोला था, कहीं भी बुला लेना, तुम्हें कहाँ समझ आता है... तुम्हे कैंटीन के अलावा कोई और जगह कहाँ मिलती है।" विनोद ने थोड़ा गुस्से में बोला, पर अचानक से अपने एक दोस्त से आँखें मिलते ही स्माइल पास करके गुस्से को आवाज़ में ही समेट लिया।

''एक तो खुद लेट आये हो; बिना बताये घर चले गये, और मुझ पर भड़क रहे हो।''

''अच्छा ठीक है बाबा... अब सिर्फ लड़ना ही है, या कुछ काम की बात भी करना है।'' विनोद ने समय की नजाकत को महसूस करके बोला।

''बोलो क्या बात हुई तुम बिना बताये ही चले गये, और फ़ोन भी नहीं उठा रहे थे; सब ठीक तो है?'' मैगी का एक चम्मच लेते हुए सना ने कहा।

''सना, मैं घर गया था... अपने पेरेंट्स को हमारे बारे में सब कुछ बताया।'' विनोद ने सना का हाथ पकड़ते हुए कहा।

''उन्हें बताया, कि शादी के बाद तुम दिल्ली छोड़, घर पर रहने को भी तैयार हो, और तुम भी पंडित हो, तो कास्ट भी कोई प्रॉब्लम क्रिएट नहीं करेगी... लेकिन एक बात और है।''

''कौन सी बात?''

अपने घर में बना दो दिन पहले का दृश्य विनोद ने बयां करना शुरू किया।

''पंडित जी, क्या हुआ, सब ठीक तो है?'' विनोद की माँ ने पूछा।

विनोद उस घर का हिस्सा था, जहाँ पर ज़िन्दगी की पत्रिका मिलाने से पहले जन्मपत्रिका मिलायी जाती थी। अमूमन लोगों के यहाँ फेमिली डॉक्टर, फेमिली वकील होते हैं पर विनोद के घर में फेमिली पंडित हुआ करते थे, जिनके बिना शादी करना तो दूर, उसका मुहूरत भी नहीं निकलता था।

विनोद की माँ, विनोद को ऐसी जगह ले आई थीं जहाँ समझ और विश्वास, अपने घुटने अन्धविश्वास के सामने टेक देते हैं।

''कुछ ठीक नहीं है।'' पत्रिका पर तेज़ नजरें गड़ाते हुए पंडित ने कहा

''मतलब पंडित जी?'' हवन की आग से निकलते धुएँ को हटाते हुए विनोद की माँ ने पूछा।

''इस लगन के होने से बड़ा ही अनर्थ हो जायेगा; ये लड़की ज्यादा समय तक इस लड़के के जीवन में रह नहीं पाएगी... सबकी भलाई इसी में

है कि इस लगन को यहीं रोक दिया जाए।''

इतना कहते ही पंडित के चेले ने दानपात्र को आगे कर दिया... वो सीधा इंडिकेशन था कि कंसल्टिंग फीस जमा करने का समय आ गया है।

''कुछ उपाय तो होगा पंडित जी?'' दानपात्र में पैसे डालते हुए विनोद की माँ ने कहा।

''इस तरह की कुंडली का कोई उपाय नहीं होता; शादी न कराना ही सबसे सटीक उपाय है इस समस्या का।''

''तो घर पर ये सब बात हुई थी।'' विनोद ने कहा।

''Seriously? तो अब क्या करेंगे?'' सना ने इन बातों को बेवकूफी करार देते हुए बोला।

''ऐसा नहीं है कि मैं इन सब में मानता हूँ; मुझे भी इन सब चीजों में रत्ती भर का विश्वास नहीं है; ये सारे बंधन इंसान ने बनाये हैं... इंसान के लिए नहीं बने... पर क्या करूँ एक बंधन है जिससे मैं भी बँधा हूँ; बेटा होने का बंधन; उसे मैं चाहकर भी नहीं तोड़ सकता।''

''और हमारा बंधन; उसे तोड़ दोगे?''

''ऐसा नहीं है...इतना aggressive होना छोड़ो, और प्रॉब्लम को सॉल्व करने का ट्राय करो।''

''मैं इस वीकेंड एक बार फिर से घर जा रहा हूँ। वहाँ एक बार अपने पेरेंट्स को मनाने की कोशिश करूँगा।'' चाय की आखरी घूँट भरते हुए विनोद ने कहा।

अपने पेरेंट्स के खिलाफ न जाने की बात अभी न ही करूँ तो अच्छा है; पहले ही बात बिगड़ती हुई नज़र आ रही है; घर पर थोड़ा ़फोर्स करता हूँ, फिर देखता हूँ क्या हो सकता है। विनोद सोचने लगा।

''किस सोच मे पड़ गये?''

''नहीं... कुछ नहीं..।'' विनोद ने कहा।

''तुम जाओ उन्हें समझाओ; और जहाँ तक मेरे पेरेंट्स की बात है,

उन्हें शायद कोई खास प्रॉब्लम नहीं होगी... एक बार तुम होकर आ जाओ, फिर मैं भी खुल के बात कर लूँगी।''

उस दिन सना और विनोद खुद से थोड़ा दूर होते नज़र आ रहे थे। वे इस बार एक दूसरे के साथ नहीं थे। उनकी लड़ाई अलग होती नज़र आ रही थी। परिस्थितियों द्वारा किये गये इस वार के कारण, एक ही मंज़िल को चाहने वाले एक ही रास्ते पर चलने वाले ये दो राही अब कुछ भटके हुए से नज़र आ रहे थे।

विनोद की सिगरेट ख़त्म हो चुकी थी। उसके सारे आँसू सूख चुके थे। वो अपनी बालकनी में बैठकर यही सब कुछ सोच रहा था, कि इतने में उसके पिता ने आवाज़ देकर उसकी सोच को तोड़, उसको उसके अतीत से बाहर किया।

''बेटा विनोद, यहाँ बालकनी में खड़े होकर क्या सोच रहे हो?'' विनोद के पिता ने पूछा।

''नहीं पापा, कुछ नहीं, बस ऐसे ही।'' अपनी सोच से बाहर आकर, थोड़ा सा ठहरकर विनोद ने कहा।

''तुम्हें क्या लगता है, बोलोगे नहीं, तो पता नहीं चलेगा हमें।''

''नहीं पापा, ऐसा नहीं है..।'' रेडियो को बंद करते हुए विनोद ने कहा।

''इधर आओ बैठो।'' बालकनी में लगी कुर्सियों से न्यूज पेपर को हटाकर वे वहीं बैठ गये।

''देखो...पंडितजी कह तो सही रहे हैं; थोड़ी पंडिताई मुझे भी आती है... उस लड़की की कुंडली में दोष तो है, और सबसे सही समाधान यही है कि शादी न हो, और हम भी यही चाहते हैं।'' विनोद के पिता ने कुछ इस तरह से बोला, जैसे अपने जवान लड़के से नहीं, बल्कि छोटे बच्चे से बोल रहे हों।

लोग कहते हैं न बच्चों के जवान होते ही अपने माता-पिता के प्रति उनका व्यवहार बदल जाता है, ये बिल्कुल ठीक बात है; लेकिन मुझे हमेशा ही ऐसा लगता था, कि माता-पिता का भी अपने बच्चों के प्रति उतना ही

व्यवहार बदलता है। जैसे-जैसे बच्चे जवान होने लगते हैं, माता-पिता थोड़े और टॉलरेंट हो जाते हैं; अपनी इच्छाओं को अपने बच्चों पर थोपना थोड़ा कम कर देते हैं।

''पापा, बचपन से आज तक आपकी हर बात मानता आया हूँ; मुझे लगा था, कम से कम आप तो मेरा साथ दोगे। आपने जहाँ पढ़ने को बोला, वहाँ पढ़ाई की, आपने जहाँ जाने को बोला वहाँ मैं गया; आपने दिल्ली जाने को बोला, मैं दिल्ली गया... आपने जिसके साथ रहने को बोला, उसके साथ रहा; अब कम से कम शादी तो अपनी गाँव जी [...] के साथ करने दीजिये ... और ऐसा भी नहीं है कि कास्ट का कोई चक्कर है; सना भी ब्राह्मण है। जब ये कास्ट वास्ट सब ठीक बैठ गया था, तो एक और नयी चीज़ ले आये आप लोग।'' बिल्कुल एक जवान बेटे की तरह विनोद ने कहा।

''हम कहाँ बोल रहे हैं; कि हम नहीं चाहते ... हम ये तो बिल्कुल नहीं बोल रहे हैं कि तुम शादी न करो उस लड़की से; हमारा बस मन नहीं है कुंडली के बाहर जाकर शादी करवाने का; लेकिन अब तुम बड़े हो गये हो, तो सब कुछ हमारे हिसाब से तो नहीं होगा, ये हम जानते हैं; कुछ फैसले तुम अपने हिसाब से भी लोगे। इसलिए तुम यहाँ का ज्यादा मत सोचो; तुम लड़की के घरवालों से बात करो... तुम्हारी माँ को मनाना हमें आता है... वो हम देख लेंगे।''

''सना ने बोला है कि वहाँ कोई खास दिक्कत नहीं आएगी; वो लोग राज़ी ही हैं।'' विनोद ने अपने पिता से कहा।

''ठीक है मगर आखिरी बार भी हम यही बोलेंगे कि एक बार और सोच लेना, काफी बड़ा फैसला लेने जा रहे हो।''

इस इमोशनल बात का जवाब विनोद ने खामोशी से ही दिया... और वो सही भी था, क्योंकि अक्सर ज़िद को, ज़िद नहीं तोड़ती; बल्कि आखिर में कही गयी ऐसी ही कोई इमोशनल बात तोड़ती है। तो अपनी बात को मनवाने का सबसे सही तरीका यही होता है कि इस तरह की इमोशनल बात का जवाब ख़ामोशी में दे दिया जाए।

Rohini Office...Rohini Office...

विनोद के फ़ोन की स्क्रीन पर डिस्प्ले हो रहा था। विनोद का फ़ोन साइलेंट मोड पर था। अक्सर ही जवान लड़के जब ज्यादा चीजों में लग जाते हैं, तो उनके फ़ोन के स्पीकर की जगह फोन का डिस्प्ले ले लेता है। और बात सही भी है कि, जब ज़िन्दगी ज्यादा शोर मचाने लगती है, तो फ़ोन खुद-ब-खुद ही साइलेंट मोड पर चला जाता है; विनोद के साथ भी कुछ ऐसा ही हो रहा था।

"अभी... यार... क्या करूँ, फ़ोन उठाऊँ या नहीं।" फ़ोन की तरफ देखते हुए विनोद ने सोचा।

जितनी देर में विनोद फैसला लेता, उतने में फ़ोन कट चुका था, और विनोद जिन परिस्थितियों में था, उसने कॉलबैक करना मुनासिब नहीं समझा।

"कब से देख रही हूँ इतनी देर से बाहर खड़े होकर बस आप निहार ही रहे हैं; कुछ बात करनी है तो बोलिए न क्या हुआ?" किचन में खाना बनाते हुए विनोद की माँ ने पूछा।

"हाँ, बात तो करनी है।" घड़े में से पानी निकालते हुए विनोद के पिता ने कहा।

"बोलिए क्या हुआ? क्या बात हो गयी।"

"ये रखो.. रखो इसको नीचे।" सब्जी की थाली हाथ से छुड़वाते हुए विनोद के पिता ने कहा।

"और सुनो हमारी बात; देखो सुरेखा, हमारा विनोद अब बड़ा हो गया है; अब पहले जैसा नहीं रहा सब कुछ, कि हम कुछ भी बोलें और वो मान लेगा, ऐसा नहीं होगा; अब वो विरोध भी करेगा, और ज़रूरत पड़ी तो शायद विरुद्ध भी जायेगा।"

"आप कहना क्या चाहते हैं, साफ़ साफ़ कहिये।"

"मैं भी इस शादी के खिलाफ हूँ, मैं भी नहीं चाहता कि वो लग्न-पत्रिका के खिलाफ़ जाकर शादी करे; पर मैं ये भी नहीं चाहता, कि हमारा बेटा हमारे खिलाफ जाकर शादी करे।"

''अभी जिस उम्र में वो है, उसमें वो कोई भी फैसला ले सकता है, कोई भी मतलब, कोई भी।''

''तो उससे डरकर क्या ज़िन्दगी बर्बाद कर दें उसकी?'' विनोद की माँ ने कहा।

''तो क्या करेंगे! कल भाग वाग गया, तो बिरादरी में क्या मुँह दिखाऊँगा मैं?'' अपनी प्रतिष्ठा का वास्ता देते हुए विनोद के पिता ने कहा।

''हम इसका साथ कभी नहीं देंगे।'' विनोद की माँ ने कहा।

''तुम्हें जो सोचना है, सोचो; जो करना है करो, मैं तुम्हें समझाने आया था, पर अगर तुम्हें समझ नहीं आता, तो ये तुम्हारी दिक्कत है; क्योंकि फैसला तो हो चुका है। वो मेरी इज़्ज़त मिट्टी में मिला दे, उसे रोकने के लिए ये तो करना होगा।'' एक मिडिल क्लास फैमिली के पुरूष की ताकत का एहसास करवाते हुए विनोद के पिता ने गुस्से में कहा।

पाँच महीने बाद

विनोद और सना की love story, अन्धविश्वास और जन्मकुण्डली से जूझती हुई आख़िरकार मुकम्मल हो ही गयी। पर कुछ बदलाव तो थे, जो दोनों की ज़िन्दगी को धीरे-धीरे बदल रहे थे।

विनोद, दिल्ली छोड़कर वापस अपने घर अपने माँ-बाप के पास आ चुका था। वहीं पर उसने अपना नया काम शुरू कर दिया था।

और सना, दिल्ली छोड़ने के बारे में केवल बोलने में, और सच में छोड़ने में कितना फर्क होता है, ये समझ पायी थी।

''पंडितजी माफ़ कर दीजिये; बच्चों की ज़िद के सामने घुटने टेकने पड़े; पर कोई तो उपाय होगा अब।'' विनोद की माँ ने कहा।

''तुमने मना करने पर भी उनकी शादी करवा दी, यही तो अनर्थ था; अब सब बहुत मुश्किल हो चुका है।''

''पंडितजी कुछ तो उपाय होगा; कोई तो तरीका होगा... आपके सामने हाथ जोड़ती हूँ, कुछ कीजिए पंडितजी।''

“एक रास्ता है; शायद उससे कुछ समाधान हो।” पंडित ने अपना दाँव खेलते हुए कहा।

“लड़की पर मंगल भारी है, उसका अकेले बाहर जाना बंद कर दो, और एक हवन करवाओ, जिसमें उसे थोड़ी शाररिक पीड़ा पहुँचे। वो उस ग्रह को अपने आप थोड़ा कम कर देगा; और कुछ बहुत कीमती चीज़ उसके हाथों से हमारे आश्रम में दान करवा दो; उससे शायद सब ठीक होने लगे।”

“जैसा आप कहें पंडितजी।” विनोद की माँ ने कहा।

जहाँ एक तरफ विनोद की माँ, विनोद और सना की शादी को लेकर परेशान हो रही थी, वहीं दूसरी तरफ उन दोनों परिंदों के मन में कोई चिंता नहीं थी।

“आज हमारी शादी के बाद की पहली रात है; पाँच महीने हो गये सब चीजों से लड़ते हुए, और अब जाकर तुममें समाने की ये ऑफीशियल रात मिली है।” विनोद ने फूलों से सजे बिस्तर पर सना का हाथ पकड़ते हुए कहा।

“मेरे लिए तो पाँच साल से कम नहीं थे ये पाँच महीने... हमारे इतने साल के रिलेशनशिप से ज्यादा, ये पाँच महीने मुझे याद रहेंगे। पर जो भी बोलो, एक बात तो है; इन पाँच महीनों में हम जितने करीब आये हैं, शायद उतने करीब तो हम अपनी 4 साल के रिलेशनशिप में भी नहीं थे।” सना ने विनोद के पास लेटते हुए कहा।

“सो तो है..; तभी तो लोग कहते हैं कि प्यार में मुश्किल समय का काम होता ही है प्यार को और प्यारा बनाना।”

“अपने कॉलेज से ही इस रात के लिए इतनी excited थी मैं... मैं सोचती थी arrange मैरिज होगी, बढ़िया हल्दी वाला दूध लेकर मैं एंट्री मारूँगी, और रोज़ साथ में रहते-रहते प्यार भी रोज़ बढता रहेगा... कितना इंट्रेस्टिंग है न ये सब।”

“पर तुम्हें क्या पता था, कि तुम्हारी love मैरिज हो जाएगी, और वो भी उस लड़के के साथ, जिसके साथ तुम पहले live-in में रह चुकी हो।”

"हाँ, live-in का ये नुकसान तो है, But when it's with you it's always more exciting than even first time for me.'' सना ने कहा।

"And for me, when it's with you; तो वो एक ऐसा नशा होता है, जो हर बार केवल बढ़ता ही है।''

"तो आज एक बार फिर बढ़ा लो अपनी लत को; तुम्हारी नशे की पुड़िया तुम्हारे सामने है।'' सना ने अपनी आँखों को बंद करते हुए कहा।

वो रात, सना और विनोद के लिए अनोखी, उस सजे हुए कमरे, उस फूलों वाले बिस्तर के कारण नहीं थी; न ही इसलिए थी, कि उनका रिश्ता दुनिया के सामने अब ऑफीशियल हो गया था; बल्कि वो तो उनकी पाँच महीने से चल रही जंग में मिली जीत के कारण थी।

सना की वो साँसें उसकी आँखें उसका जिस्म, आज सब कुछ विनोद के लिए इक नशे सा था; और वहीं दूसरी और विनोद का हर स्पर्श, उसके होठों से सना के बदन में छिड़का हुआ अमृत। सब बिल्कुल पहली बार हो रहा हो... सना के लिए वो कुछ ऐसा था।

"सना, तुझे ये तो पता ही है कि हम तेरे इस घर में आने के खिलाफ थे; हम ये कभी नहीं चाहते थे कि तेरे कारण हमारे बेटे की ज़िन्दगी पर कोई फर्क पड़े।'' विनोद की माँ ने कहा।

"मम्मी जी ऐसा कुछ नहीं है; इन सबसे कुछ नहीं होता।''

"ज्यादा विद्वान न बनो; हमें सिखाने निकली हो... आज से जो हम बोलेंगे, जो पंडित जी हमें निर्देश देंगे, तुम केवल वो ही करोगी।''

अभी इनसे बहस से कोई फायदा नहीं है; रात को आराम से विनोद से बात करूँगी। सना ने अपने आप से कहा।

"हमने कल पंडितजी से बात की है; उन्होंने बताया है कि तुम्हारे ऊपर मंगल भारी है, और उसका समाधान ये है, कि तुम अब से अकेले बाहर नहीं जाओगी, और आज से 6 महीने बाद एक हवन होगा, जिसमें तुम्हें थोड़ा कष्ट सहना होगा, फिर शायद सब ठीक हो जायेगा।'' विनोद की माँ ने कहा।

What rubbish! क्या बोल रही है ये... आज ही बात करनी होगी इस बारे में विनोद से। सना ने खुद से कहा।

"तो जो-जो बोल रहे हैं, वो करती जाओ, समझी!" विनोद की माँ ने कहा।

"जी मम्मी जी।"

जहाँ एक तरफ विनोद की माँ ने सब कुछ ठीक करने का सोच लिया था, वहीं सना ने विनोद से बात करके, अपनी नज़र में सब कुछ ठीक, और विनोद की माँ की नज़र में सब कुछ बिगाड़ने की ठान ली थी।

"विनोद... सुनो; तुम्हारी मम्मी ने आज मुझसे उसी बारे में फिर से बात छेड़ी; उन्होंने बोला, मुझे अकेले बाहर नहीं जाने देंगी जो वे बोलेंगी वो ही मैं पहनूँगी, वो ही खाऊँगी... मुझ पर मंगल भारी है। And what not।"

सना के हाथों को बड़े प्यार से पकड़ते हुए विनोद ने सना को दिलासा दिया।

"सना यार, अब वो तुम्हारी भी माँ हैं; अभी थोड़ा adjust कर लो... फिर उन्हें जब सब ठीक दिखेगा, तो सब कुछ हमारे favour में ही होगा।"

"विनोद, मुझे बहुत डर लग रहा है; जितनी आसानी से तुमने ये सब बोल दिया, उतना आसान नहीं है ये सब।"

"अरे, तुम डर क्यों रही हो, मैं हूँ तो सही तुम्हारे साथ; समय को थोड़ा समय दो, सब कुछ ठीक हो जायेगा।" विनोद ने सना को गले लगाते हुए कहा।

विनोद ने उस दिन फिर से बातों को टालने की कोशिश की थी। हम हमेशा बातों को टालकर मुसीबतों को आगे बढ़ा देते हैं; उन बातों पर काम करके मुसीबतों को हमेशा के लिए ख़त्म करने की कोशिश नहीं करते। यदि वो करते, तो हम कुछ समय के लिए दूसरों की नज़रों में खुद को बुरा बना लेते हैं, पर ऐसा न करके हम खुद की नज़र में खुदा को बुरा बना लेते हैं, जबकि गलती केवल हमारी ही होती है।

विनोद की माँ का सना की ओर ऐसा बर्ताव, और विनोद की तरफ से

प्रॉब्लम को बार-बार टालने की उसकी आदत; ये दोनों लगभग आठ महीने चलीं।

कुछ महीने बाद

इन पिछले कुछ महीनों में, केवल सना की ज़िन्दगी में उतार-चढ़ाव नहीं आया था, बल्कि विनोद भी बड़ी परेशानियों से जूझ रहा था। उसका शुरू किया हुआ बिज़नेस फेल होने लगा था, जो अब बंद होने की कगार पर था।

विनोद अपने लैपटॉप में, अपनी कमरे की बॉलकनी के पास बैठकर धीमी आवाज़ में गाना सुनते हुए सिगरेट के कश लेते हुए, अपने दिल्ली के समय की तस्वीरों से दुरुस्त हो रहा था। अपने वर्तमान की problems को भुलाने के लिए, अपने अतीत के पलों को याद कर रहा था। विनोद की परेशानी का कारण केवल सना के साथ बिगड़ता उसका रिश्ता नहीं था, बल्कि उसके बिज़नेस में हुआ नुकसान भी था।

विनोद, सिगरेट का आखरी कश ले ही रहा था, कि इतने में सना कमरे में आ गयी।

"विनोद, मैं इस घर में अब और नहीं रह सकती; लगभग आठ महीने से मैं adjust ही कर रही हूँ। तुम्हें बताती हूँ, तो तुम केवल अपनी मम्मी से बात करते हो... कुछ करो तुम।" सना ने गुस्से में बोला।

"तो क्या कर सकते हैं? अलग हो जायें?"

"It's the best solution; क्योंकि इस घर में अब मैं नहीं रह सकती।"

"तुम्हारे ज़रा से सास-बहू के झगड़े के लिए मैं अपने पेरेंट्स को छोड़ दूँ?"

"ज़रा से? विनोद, तुम्हारे लिए हो सकता है, ये सास-बहू के सीरियल का एक एपिसोड हो, और पहले मेरे लिए भी था; पर अब मेरी रोज़ की ज़िन्दगी बन गयी है ये। एक comfortable लाइफ से देखते हुए इन सबको बहुत ज़रा सा करार दिया जा सकता है, पर यदि वो चीज़ तुम्हारी

ज़िन्दगी का एक-एक पल बन जाये, तब शायद तुम्हारे चेहरे से ये इंटेलिजेंस वाली स्माइल हट जायेगी, और केवल लाचारी के आँसू रह जायेंगे।''

''तुम जो कहना चाहती हो कह लो, पर एक बात समझ लो; अपने माता-पिता से अलग होने का कोई सवाल ही पैदा नहीं होता।''

''विनोद, तुम ज़रा मेरी हालत भी तो समझो; एक दिल्ली की लड़की जो live-in में रह चुकी है; आज उसको उसके हिसाब से न कुछ करने को मिलता है, न कहीं जाने को मिलता है; और वो सब तो ठीक है हफ्ते में दो दिन मुझे व्रत रखवाया जाता है; इस घर में हुई सारी गलत चीजों का इल्ज़ाम मुझ पर डाल दिया जाता है; यहाँ तक कि तुम्हारे बिजनेस के बंद होने का दोष भी मुझ पर डाल दिया गया... इस तरह तो मेरी पूरी ज़िन्दगी किसी और के अंधविश्वास को पूरा करने में बर्बाद हो जाएगी।''

''शादी के बाद किसकी ज़िन्दगी बदलती नहीं है; मैंने भी काफी adjustments किये हैं, सभी को करना पड़ता है।''

''विनोद, adjust करने में और torture सहने में अंतर होता है; और मैं तो कब से सह ही रही हूँ; और मेरा सब्र का बाँध तो अब जाकर टूटा है।''

''सना..तुमसे लड़ने में मुझे कोई interest नहीं है।''

इतना कहकर विनोद, लाइट बुझाकर सो गया।

''Interest नहीं है।'' बहुत धीमी आवाज़ में विनोद के ये अल्फ़ाज़ दोहराकर सना अपनी ज़िन्दगी और कमरे के अँधेरे में आँसू बहाने लगी।

वैसे सना सही ही कह रही थी; मुसीबतें दूसरों की थालियों में कम, और अवसर, दूसरों की थालियों में ज्यादा ही नज़र आते हैं। विनोद, सना को समझ ही नहीं पाया। वो समझ ही नहीं पाया, कि वो अपनी ज़िन्दगी के पल-पल से नफरत करने लगी है। विनोद का, सना की बातों से अंतर वैसा ही था, जैसा किसी कहानी को पढ़कर समझने में, और उसको जी कर समझने में होता है।

उस दिन पहली बार दिल्ली की उस मॉडर्न लड़की को अपनी लाचारी का एहसास हुआ।

सना की ज़िन्दगी उस समय तक पूरी तरह बदल चुकी थी। वो अपनी ज़िन्दगी से धीरे-धीरे सब कुछ खो चुकी थी।

सना, जिस भरोसे उस घर में आई थी, उसने भी उसका साथ छोड़ दिया था। अब अपनी तन्हाई, अपने अकेलेपन, और अपनी ज़िन्दगी से नफरत के अलावा सना के पास कुछ नहीं था।

सना ने विनोद से, उसकी माँ से, लगातार उस नफ़रत को दूर करने की मदद माँगी, पर हर बार की तरह उसे कुछ हाथ नहीं लगा। सना के लिए, विनोद की माँ को अपने साथ लेकर चलना अब बहुत मुश्किल हो गया था।

"तुझे समझ नही आता, तुझे कहा था, आज लाल रंग की साड़ी पहनना; कुछ दिमाग है, या फिर खाली है ऊपर का सब कुछ।"

दिमाग की बात ये कर रही है, वो भी मुझसे। सना ने अपने मन में कहा।

"जा बदल कर आ; और सुन, आज तेरा व्रत है; केवल पानी पी सकती है; अन्न का एक दाना भी नहीं जाना चाहिए आज तेरे पेट में समझी!" इस बार विनोद की माँ नहीं, सना की सास ये बात कह रही थी।

क्या है ये सब यार... आज विनोद से बात करके कुछ तो सल्यूशन निकालना ही होगा। सना ने खुद कहा।

"ठीक है मम्मी जी।"

सना ने समय की गरिमा को समझते हुए, उस समय तो सब कुछ सह लिया, पर उसने मन बना लिया था, ये सब ज्यादा दिन तक चल नहीं पाएगा। उसे जल्दी ही विनोद से बात कर, इस समस्या को खत्म करना होगा।

शाम से विनोद की राह तकते हुए सना थक चुकी थी। उसको देखते ही उसकी आँखों में एक चमक सी आ गयी। विनोद का बैग उठाते हुए, और उसे पानी देते हुए सना ने कहा,

"विनोद, आज मैंने कुछ नहीं खाया है; तुम्हारी मम्मी ने आज मेरा व्रत रखवा दिया, और आज कुछ भी खाने को नहीं दिया; वे बिना परमिशन के

बाहर नहीं जाने देती हैं; अपनी परमिशन के बग़ैर कुछ करने नहीं देतीं...
तुम्हें अब कुछ करना होगा।''

खाना खाते हुए विनोद ने सना से कुछ नहीं कहा, पर उस दिन पहली
बार विनोद, सना को कुछ बदला-बदला सा लग रहा था। सना ने आज पूरे
दिन खाना नहीं खाया था, और उसे खिलाने की जगह विनोद अपनी ही
सोच में डूबकर खाना खा रहा था।

"विनोद! तुमने सुना नहीं; मैंने आज खाना नहीं खाया है।'' सना ने
थोड़ी लाचारी से कहा।

"तो लो खालो.. खालो, ये भी खालो; सब खालो।'' प्लेट्स को सना
की तरफ तेज़ी से खिसकाते हुए विनोद ने बड़े गुस्से में कहा।

बस इतना बोलकर विनोद अपने कमरे में चला गया।

"तुम बाहर मुझ पर गुस्सा हो रहे थे; मेरी ज़िन्दगी ख़राब कर दी है
तुम्हारी माँ ने... बिना उनकी परमिशन के कुछ कर नहीं सकती... गुस्सा
मुझे होना चाहिए, और भड़क तुम रहे हो।''

"वे जो भी कर रही हैं, तुम्हारे लिए ही कर रही हैं; ताकि तुम्हें कुछ न
हो।''

"What nonsense! तुम्हें अंदाज़ा भी है तुम क्या बोल रहे हो?''
सना ने कहा।

"मैं पहले ही अपने काम के कारण बहुत परेशान हूँ; मुझे तुम्हारे सास
बहू के पचड़े में पड़कर अपनी परेशानी नहीं बढ़ानी है।'' इतना बोलकर,
विनोद ने कमरे की लाइट बंद कर दी। सना, अँधेरे में आंसू बहाते-बहाते सो
गयी।

6 महीने बाद।

उस दिन विनोद को, सना के कमरे से, सना के मृत शरीर के साथ
एक ख़त मिला, जो कुछ इस तरह थाः-

विनोद मुझे माफ़ कर देना, पर मैं अब इस ज़िन्दगी को और नहीं धकेल सकती थी। तुम हमेशा कहते थे न, कि तुम्हारी माँ सब कुछ मेरे भले के लिए कर रही है; तो एक बार ये भी सोचना, कि अपनी इज्ज़त को बचाने के लिए लड़कियों पर पाबंदी लगाने वाले लोग भी, उनको, उनकी भलाई का ही हवाला देते हैं। और अगर वो पाबंदी सही है, तो हमारे रिश्ते की नींव ही गलत तरीके से शुरू हुई, क्योंकि Live-in तो इस तरह से सबसे बड़ा अपराध है। आज धर्म और जाति के बनाये हुए नियमों के सामने मेरा प्यार और मेरी हिम्मत दोनों कमज़ोर पड़ गयी। मैं अपने इस फैसले का दोष किसी और पर डालना नहीं चाहती, मेरे हस फैसले का दोष, मैं अपने फैसलों पर ही डालूंगी।

विनोद, ऐसा नहीं है कि मैंने कोशिश नहीं की... मैं लगभग एक साल से इन सब चीजों में अपना भला ढूँढ़ने की कोशिश कर रही हूँ, पर इस पूरे समय मुझे तकलीफ के अलावा और कुछ नहीं मिला; बस इसलिए मैंने पहली बार खुद के भले का फैसला लिया है; मुझे माफ़ कर देना। अन्त में बस इतना कहना चाहूँगी, कि तुम्हारे पंडित की भविष्यवाणी बिल्कुल सही हुई, और मैं ज़िन्दगी भर तुम्हारा साथ नहीं निभा पायी, और जन्म पत्रिका के सामने ज़िन्दगी की पत्रिका को अपने घुटने टेकने पड़े।

सना का ये ख़त पढ़कर विनोद की आँखों में केवल पछतावे के आँसू थे, और उस दिन विनोद को समस्या को टालने की समस्या का पूरा ज्ञान हो गया था। वो समझ गया था कि किस तरह समस्या टालने से वो कितनी बड़ी बन जाती है।

आज का दिन...

860276.... कॉल करूँ या नहीं?

8602...

किस मुँह से फ़ोन करूँ उसे। अपने अतीत से बाहर आते हुए विनोद ने सोचा।

अब ज्यादा सोचता नहीं हूँ, और लगा लेता हूँ; जो होगा देखा जायेगा। एक बार फिर नंबर टाइप करते हुए विनोद ने सोचा।

"Hello!" सामने से आवाज़ आई।

विनोद कुछ कह नहीं पाया... वो खामोश था।

"Hello.. कौन बोल रहा है?" विनोद पर एक और सवाल दागा गया।

"विनोद बोल रहा हूँ; मुझे माफ़ कर दे यार; और एक बार फिर मेरा अखिल बन जा।" विनोद ने अपने बचपन के पन्ने खोल लिए थे।

"विन्नु?" विनोद को एक बार फिर विन्नु बनने का मौका मिल रहा था।

"हाँ.. अखलाक... मैं विन्नु, मुझे माफ़ कर दे अखलाक।" विनोद अब एक बार फिर विन्नु बन गया था, और अखलाक के अखिल बनने का इंतज़ार कर रहा था।

"अबे.. कहाँ है यार तू? कैसा है? इतने समय से था कहाँ तू?"अखलाक के मन में बहुत से सवाल थे।

"मैं अच्छा हूँ और तेरा इंतज़ार कर रहा हूँ, वहीं अपने स्कूल के पीछे वाली जगह पर, जल्दी आजा यार।" विनोद ने अपने दोस्त को दिल से पुकारा।

"मैं दिल्ली से एक हफ्ते पहले ही यहाँ आया हूँ; मैं बस अभी आता हूँ।" उस पुकार को सुनते ही अखलाक वहाँ पहुँच गया।

कुछ देर बाद

इस बार विनोद पहले से पहुँचकर अखलाक का वहाँ इंतज़ार कर रहा था। उस काली रात में उसकी ज़िन्दगी फिर से रौशन हो गयी थी। विनोद, अखलाक का इंतज़ार कर रहा था। इतने में पठानी कुरते में एक लड़का वहाँ विनोद, विनोद, करता हुआ आगे बढ़ रहा था। इस बार न अखलाक को, और न ही विनोद को किसी flash light की ज़रूरत थी; इस बार सीधे दिल के तार जो जुड़ गए थे।

''अबे कितना बदल गया यार तू!'' अखलाक ने विनोद को देखकर कहा।

विनोद ने बिना कुछ कहे अखलाक को गले लगा लिया। जो आदत उसने अखलाक से ली थी, वो आज उसको देख, उसे फिर याद आ गयी।

''अबे क्या हो गया.. रो क्यों रहा है तू?'' अखलाक ने कहा।

विनोद ने अपनी सारी कहानी अखलाक को सुना दी।

''मुझे मेरे किये का फल मिल गया यार; हो सके तो मुझे माफ़ कर देना। जिस धर्म, जाति और अंधविश्वास के कारण हम जुदा हुए थे, आज उसने मुझसे मेरा प्यार... मेरी सना को भी मुझसे जुदा कर दिया। ऐसा नहीं था कि मुझे अपनी गलती का एहसास सना के जाने के बाद हुआ; यार जब से मैं दिल्ली में काम करने लगा था, मैंने वो सब चीजें छोड़ दी थी, और अपना ध्यान हर वर्ग के लोगों के लिए काम करने पर देने लगा था, न कि किसी एक जाति और किसी एक धर्म के लोगों पर। रोहिणी नाम का एक N.G.O. है; मैंने दिल्ली में उसके लिए भी काम किया था।''

''तब तूने बात क्यों नहीं की?'' अखलाक ने पूछा।

''यार हिम्मत ही नहीं हुई; किस मुँह से तुझसे बात करता... पर जब सना को खोया, तो उसका regret हिम्मत बन गया, और मैं बात करने पर मजबूर हो गया।'' विनोद ने कहा।

''अब तू बता, तूने शादी की या नहीं?'' विनोद ने पूछा।

''शादी तो नहीं की यार, लेकिन एक लड़की ज़रूर थी ज़िन्दगी में।''

''क्या बात कर रहा है! थोड़ा डिटेल में बता, क्या हुआ? कैसे हुआ?''

अखलाक ने अपने ज़ख्म एक बार फिर ताज़े कर लिए। उसने अपनी सारी कहानी विनोद को बताकर अपनी दोस्ती को और मज़बूत, और माशूका को और बेवफा साबित कर दिया। ज़िन्दगी में किस्से ही तो हैं, जो दोस्ती को मज़बूत और माशूका को बेवफा साबित करते हैं। शायद यही कारण होता होगा, कि किताबें लिखी जाती हैं... वो या तो खुद की बेवफाई बयान करती हैं, या फिर किसी और की।

''मतलब.. वो आई नहीं; और तूने कभी जानने की कोशिश भी नहीं की, वो क्यों नही आई।'' विनोद ने कहा

''हाँ मैंने पता किया था... infact उसका ही mail आ गया था।''

''क्या था mail में?''

Dear Akhlaq!

''मुझे पता है, कल तुमने मेरा इंतज़ार किया होगा। अखलाक, ऐसा नहीं कि मैं तुमसे मिलने नहीं आना चाहती थी। मैंने पूरा मन बना लिया था, कि मैं तुम्हारे साथ ज़िन्दगी के रास्ते तय करूँगी। पर कुछ दिनों पहले मेरे पास विशाल का फ़ोन आया। मैंने तुम्हें पहले कभी बताया नहीं, कि विशाल मेरा पहला प्यार था। विशाल और मैं काफी टाइम तक रिलेशनशिप में रहे थे, पर हमारा रिश्ता आगे नहीं बढ़ पाया, क्योंकि विशाल के पेरेंट्स कुंडली और गोत्र में विश्वास रखते हैं, और हम दोनों की ये चीजें मैच नहीं हो पायी थीं। विशाल ने कहा, उसके पेरेंट्स *ready* नही होंगे। फिर हम दोनों ने अपनी-अपनी ज़िन्दगी में आगे बढ़ने का फैसला लिया। उसके बाद कई सारे *rejections* के बाद मेरी तुमसे मुलाक़ात हुई।

अखलाक! विशाल और उसके पेरेंट्स अब मुझे एक्सेप्ट करने को तैयार हैं। तुम्हारे और मेरे बीच में कल्चर का बहुत बड़ा अंतर है; इसलिए मुझे लगता है कि हम कभी साथ नहीं हो पायेंगे। अब मुझे लगता है, कि ये कल्चर और ये मान्यताएँ उतनी भी गलत नहीं, जितना मॉडर्न लोग इसे समझते हैं। मैंने अब विशाल के साथ आगे बढ़ने का फैसला कर लिया है।

अखलाक, मैंने तुमसे एक वादा और किया था, कि *I will be your friend forever* पर न चाहकर भी ये *promise* मुझे तोड़ना होगा, क्योंकि विशाल को हमारी दोस्ती पसंद नहीं। वैसे भी हमारे रिश्ते का अब कोई मतलब नहीं है... *practically* हमें एक दूसरे से दूरी बनाकर रखनी चाहिए।

अखलाक तुम बहुत अच्छे हो; हो सके तो मुझे माफ़ कर देना।''

- Vishakha

विशाखा के mail का वो attachment, उसकी hypocrisy का attachment था। विशाखा, जिस समाज से सारी जवानी लड़ती रही, आज उसने अपने मोह के लिए उसी समाज के सामने हथियार डाल दिए। विशाखा, ज़िन्दगी भर सिद्धान्तों की चिंगारी ढूँढ़ती रही; और जब उसूल की आग में जलने का मौका आया, तो वो व्यवहारिकता के पानी से उस आग को बुझाती रही।

"अबे ये सब छोड़ न तू; मेरे पास में तेरे लिए एक ऑफर है।" अखलाक ने बात बदलते हुए कहा।

"कैसा ऑफर ?"

"मैं एक इंडियन रेस्टोरेंट की चेन खोलना चाह रहा हूँ; तुझे उसमें पार्टनर बनाना चाहता हूँ।" अखलाक ने कहा

"क्या बात कर रहा ? साथ काम करेंगे मज़ा आ जायेगा।"

"ये पूरा proposal है, तू देख ले आराम से।"

"वो सब मैं देख लूँगा, तू पहले ये बता, ये रेस्टोरेंट तू उसकी याद में बना रहा है ?" विनोद ने कहा।

"नहीं.. अपनी दोस्ती के जश्न में बना रहा हूँ।"

उस दिन अखलाक ने सही मायने में विशाखा को माफ़ कर दिया, और ज़िन्दगी में आगे बढ़ने का फैसला लिया। उस दिन उसने अपने दोस्त के साथ मिलकर जो रेस्टोरेंट खोलेने का फैसला लिया, वो उसकी दोस्ती और विशाखा की बेवफाई का प्रतीक था।

अखलाक ने इतना कहा ही था, इतने में विनोद ने उसको गले लगा लिया। जिस विनोद ने किसी समय, साँप के ज़हर की पहली बूँद को अखलाक में डालने का काम किया था, आज वही विनोद, उस ज़हर को अखलाक के शरीर से निकालने का काम कर रहा था। आज सही मायने में अखलाक के लिए विनोद 'विन्नु' और विनोद के लिए अखलाक 'अखिल' बन गया था। आज एक बार फिर उस पुरानी दोस्ती के धागे बँध गए थे; महज़ब के सारे धागे टूट गए थे।

उनकी दोस्ती का संबंध आम दोस्ती से बहुत अलग था; बस इसलिए उनकी इस उतार-चढ़ाव वाली दोस्ती को मैंने कुछ इस तरह अपने शब्दों में समेट लिया।

- चिराग खत्री

तक़दीर में, तक़दीर से ये मिलता है....
खून में नहीं, खून से बढ़कर ये होता है
संबंधी, साथी, भाई... एक ही किरदार में अनेक किरदार निभाता है।
अपनी दोस्ती की स्याही वो हम पर बिखेरता है।
अँधेरी रात में चाँद का नज़ारा है
सितारों की भीड़ में महताब हमारा है
बंधन के ज़हर से मुक्ति का ये मार्ग है
न सुख न दुःख, ये दोस्ती का राग है
मंदिर से मयखाने तक सबका है साथी
सावन से भादों सबका है हमराही
किसी बंधन का मोहताज नहीं ये
प्यार के संबंध का ताज है ये...
लकड़ी से लकड़हारे का रास्ता कम हो गया
बचपन से जवानी का फासला कम हो गया
आँखों के आँसू मुस्कान में जो तब्दील हो गए
रिश्ते रूह से जो अब जुड़ गए....
अपने-पराये का सवाल इस रिश्ते में न होता है
सब कुछ खोने के बाद मुस्कराहट का ज़रिया ये बनता है
शायद इसलिए, सभी रिश्ते खुदा से मन्नत है
पर दोस्ती... दोस्ती तो साला जन्नत है...।

* * *

सोहेल ने जैसे ही अपना किस्सा ख़त्म किया, एक बार फिर से टेबल पर सन्नाटा छा गया। उस चुनी हुई शांति को सबसे पहले समर्थ ने तोड़ा।

''मतलब ये विनोद ही विन्नु था?'' समर्थ ने कहा।

"उसने सब कुछ तो बता दिया, फिर भी तुझे समझ नहीं आ रहा; राहुल गाँधी के परिवार को belong करता है क्या!" इमरान ने ताली मारते हुए दिग्विजय से कहा।

"समझ गया हूँ, भाई... बस ऐसे ही confirm कर रहा था।" समर्थ ने सफाई देते हुए कहा।

"नहीं सोहेल, तू तो अब सब कुछ समझा इसको; झूठ बोल के काट रहा है ये हमारा।" इमरान ने कहा।

"क्यों मार रहा है यार उसकी; इसमें क्या समझने का है... विन्नु उसका nick name था, और विनोद original name, इतनी सी बात है।" सोहेल ने कहा।

"ये तो सीधी सी बात है, पर मेरे मन में कुछ अलग चल रहा है।" दिग्विजय ने बस इतना कहकर छोड़ दिया।

"क्या चल रहा है तेरे दिमाग में?" सोहेल ने पूछा।

"मुझे एक बात समझ नहीं आई यार... विशाखा ने अखलाक के साथ इतना गलत किया; पहले उसको उम्मीद दी, और बाद में उसका विश्वास तोड़ा... फिर भी उसने विशाखा को माफ़ कर दिया।" दिग्विजय ने कहा।

"मतलब.. कैसे माफ़ कर दिया?" सोहेल ने पूछा।

"उसके दिल में तो ज़िन्दगी भर की टीस रह जानी चाहिए थी, पर वो तो उल्टा उसकी याद में उसके सपने को पूरा करने की कोशिश कर रहा है; रेस्टोरेंट की चेन खोलने की कोशिश कर रहा है। ये तो वैसी बात हो गयी, जिसने काटा गला, उसका किया मैंने भला।" दिग्विजय ने कहा।

"वो उसकी याद में नहीं, उसकी बेवफाई की याद में कर रहा था।" समर्थ ने कहा।

"हा हा हा.. बेवफाई की याद में।" दिग्विजय ने समर्थ की बात को हँसकर बेतुका बोल दिया।

"देख... ये सब मुझे तो थोड़ा कम ही समझ आता है; मेरी नज़र में तो वो उसके लिए ही कर रहा है... फिर अपने मन को बहलाने के लिए कुछ भी नाम दे दो।" दिग्विजय ने कहा।

''तो तेरे हिसाब से उसे क्या करना चाहिए?'' सोहेल ने पूछा।

''मेरे हिसाब से तो उसको विशाखा को कुछ सबक सिखाना चाहिए; बदला लेना चाहिए उससे... और अगर वो ऐसा नहीं कर पा रहा, तो उसे कम से कम उस पूरे किस्से को एक सपना मानकर हमेशा के लिए भूल जाना चाहिए।'' दिग्विजय ने कहा।

''अबे इतना आसान नहीं होता है; जिसके तुम कभी इतने close थे... उससे हमेशा के लिए दूर जाना; फिर कोई भी कारण रहे हों।'' समर्थ ने कहा।

''उस इंसान ने क्यों न तुम्हारा इस्तेमाल किया हो।'' लक्ष्य ने अचानक ही दिग्विजय का पक्ष लेते हुए बोला।

''अखलाक कोई अपने मन से नहीं कर रहा था; उसके emotions... उसकी feelings उससे ये करवा रही थीं। लोग प्यार में एक दूसरे के लिए जान दे देते हैं। वे ऐसा क्यों करते हैं... उनको जान देकर ऐसा क्या मिल जाता है?'' समर्थ ने कहा।

''वे जान किसी धोखेबाज़ के लिए नहीं देते... और यहाँ विशाखा धोखेबाज़ थी। वो तो जिससे प्यार करते हैं, उसके लिए sacrifice करते हैं। ताली दोनों हाथों से बजती है; एक हाथ से तो चाँटा लगता है।'' दिग्विजय ने कहा।

''इस कहानी में अखलाक, विशाखा से प्यार करता था। उसने प्यार किया था, कोई व्यापार नहीं, जिसमें फ़ायदा और नुकसान देखा जाये। प्यार एक एहसास है जो किया नहीं जाता, बस हो जाता है।'' समर्थ ने कहा।

''मुझे तो ये सब समझ नहीं आता।'' दिग्विजय ने कहा।

''तो तेरी नज़र में सच्चा प्यार क्या है?'' सोहेल ने दिग्विजय से पूछा।

''पता नहीं.. मैंने ऐसा कभी कुछ experience ही नहीं किया।'' दिग्विजय ने कहा।

''और तेरी नज़र में क्या है?'' सोहेल ने समर्थ से पूछा।

''मेरी नज़र में तो प्यार एक ऐसी feeling जिसमें तुम अपना नुकसान करके भी किसी दूसरे को फायदा पहुँचाते रहते हो, क्योंकि उस समय तुम दिमाग से नहीं, बल्कि दिल से सोचते हो।''

"तुम जिससे प्यार करते हो, जब तुम उसके लिए कुछ करते हो, तो तुम्हारे मन में कुछ return पाने की expectations नहीं होती; बस यही मेरी नज़र में सच्चा प्यार है।'' समर्थ ने कहा।

"मेरे हिसाब से भी, जो समर्थ बोल रहा है, वही सच्चा प्यार है।'' इमरान ने कहा।

"सबने बोल दिया; तू भी बता दे तेरी नज़र में सच्चा प्यार क्या है? सोहेल ने लक्ष्य से पूछा।''

"मेरी नज़र में सच्चा प्यार कुछ है ही नहीं।'' लक्ष्य ने कहा

'मतलब?' सोहेल ने पूछा।

"मतलब.. इस feeling का जन्म तब होता है, जब हमारे मन में तमन्ना का जन्म होता है; और तमन्ना जब अधूरी रह जाती है, वो सच्चे प्यार का रूप ले लेती है।'' लक्ष्य ने कहा।

"मैं कुछ समझा नहीं।'' दिग्विजय ने कहा।

"तुम सबने अपनी बात किसी न किसी किस्से से समझायी थी... मैं भी एक कहानी से समझाता हूँ।''

"क्या बात है!'' दिग्विजय ने उत्साह में कहा।

"ये एक लड़की की कहानी है; शायद तुमने उसका नाम सुना हो, Yogita Khanna?''

"अच्छा, वो ही मुम्बई में रॉक बैंड की सिंगर?'' लक्ष्य ने कहा।

"हाँ, वही सिंगर। मुझे लगता है, उसकी पूरी ज़िन्दगी ही मेरे इस ideology को prove करने में लगी थी। मेरी नज़र में जो उसके साथ हुआ, वही सच्चा प्यार है; और उसकी कहानी के बाद मुझे तो सच्चे प्यार का मतलब समझ आ गया... कोशिश करूँगा, मैं उसकी कहानी से तुम्हें भी समझा सकूँ। मैं शुरू करता हूँ।'' लक्ष्य ने कहा।

True Love

"अब रोना बंद भी कर।'' योगिता ने नन्दनी को दिलासा देते हुए कहा।

"चुप भी हो जा, और बता कि क्या हो गया... अचानक से तू जयपुर वापस आ गयी; अपने घर भी नहीं गयी, और airport से सीधे यहाँ चली आई; अब कुछ बताएगी भी, कि हुआ क्या है?'' पानी का गिलास आगे बढ़ाते हुए योगिता ने कहा।

"ले पानी पी, और बोल क्या हुआ।''

"मुझे शादी करनी ही नहीं चाहिए थी।'' नन्दनी ने अपनी भड़ास निकालते हुए कहा।

"क्यों क्या हो गया अचानक से...? तू तो बहुत खुश थी इस शादी से।'' योगिता ने कहा।

"वो सब शादी के पहले था; अब ऐसा कुछ नहीं रहा... अब सब कुछ बदल गया है।'' नन्दनी ने अपनी शादी के बाद के frustration को निकालते हुए कहा।

"मतलब मैं समझी नहीं; तू ठीक से बता।''

''यार, जिस सच्चे प्यार के लिए, मैंने अपना carrier, अपनी family, अपना सपना, अपना सब कुछ sacrifice कर दिया था, वो सच्चा प्यार तो रहा ही नहीं। रोहन, जो मेरा boyfriend था, और रोहन जो मेरा पति है, वे दो अलग-अलग इंसान हैं... वो एक इंसान हो ही नहीं सकते।''

''ऐसा क्यों कह रही है! ऐसा क्या हो गया? तू पहेलियाँ बुझाना बंद करेगी और सीधे-सीधे बताएगी की क्या बात है?''

''जिस रोहन ने मुझे propose करते वक़्त ये कहा था, कि मैं तुमसे ज्यादा तुम्हारी workoholic सोच से, तुम्हारे काम से प्यार करता हूँ, आज वही रोहन मेरे काम को लेकर insecure हो गया है; उसको मेरा travel करना पसंद नहीं। वो चाहता है मैं अपना काम छोड़ दूँ... और केवल ये ही नहीं यार, पहले जो हम दोनों के बीच में छोटी-छोटी चीजों में प्यार होता था, उस प्यार ने अब बड़े-बड़े झगड़ों का रूप ले लिया है; पता नहीं हमारे बीच के True Love को किसकी नज़र लग गयी।''

''True Love को किसी की नज़र नहीं लग सकती; क्योंकि वो किसी की नज़र में होता ही नहीं।''

'मतलब?'

''True Love वो फूल है, जो तोड़ने पर खिलता है, और जुड़े रहने पर मुरझा जाता है।''

''क्या मतलब? मैं कुछ समझी नहीं।''

''रुक मैं समझाती हूँ।'' योगिता ने नन्दनी को अपनी ज़िन्दगी के पुराने पन्ने दिखाने शुरू कर दिए।

6 साल पहले...

''अब तो ग्रेजुएशन भी हो गया, अब आगे क्या प्लान है?'' एक दोस्त ने योगिता से पूछा।

''अभी तो थोड़ा ब्रेक चाहिए; अभी कुछ नहीं करूँगी... बस खुद के

लिए टाइम निकालूँगी।'' योगिता ने अपनी चार साल के ग्रेजुएशन की थकान एक ही बार में निकाल दी।

''सही है यार... और प्लेसमेंट्स?'' राघव ने कहा।

''मैंने प्लेसमेंट्स के लिए रजिस्टर ही नहीं किया था, तो होने का सवाल ही नहीं उठता।''

''क्या बात कर रही है! तूने प्लेसमेंट में रजिस्टर नहीं किया?''

योगिता ने कुछ कहना ज़रूरी नहीं समझा; उसका कारण बस इतना था... राघव, समाज की बनाई हुई मर्यादा को अपनी ज़िन्दगी के फैसले बना बैठा था, वहीं योगिता की अभी तक की सारी ज़िन्दगी उन मर्यादाओं को तोड़ने में ही निकली थी। पर एक मर्यादा थी, जिससे योगिता भी नहीं बच पायी, वो थी अपने मन की मर्यादा। प्लेसमेंट में न बैठना, उस मर्यादा का सबसे बड़ा प्रमाण था।

''तो फिर अभी घर पर आराम?'' योगिता की चुप्पी को तोड़ते हुए राघव ने कहा।

''Not exactly.. music है न बस उसके सहारे दिन निकलेंगे। और तेरा? ....तेरा तो कैंपस निकला है ना!''

''हाँ यार।''

''सही है।''

''देखते हैं, लोकेशन मुम्बई बता रहे हैं, पता नहीं ज्वाइनिंग कब आएगी।''

''चल अच्छा है... टच में रहना।'' योगिता ने राघव की ट्रेन की आवाज़ को सुनते हुए कहा।

''हाँ बिल्कुल।''

''Ok ... bye.''

'B bye.'

योगिता... उम्र 22 साल, दिल्ली शहर की रंगत में रँगी हुई एक खुबसूरत लड़की। कंधे तक सुनहरे बाल, एक हाथ में carbon black iphone, और दूसरे हाथ में silver रंग की fossil watch, उसकी तरफ आकर्षण खींच रहे थे। ज़बरदस्ती उसकी कमर तक लाया गया gipsy का off – shoulder top, उसके perfect figure को show करती हुई Pepe की ankle jeans और grey रंग के carlton london के shoes उसकी beauty का केवल एक हिस्सा थे, उसका कारण नहीं थे। जहाँ गर्दन पर लपेटा हुआ काले रंग का scarf, होठों पर mild की सिगरेट और कंधे पर blue रंग का Gucci का bag उसकी मॉडर्निटी में चार चाँद लगा रहे थे, वहीं उसके हाथों पर बना crown का tattoo, उसे कोई princess नहीं, बल्कि queen होने का एहसास दिला रहा था, क्योंकि वो किसी की राजकुमारी नहीं, बल्कि अपने मन की रानी थी। अपनी Luxurious अंदाज़ के रहते, जहाँ वो अपना luggage safe express से पहले ही अपने घर पहुँचा चुकी थी, तो दुनिया की सोच का भार उसके लिए कैसे important होता।

योगिता, दिल्ली शहर छोड़कर अपने घर जयपुर जा रही थी। उसकी ट्रेन 1 घंटा लेट थी। वो यूँ ही एक बुक स्टॉल पर कुछ किताबें देखने लगी। तभी उसकी नज़र एक किताब पर पड़ी, True Love. योगिता, अभी तक अपनी ज़िन्दगी में प्यार की गलियों से गुज़री तो नहीं थी, बस इसलिए उसने प्यार शब्द को समझने के लिए वो किताब खरीद ली; पर वो ये कहाँ जानती थी, कि प्यार पढ़कर नहीं, बल्कि जी कर समझा जाता है।

अपने घर जयपुर पहुँचकर, लगभग दो महीने तो योगिता को अपने ही घर के माहौल में ढलने में लग गये। जवानी में होता है न, कि अपने ही घर के माहौल में खुद को ढालना पड़ता है। बचपन और जवानी में जो सोच का अंतर होता है, ये उस बात का प्रमाण है।

अपने घर में योगिता को अब थोड़ा बुरा भी लग रहा था, अपनी लाइफ को लेकर; कि वो अभी अपनी ज़िन्दगी में कुछ भी नहीं कर रही थी। जहाँ उसके दोस्त कॉर्पोरेट दुनिया में घुस चुके थे, वो अपने घर पर ही थी; जबकि वो जानती थी कि वो कॉर्पोरेट दुनिया के लिए नहीं, बल्कि किसी और चीज़ के लिए बनी है। संगीत को अपना काम बनाने का पूरा प्लान उसके दिमाग में था, फिर भी उसका मन दूसरों को देख थोड़ा दुखी हो रहा

था। वो दुःख, भीड़ से कुछ अलग करने के डर के कारण योगिता के मन में आया था। वैसे तो हौसले की हवा का स्वभाव ही अकेले चलने का है, पर हौसले की हवा जब सबके बीच में चलती है, तो कभी-कभी डर की धूल उसके हिस्से में आ ही जाती है।

योगिता के, प्लेसमेंट में न बैठने के कारण योगिता के पेरेंट्स थोड़ा गुस्सा थे, पर उन्होंने योगिता को कुछ नहीं कहा, क्योंकि वे जानते थे कि योगिता अपने मन, अपनी इच्छाओं में बुरी तरह जकड़ी हुई थी... वो कोई भी फैसला पलभर में ले लेती है।

अग्नि की तरह बेबाक स्वभाव, वायु की तरह मदमस्त रवैया, और आकाश की तरह ऊँचे ख़याल, उसे उसके हर फैसले में ताकत देते थे, और समाज की नजरों में उसे नाकाम बनाते थे, क्योंकि ये तो समाज की फितरत है; हर वो बात जो समाज के नियंत्रण के बाहर है, वो उसकी नज़र में नाकाम है... शायद इसीलिए अग्नि, वायु और आकाश, सदा ही समाज के असंतोष का कारण रहे हैं; वहीं जल और धरती नियंत्रण में हैं, इसलिए समाज में जीवन का कारण हैं।

योगिता आज की टेक्नोलॉजी की तरह एडवांस थी। आज की generation की लड़कियाँ अपने ख्वाबों में जितनी cool बनना चाहती हैं, योगिता अपनी असल ज़िन्दगी में उससे ज्यादा बिंदास थी। उसके इस carefree attitude को समाज में जगह, उसके सिंगिंग के हुनर के कारण मिल जाती थी, क्योंकि इस दुनिया में किसी को अपने दिल की तब ही करने को मिलती है, जब उसके दिमाग में दिल की impracticality को सँभालने का talent हो।

योगिता का कोई काम करने का मन होता, तो वो न समाज, न अपने पेरेंट्स, और न ही अपने फ्यूचर के बारे में सोचती थी; वो बस उसे कर लेती थी, बिना किसी नफा-नुकसान की चिंता किये। 12th की बात है, योगिता के बोर्ड के पेपर की डेट, मुम्बई में किसी बड़े सिंगर के शो के साथ क्लैश हो गयी। योगिता ने अपने मन में ठान ली थी कि वो उस शो में ज़रूर जाएगी। वो अपनी ज़िद पर अड़ी रही, और आखिरकर उसने अपने पेरेंट्स को मना ही लिया। उसके सारे फैसले मन से होते थे, बस इसलिए, वो

दुनिया को बचकाने, उसके पेरेंट्स को खतरनाक, और उसे cool लगते थे।

"अब आगे क्या सोचा है?" योगिता के पापा ने लगभग एक महीना बाद ये सवाल योगिता से पूछा।

"अभी मुम्बई जाने का प्लान किया है... Arrangements हो गये हैं; म्यूज़िक का कोर्स है, कुछ 10 महीने का... वो करने के बाद देखते हैं आगे क्या हो सकता है।"

"कब से स्टार्ट होगा ये कोर्स?"

"This august.. तो अभी दो महीने और हैं; उस बीच घर पर ही थोड़ी बहुत प्रैक्टिस...।"

"So, are you sure, that you don't want to take job?"

"Yaa dad; I have decided, I don't want to lose my creativity by stucking into a 9:00 to 5:00 job."

"और ये कोर्स क्या है?"

"बहुत डिफरेंट है.. आपने कभी गाना सुना है?"

"हाँ सुना है।"

"कभी स्टोरी सुनी?"

"हाँ सुनी है।"

"क्या कभी आपने किसी स्टोरी का गाना सुना है?"

"स्टोरी का गाना! क्या कहना चाहती हो?"

"आपने इन दोनों को कभी साथ में नहीं सुना है न! ये कोर्स इसी के ऊपर है; Basically एक स्टोरी होगी, उस स्टोरी के ऊपर आपको पूरा म्यूजिक कम्पोज़ करना होगा जो उस पूरी स्टोरी को बयां करेगा, या यूँ कहें, वो कहानी के जज़्बात को म्यूज़िक के सुरों में उतार देगा... इस कोर्स का नाम है, 'Lived the story... Now live the music'."

"सुनने में तो अच्छा है; बस इसको पूरा कर लेना।" योगिता के पिता ने योगिता की सोच पर एक व्यंग्य किया।

''Dad, मैं कोई भाग नहीं रही हूँ; जॉब से; मुझे कुछ और करने का मन है, that's it.'' गुस्से में योगिता, खाने के बीच में ही उठकर चली गयी।

योगिता, अपने रिलेटिव्स और दोस्तों को ये समझाते-समझाते थक चुकी थी, कि उसने प्लेसमेंट क्यों नहीं लिया, और अब वो अपनी ग्रेजुएशन की फील्ड से कुछ अलग ही करेगी। उसके दोस्त और रिश्तेदारों के लिए ये बड़ा ही बेवकूफी भरा फैसला था। उनकी नज़र में वो जो भी कर रही थी उसका कोई तुक नहीं था। वे लोग योगिता को कभी समझ ही नहीं पाए, और वहीं दूसरी तरफ योगिता ये नहीं समझ पा रही थी कि उसके प्लेसमेंट न लेने से उसके दोस्त और रिश्तेदार इतने आश्चर्यचकित क्यों थे।

इन दोनों का आपस में एक दूसरे को न समझ पाने का कारण बिल्कुल साफ़ था। जहाँ एक तरफ योगिता के रिश्तेदारों के लिए ज़िन्दगी नफे-नुक्सान का एक कागज़ थी, वहीं दूसरी तरफ योगिता के लिए ज़िन्दगी उसके मन का एक पन्ना थी। पर वो ये नहीं जानती थी, कि ज़िन्दगी हर किसी को अपने मन की करने का मौका नहीं देती... ज़िन्दगी कुछ ही लोगों पर इतनी मेहरबान होती है।

दो महीने बाद...

जयपुर में बड़ी मुश्किल से दो महीने काटने के बाद योगिता, आखिरकर सपनों के शहर मुम्बई आ गयी। मुम्बई आने के बाद योगिता की ज़िन्दगी बड़ी तेज़ हो गयी थी; बिल्कुल उस शहर की तरह। वो ज्यादातर समय अपनी क्लासेज़ में देने लगी। और जो समय बच जाता था, उसमे कोई भी नावेल पढ़कर उसकी कहानी को अपने संगीत में उतारने का रियाज़ कर लेती थी। बचे हुए समय में रियाज़ करने का कारण, संगीत में उसका talent नहीं था, बल्कि वो काम था। वो काम था ही इतना creative, कि उसमें talent न होते हुए भी जुनून बनाया जा सकता था। संगीत के ज़रिये एक कहानी में जान डाल देना उतना ही अलग था, जितनी वो दुनिया से अलग थी।

योगिता की ज़िन्दगी में एक बार फिर से ठहराव आ गया। पर ये ठहराव उसने ख़ुद चुना था; उसे इस ठहराव से प्यार हो गया था। उसके मन में जो अपनी ज़िन्दगी में कुछ न करने पाने वाली फीलिंग थी, वो अब खत्म हो चुकी थी। अब उसको अपने दोस्तों को देखकर बुरा नहीं लगता था, बल्कि अब उसको अपने दोस्तों की ज़िन्दगी को देख, अपने decision पर गर्व होता था। क्योंकि जहाँ उसके दोस्त बाहर की दुनिया को खुश कर रहे थे, योगिता खुद को खुश कर रही थी। योगिता की ख़ुशी का कारण success कम, satisfaction ज्यादा था। उसके फैसले को एक लाइन में कहा जाए तो, *वो सारी लड़ाई को अपने आप से की हुई लड़ाई में बदल देने वाला फैसला था;* और लड़ाई जब अपने आप से हो, तो जीत और हार दोनों का ही कोई महत्त्व नहीं होता... और अगर किसी बात का महत्त्व होता है, तो वो निरंतर लड़ाई है।

अपने इस गर्व में, इस लड़ाई में, योगिता को मुम्बई में लगभग नौ महीने बीत गये। जहाँ जयपुर में उससे दो महीने नहीं कट पा रहे थे, मुम्बई में नौ महीने योगिता ने बड़ी आसानी से, बड़ी जल्दी काट दिए। इससे साफ़ था, कि योगिता को लोगों के सोचने से; उनके opinion से बहुत फ़र्क पड़ता था। वे लोग, जो अपने मन की करने के बाद ये कहते हैं, उन्हें दुनिया से कोई फ़र्क नहीं पड़ता, वे बिल्कुल झूठ बोलते हैं। फ़र्क उनको भी पड़ता है, परेशान वे भी होते हैं। लेकिन उनमें और आम लोगों में अंतर बस इतना होता है, कि आम लोग समाज के युद्ध के सामने अपने हथियार डाल देते हैं, वही योगिता जैसे लोग अपने मन के युद्ध के सामने अपने हथियार डाल देते हैं। इसलिए फ़र्क पड़ने के बाद भी वे लोग अपने मन की कर लेते हैं।

'ये नॉवेल तो दिमाग से ही निकल गयी थी।' अपनी किताबों की शेल्फ को जमाते हुए योगिता ने सोचा।

''True Love... ये नॉवेल शायद संगीत ही नहीं, और भी बहुत कुछ देगी मुझे। लास्ट मंथ है, फिर कोर्स खत्म हो जायेगा; उसके बाद इस नावेल को शुरू करती हूँ।''

अपना कोर्स खत्म करने के लगभग छः महीने में योगिता, छोटे-बड़े म्यूज़िक कॉन्सर्ट करने लगी। अब उसको अपनी ज़िन्दगी सही दिशा में

जाती हुई नज़र आ रही थी। वो रोज़ अपने मन को अपनी ज़िन्दगी से जी रही थी। उसके दोस्त, उसके रिश्तेदार; जो एक वक़्त, उसके फैसले में कोई तर्क नहीं देख पा रहे थे, अब केवल उसका नाम लेकर उसको जानने में गर्व महसूस कर रहे थे। वो स्वाभाविक भी था। हिंदुस्तान में रिश्तेदारों के बस दो ही काम होते हैं; या तो तुम्हारी हार पर थोड़ी टिप्पणी करके अपनी शाम की चाय के मज़ा ले लेना; या फिर तुम्हारी जीत पर फ़ख्र करके रात की मंडली में अपना कद बढ़ा लेना।

"चंदर please postpone this show." योगिता ने अपने event manager से कहा।

"सब bookings हो गयी हैं, अब तुम्हें क्या हुआ?"

"मैंने जो कहानी शुरू की थी, वो मैं खत्म नहीं कर पाऊँगी; मैं किसी दूसरी कहानी पर स्विच कर रही हूँ।"

"But why? हुआ क्या?"

"Please don't ask me... क्या हुआ, क्यों हुआ; बस तुम 15 दिन आगे बढ़ा दो।"

"Okay, मैं try करता हूँ।"

"Thanks चंदर; मुझे पता था, तुम सब मैनेज कर लोगे।"

"लेकिन 15 दिन से एक दिन भी ज्यादा नहीं.. ठीक है..?"

"हाँ बाबा पक्का... 15 दिन।"

"Okay bye..."

'Bbye.'

.   फोन रखने के बाद योगिता ने अपनी किताब True Love को आधे में छोड़कर उस किताब की एक लाइन को अपनी डायरी में लिख लिया। वो लाइन कुछ यूँ थी, *प्यार पढ़कर नहीं बल्कि जी कर समझा जाता है।* ये लाइन योगिता के दिमाग में इस तरह से घर कर गयी, कि योगिता अपने सच्चे प्यार को ढूँढ़नें पर मजबूर हो गयी। उसके बाद योगिता अपने True Love को किसी किताब में छोड़कर अपनी ज़िन्दगी में ढूँढ़नें लगी। कुछ

समय पहले जो योगिता ने सोचा था, वो सच हो रहा था। वो नॉवेल योगिता को संगीत से ज़्यादा... एक इरादा, एक लक्ष्य दे गयी। सच्चा प्यार... जीने का लक्ष्य।

योगिता की ज़िन्दगी अब फिर से बदल रही थी... उसका मन जो बदल रहा था। मुम्बई आने से पहले, उसे केवल अपने आपको दुनिया के सामने साबित करना था, अपने फैसले को लोगों के सामने prove करना था; पर अब योगिता को अपनी ज़िन्दगी को professional नहीं, personal level पर prove करना था, True Love को जी कर prove करना था।

जैसे-जैसे समय बदला, योगिता का लक्ष्य और उसका मन भी बदला। मुम्बई में संगीत पा लेने के बाद उसे अब उस अधूरी novel 'True Love' को जी के पूरा करना था। उसने फैसला कर लिया था, कि वो अपनी ज़िन्दगी में इस 'True Love' को जी कर ही मानेगी। अब संगीत उसका जुनून नहीं, बल्कि प्यार उसकी जिद बन गया था।

अगले डेढ़ साल में योगिता ने संगीत में बहुत नाम कमाया। छोटे शहर से लेकर बड़े शहर तक लगभग सबकी जुबां पर उसकी कहानी, उसके गीत थे। पर पिछले साल जो उसने खुद से अपनी ज़िन्दगी में एक सच्चे प्रेमी को ढूँढ़ने का वादा किया था, वो वादा अभी तक अधूरा ही था। ऐसा नहीं था कि इन डेढ़ सालों में योगिता ने किसी के साथ भी प्यार के धागे में बँधने की कोशिश नहीं की। वो तीन अलग-अलग रिलेशनशिप में रहकर खुद को तीन मौके दे चुकी थी, पर किसी के साथ भी वो सच्चे प्यार को जी नहीं पायी।

अपनी तीन ख़राब रिलेशनशिप को भूलने के बाद योगिता की मुलाक़ात संभव से हुई। संभव, मुम्बई में एक event management कंपनी चलाता था, जो हर छोटे बड़े event को manage करती थी। योगिता के कॉन्सर्ट के मैनेजमेंट का ज़िम्मा चंदर ने संभव को दे दिया। बस इसी तरह योगिता की संभव से पहली मुलाक़ात हुई। ये मुलाक़ात शायद उसकी सच्चे प्रेम की खोज को ख़त्म करने की एक शुरूआत थी।

PAR स्टेज lighting के बीच बैठी हुई एक लड़की, खुले बाल,

हाथों में गिटार और ribbon microphone. बंद आँखें, और मंद music के साथ सुरीली आवाज़ में एक गाने में पूरी कहानी बताती हुई... केवल उस कहानी को जी नहीं रही थी, बल्कि सबको जीने पर मजबूर भी कर रही थी। कहानी का नाम था, समय की इबादत। कहानी जितनी नयी थी, उसकी आवाज़ और उसका अंदाज़ उससे भी ज्यादा नया था। 11 मिनट में उसने 122 पन्नों की पूरी कहानी लोगों के दिलों में उतार दी। जिन लोगों की ज़िन्दगी में समय कम था, उन्होंने उस 11 मिनट के बाद आने वाले समय की इबादत सीख ली, और जिन लोगों की ज़िन्दगी में पहले ही समय की इबादत थी; उन्होंने उस 11 मिनट की इबादत कर ली।

"That was an awesome performance." संभव ने performance ख़त्म होने के बाद योगिता से कहा।

"I know.. अब आदत हो गयी है ये सुनने की..." योगिता ने अपने गिटार को बैग में डालते हुए, और Ray-Ban का चश्मा लगाते हुए कहा।

"पास ही कॉफ़ी शॉप है; वहाँ चलकर आराम से बात करें; यहाँ कितना शोर है।"

"कॉफ़ी शॉप, No.. Please..."

"क्यों, तुम कॉफ़ी नहीं पीती क्या?"

"पीती हूँ...but अभी मेरी थकान ब्राउन रानी नहीं, केवल लाल परी ही उतार सकती है।"

संभव कुछ समझ नहीं पाया।

"अरे बाबा.. Get me a drink."

संभव अब भी चुप खड़ा था।

"Ohh.. Let me guess you don't drink?"

"Hmm.. I don't drink."

"पूरी दुनिया को पिलाते हो, और खुद नहीं पीते... चलो मेरे लिए तो एक ड्रिंक ले आओ; then we will dance."

"तुमने यहाँ अभी परफॉर्म किया है; Are you sure, तुम यहाँ ड्रिंक

करके डांस करोगी?''

''डांस करना है, इसलिए तो पीना पड़ रहा है; क्योंकि होश में रही तो यहाँ मैंने परफॉर्म किया है, ये सोचकर कभी डांस नहीं कर पाऊँगी। संगीत जितना मुझे अपनी हकीक़त के पास ले कर आता है, शराब उतना ही दूर करती है। अभी 1 घंटे में मैंने खुद में खुद को बहुत बार पा लिया; बस... अब खुद से खुद को खोने का मन है। So.. please one Vodka redbull.''

''मैं अभी लाता हूँ।''

''ये तुम्हारी Vodka redbull.''

''Thanks संभव... और तुमने क्या लिया?''

''ऑरेंज जूस..।''

''एक बात कहूँ संभव तुमसे?''

''हाँ बोलो।''

''तुम parties organize करते हो, और खुद नहीं पीते, ऐसा क्यों?'' योगिता ने अपने ड्रिंक का पहला सिप लेते हुए कहा।

''पार्टी organize करवाना, ये मेरा काम है; और मैं पीता इसलिए नहीं, क्योंकि मैं कभी अपने आप को इस स्टेट में imagine नहीं कर पाता, कि मैं खुद को सँभाल न पाऊँ।'' अपने ऑरेंज जूस का पहला सिप लेकर संभव ने कहा।

''किसी sober से पहली बार न पीने का कोई ऐसा कारण सुना है, जो थोड़ा convincing लगा। वरना लोग तो वो ही shit logic देते हैं कि Drinking is not good for my health, that's why I don't drink. जैसे कि एक बार पियेंगे तो कैंसर हो जायेगा।'' अब योगिता की आवाज़ में और उसके ख़्यालों में शराब मिल चुकी थी।

''तुमने काफी पी ली है; मैं तुम्हें तुम्हारे फ्लैट पर छोड़ देता हूँ।''

''मैं खुद को सँभाल सकती हूँ, संभव।'' योगिता, टेबल से खड़ी तो हुई पर खुद को सँभाल नहीं पाई।

''Careful.. careful... योगिता सँभलकर।'' योगिता को पकड़ते हुए संभव ने कहा।

''मैं होश में हूँ; I don't need anyone...'' बहुत तेज़ चिल्ला-चिल्ला कर योगिता यही कहती रही।

संभव, योगिता को अपनी कार में बिठाकर उसको उसके फ्लैट में छोड़कर आया। वहाँ उसने योगिता का बिल्कुल उस तरह ध्यान रखा, जैसे एक बच्चे का रखा जाता है। उस रात से पहले उसको शराब हमेशा ख़राब चीज़ लगती थी, पर उस रात के बाद पहली बार उसको ऐसा लगा, अगर होश खोने के बाद आपको सँभालने वाला कोई हो, तो शराब इतनी भी बुरी चीज़ नहीं, क्योंकि तब वो दो लोगों को करीब लाने का काम करती है।

योगिता के कॉन्सर्ट के नंबर, और संभव-योगिता के मिलने के नंबर, अब दोनों बढ़ते गए थे। योगिता को संभव, उसका lucky charm लग रहा था। उसकी कम्पनी से organize किया हुआ योगिता का हर कॉन्सर्ट हिट हो रहा था। योगिता की ज़िन्दगी का ये वो टाइम था, जो हर artist की ज़िन्दगी में आता है; जो उसके carrier का peak पॉइंट होता है। पर योगिता के लिए successful कॉन्सर्ट के मायने अब कुछ नहीं थे। उसकी ज़िन्दगी का लक्ष्य बदल चुका था, उसको उसकी ज़िन्दगी में जो सच्चा प्यार चाहिए था वो उसका लक्ष्य था, और उस प्यार की झलक उसने एक नहीं कई बार, संभव में देखी थी। जैसे एक समय संगीत में नाम कमाना योगिता की इच्छा बन गयी थी, उसी तरह आज संभव के साथ सच्चे प्यार को जीना उसकी चाह बन गयी थी।

''तुम इतना शराब क्यों पीती हो, जब तुम खुद को सँभाल नहीं पाती?'' योगिता के घर के गेट को खोलते हुए, और योगिता को अपनी बाँहों में पकड़ते हुए संभव ने कहा।

''तुम हो न मुझे सँभालने के लिए।'' संभव की तरफ एक भोली सी स्माइल देकर योगिता ने कहा।

''चलो.. चलो... अब अन्दर।'' संभव ने योगिता का हाथ पकड़कर कहा।

संभव, जब तक घर में रौशनी करता, उसके पहले ही योगिता ने संभव के कंधे से हाथ हटाकर उसके चहरे पर हाथ रख दिया, और अपनी ज़िन्दगी में रोशनी करना चाही। संभव कुछ समझ नहीं पा रहा था, कि वो अब क्या करे। उसके लिए ये बड़ी अजीब situation थी, क्योंकि उस समय योगिता जो भी कर रही थी, वो शराब के नशे में कर रही थी, और वो पूरे होश में था।

योगिता ने दोनों हाथों से संभव को दीवार की तरफ धकेलकर अपने होठों को उसके होठों से लगा दिया। योगिता की आँखें बंद थीं, साँसें तेज़ थीं, और उसका दिल इस तरह धड़क रहा था जैसे फट जायेगा। संभव ने भी उस पल को अपना पल बनाकर उस पल को जी लिया। योगिता ने आखिर में संभव को अपने बदन से लगाकर अपना दिल हमेशा के लिए उसे दे दिया। वो रात ऐसी रात थी, जो हर आशिक की सबसे पहली और सबसे हसीन रात होती है। उस रात योगिता थी तो नशे में, पर उस रात का हर पल उसने इस तरह से जिया, कि उस रात की याद उसके लिए कभी धुँधली नहीं हो पायी। उस रात योगिता शराब के नशे के साथ इश्क के नशे में भी डूब गयी थी, और उस दिन उसकी सच्चे प्यार की जिद शायद पूरी हो गयी थी।

योगिता और संभव का ये मिलना लगभग तीन-चार महीने तक यूँ ही चला। योगिता ने एक बार फिर से अपनी उस डायरी को खोला, और उस लाइन, *'प्यार पढ़कर नहीं, बल्कि जी कर समझा जाता है।'* को हमेशा के लिए काट दिया; क्योंकि जिस मकसद से उसने उस लाइन को अपनी डायरी में लिखा था, अब वो उसको पूरा होता हुआ नज़र आ रहा था। वो सच्चे प्यार को जीने वाली थी।

इन चार महीनों के बाद योगिता और संभव ने शादी करने का फैसला कर लिया। जिस प्यार को जीने का वो बस ट्रेलर देख रही थी, उसको उस प्यार की अब पूरी पिक्चर जीनी थी। संभव भी योगिता से शादी के लिए तैयार था। योगिता ने एक बार फिर अपने मन के कहने पर शादी का फैसला बड़ी जल्दी ले लिया।

''Hello योगिता... चंदर here।'' चंदर ने थोड़ा गुस्से में कहा।

''Yaa चंदर।''

''Why are you doing this ?'' चंदर ने कहा।

''क्या हुआ? क्या किया मैंने?''

''तुम जानती हो, तुम अपने carrier के peak पर हो; फिर शादी करके क्यों सब कुछ बर्बाद करना चाह रही हो?''

''चंदर relax.. ऐसा कुछ नहीं है; तुम तो संभव को जानते ही हो... उसको मेरे कॉन्सर्ट से, मेरे shows से कभी कोई प्रॉब्लम नहीं होगी।''

''योगिता, तुम्हें तो पता है.. शादी के बाद एक आर्टिस्ट की लाइफ, उसका carrier, सब कुछ बदल जाता है... एक बार और सोच लो योगिता।''

''Don't worry चंदर; कुछ नहीं बदलेगा, सब कुछ वैसा ही रहेगा... Infact संभव के साथ मुझे और ज्यादा support मिलेगा।''

''मैं आखिर में केवल बोल ही सकता हूँ; At the end it's your decision, बस थोड़ा सोच लेना, क्योंकि carrier और family, इनकी ज्यादा बनती नहीं है; किसी एक चीज़ को पूरा करने जाओ, तो दूसरी चीज़ के साथ compromise करना पड़ता है।''

''Chill चंदर, कुछ नहीं होगा।''

चंदर की चिंता जायज़ थी। ज़िन्दगी में परिवार और करियर ऐसे दो रास्ते होते हैं, जिनमें से किसी भी एक में ज्यादा चल लो तो दूसरा खुद-ब-खुद छूटने लगता है। पर दो तरह के लोग होते है जो इस चिंता को समझ नहीं पाते। पहले वे, जो करियर के शिखर पर होते हैं, और परिवार की लालसा रखते है, और दूसरे वे, जो परिवार के प्यार में होते हैं, और सफल करियर की इच्छा रखते हैं।

योगिता ने भी अपने प्यार को हर पल जीने की लालसा में सब चीजों को नजरअन्दाज कर दिया। शादी के लगभग 6 महीने तक तो सब कुछ ठीक था, पर उसके बाद उसको ये एहसास होने लगा, कि जिस प्यार को वो सच्चा प्यार समझ रही थी, वो तो बस कुछ पल का आकर्षण था। उसको ये पता चल गया, कि हर पल एक दूसरे में बँधे रहना, एक दूसरे पर निर्भर

रहना, प्यार हो ही नहीं सकता, क्योंकि प्यार तो आज़ाद करता है, बाँधता नहीं। वो संभव की उस insecurity से परेशान हो चुकी थी, जहाँ शादी के पहले वो सब कुछ संभव के साथ शेयर करती थी, अब वो उसे कुछ भी बताना ज़रूरी नहीं समझती थी।

"तुम इतनी देर रात तक शराब पीकर घर आती हो, मुझे ये बिल्कुल पसंद नहीं है।'' संभव ने कहा।

"ये तो तुम्हें शादी से पहले सोचना चाहिए था संभव।''

"मुझे पता होता अगर, तुम्हारा शादी के बाद भी ऐसा ही रवैया रहेगा, मैं तुमसे कभी शादी नहीं करता।''

"तो छोड़ दो न मुझे।'' योगिता बस इतना कहकर अन्दर चली गयी।

उस रात के बाद योगिता समझ चुकी थी, कि इस रिश्ते को ज्यादा खींचने से किसी का भी फायदा नहीं है। उसने अपने पुराने फ्लैट में फिर से शिफ्ट होना ठीक समझा, और जाते-जाते संभव के लिए divorce paper के साथ एक मैसेज भी छोड़ दिया।

तुमसे मिलकर मुझे ऐसा लगा था, मुझे मेरी ज़िन्दगी का सच्चा प्यार मिल गया है। उस प्यार को अपने हर दिन, हर रात, करीब रखने के लिए मैंने तुमसे शादी कर ली। लोग आज तक मुझे समझ नहीं पाए। उनकी नजर में मैंने हमेशा बचकाने फैसले ही लिए हैं। पहले कॉर्पोरेट ज़िन्दगी को छोड़ म्यूजिक में आकर, फिर म्यूजिक में अपने carrier के peak पर शादी करके, और अब 6 महीने में divorce लेकर। उनके लिए ये एकदम पल भर में, बिना कुछ सोचे-समझे लिए हुए फैसले हैं। पर मैं ऐसी ही हूँ। मैंने हमेशा अपने मन की ही सुनी है, बस इसलिए तुमसे कह रही हूँ, मुझे मनाने की कोशिश मत करना, क्योंकि मैंने अपना मन बना लिया है। संभव, तुम ये बिल्कुल मत समझना कि मैंने तुम्हें इसलिए छोड़ा है, क्योंकि तुमने मुझे संगीत छोड़ने के लिए कहा था। अगर तुम हमारे प्यार के लिए संगीत छोड़ने को कहते, तो मैं हँसते-हँसते छोड़ देती; पर तुमने तो अपनी ज़िम्मेदारियों के लिए मुझसे मेरे संगीत को अलग करना चाहा। बस, अब मैं तुमसे अलग हो रही हूँ... मुझे न अब कोई कॉल करना, न कोई मैसेज करना, क्योंकि मैं

तुम्हें और तुम्हारे नंबर को हमेशा के लिए अपनी ज़िन्दगी से ब्लॉक कर रही हूँ।"

अक्सर ज़िन्दगी में एक बार ठोकर खाने के बाद उसी चीज़ को फिर से खोजना नामुमकिन सा होता है, पर योगिता ने अपनी शादी तोड़ने के बाद भी उस खोज को जारी रखा। उसका कारण या तो हर बार की तरह उसकी जिद थी, या फिर सच्चे प्रेम की तमन्ना। योगिता ने उस कटी लाइन, 'प्यार पढ़ कर नहीं बल्कि जी कर समझा जाता है।', को एक बार फिर से अपनी डायरी और ज़िन्दगी में उतार दिया, और अपने True love की खोज उसने एक बार फिर से शुरू कर दी।

उस खोज में योगिता ने अब तक केवल खोया ही था, और उसका आगे का सफ़र भी आसन नहीं रहा। उसे कॉन्सर्ट मिलने बंद हो गये। खैर, इसमें केवल समय का नहीं, बल्कि संभव का भी बड़ा हाथ था। अपने बुरे समय और संभव से बचकर, जो थोड़े बहुत कॉन्सर्ट योगिता को करने को मिलते, उसमें भी उसे सुनने बहुत कम लोग आया करते थे। योगिता के carrier का वो सबसे ख़राब समय था। अब उसको चंदर की उस चिंता का कारण समझ आया... पर उसे उसका कोई पछतावा नहीं था। अपने मन से लिए फैसलों का यही फायदा होता है; चाहे उन फैसलों के कारण दुःख कितना भी मिल जाए, पर पछतावा नहीं होता। पर हमारे समाज में लोग दुःख को कम करना चाहते हैं, पछतावे को नहीं। शायद इसीलिए आज भी logic बहुत over-rated चीज है, और emotion बहुत under-rated.

अपनी खोज, अपने रिलेशनशिप, और अपने करियर से हारकर योगिता ने अपने घर जयपुर वापस जाने का फैसला ले लिया। लोगों के लिए ये भी योगिता का गलत फैसला था, पर योगिता के लिए ये बिल्कुल ठीक था, क्योंकि ये भी उसके मन का फैसला था।

जिस चीज़ को पाने के लिए वो मुम्बई गयी थी, वो उसे उसके सफ़र के शुरूआती दौर में ही मिल गया था। वे संगीत के माध्यम से जो नाम कमाना चाहती थी, जो come back करना चाहती थी, वो comeback उसे मिल गया था। संगीत में नाम कमाने के बाद मुम्बई, योगिता के लिए वो

जगह बन गयी, जहाँ से वो अपने सच्चे प्यार का महल बनान के लिये पहली ईंट रखती। पर योगिता ये कहाँ जानती थी, कि समय के बवंडर के सामने ज़िन्दगी की नींव तक हिल जाती है, और सच्चे प्यार को पाने की तलब, उसे संगीत और मुम्बई दोनों छोड़ने पर मजबूर कर देगी। योगिता ने कभी ये सोचा नहीं था कि उसके वापस लौटने की वजह भी वही मन बनेगा, जिसके कारण वो मुम्बई गयी थी। वही मन, passion को छोड़कर प्यार को ढूँढ़ने में लग जायेगा, और ढूँढ़ते-ढूँढ़ते ऐसे मोड़ पर पहुँच जाएगा, जहाँ से वापस आने का एक ही रास्ता होगा; सब कुछ छोड़कर घर जाने का रास्ता।

एक साल बाद

योगिता को जयपुर आये लगभग एक साल हो चुका था। वो अपने ही शहर में एक फ्लैट रेंट पर लेकर अकेले इंडिपेंडेंट रह रही थी। उस एक साल में उसने एक छोटी सी singing academy खोल ली, जिसमें वो छोटे बच्चों को संगीत सिखाती थी। उस academy को अपनी आगे की ज़िन्दगी मानकर, और अपने सच्चे प्यार की जिद को एक झूठा सपना समझकर, वो ज़िन्दगी में आगे बढ़ रही थी, पर समय और नियति कुछ और चाहते थे... वे उसको सच्चा प्यार महसूस करवाना चाहते थे।

"तू कहाँ है यार? तेरा नंबर भी बदल गया... कितनी कोशिश की यार, तेरा नंबर लगा ही नहीं।'' नंदनी ने योगिता को देखते ही कहा।

"हाँ यार..।'' योगिता ने दो लफ्जों में अपनी पूरी कहानी समेट ली।

"मैं तेरे घर भी गयी, वहाँ पता चला कि तू जयपुर में ही है। साल भर पहले पूरी दुनिया को योगिता के पल-पल की खबर रहती थी; अब तू ऐसी बेखबर हुई, कि दोस्तों को भी नहीं पता कि तू कहाँ है।''

"ऐसा कुछ नहीं है, बस अब वो सब छोड़ दिया।''

"वैसे बहुत सवाल हैं मेरे मन में, कि तू मुम्बई से वापस क्यों आ गयी? तूने इतने अच्छे carrier को क्यों छोड़ दिया? पर अभी नहीं; तसल्ली से तुझसे बात करूँगी... अभी तो बस मैं तुझे ये कार्ड देने आई

हूँ।''

''तू शादी कर रही है?'' शादी के कार्ड को देखते हुए योगिता ने कहा।

''हाँ यार, मैं शादी कर रही हूँ।''

''पर तेरी जॉब में तो लगातार travel करना होता है; और तूने ही कहा था कि इस कारण से तू कभी शादी नहीं करेगी; शादी के कारण अपने carrier के साथ कभी compromise नहीं करेगी।''

''हाँ कहा था यार; पर अब मैं ही कह रही हूँ, कि मैं शादी कर रही हूँ। रोहन बहुत understanding है; वो मेरे काम का, और मेरे परिवार का बहुत respect करता है... सबसे बड़ी बात ये, कि वो मुझसे सच्चा प्यार करता है।''

''सच्चा प्यार?'' योगिता के चेहरे पर वैसी ही मुस्कान थी, जैसी तजुर्बे में एक सीढ़ी ऊपर किसी इंसान के चेहरे पर होती है; और वो experienced person अपने experience से सब कुछ predict तो कर लेता है, पर कुछ कह नहीं पाता।

''हाँ यार; वो फिल्मों में नहीं दिखाते; एकदम वैसा वाला। पहले तो मुझे ये सब बकवास लगता था, पर रोहन के आने के बाद प्यार शब्द का सही मतलब मुझे पता चला। उसके साथ जिये पलों में मैंने सच्चे प्यार को जिया है, और अब पल-पल उस प्यार को जीना चाहती हूँ।''

ये बात योगिता की केवल सुनी हुई नहीं, बल्कि जी हुई थी। नंदनी की बात सुनकर योगिता की मुस्कराहट ने चुप्पी का रूप ले लिया।

''चल अभी वो सब छोड़... तू शादी में आ रही है।''

''कार्ड की क्या ज़रूरत थी; मेहमान बनकर थोड़ी, हक से आऊँगी तेरी शादी में।''

''बिल्कुल यार... अब हक से एक चीज़ मैं भी माँग लूँ तुझसे?''

''बोल न क्या चाहिए?''

''मैं चाहती हूँ कि तू मेरी शादी में perform करे; प्लीज! केवल एक

गाना।''

''नहीं यार.. वो सब छोड़ दिया।''

''मुझे पता है, तूने छोड़ दिया है, पर please मेरे लिए कर दे; और तेरे लिए भी change होगा।''

''मैं कहानी पर ही perform करती हूँ... अभी मैंने कहानी पढ़ना भी छोड़ दिया है... बहुत मुश्किल होगा कोई कहानी ढूँढ़ना, और उस पर गाना बनाना।''

''मुझे पता था कि तू मना करेगी, इसलिए मैं कहानी खुद साथ लाया हूँ। ये novel बहुत famous है; इससे बना ले कुछ।''

'True love' योगिता के सारे पुराने जख्म ताज़े हो गए।

''हाँ True love; बहुत अच्छी कहानी है... तू बहुत कुछ बना सकती है इस पर।''

''ठीक है, तू इतना बोल रही है तो मैं कर दूँगी।'' ऐसा नहीं था कि योगिता, नंदनी की बात मान रही थी। इस बार भी योगिता ने अपने मन की ही की थी। वो नियति को और अपनी किस्मत को एक मौका और दे रही थी।

नंदनी की शादी में योगिता ने तारीफ़ के साथ बहुत से सवाल भी बटोरे। अब वो सवालों से भागकर नहीं, बल्कि उनके जवाब देकर उनका सामना कर रही थी। उस show के बाद योगिता फिर अपने घर में रहने लगी, अपने माता-पिता के साथ। और उस दिन नंदनी की शादी में perform करने के बाद योगिता, छोटे-मोटे concert जयपुर में ही कर लिया करती थी। पर अब वो गाने किसी को prove करने के लिए नहीं, और न ही कोई comeback के लिए; बल्कि खुद के लिए करती थी। अब वो परफॉर्म, न संगीत के जुनून के लिए करती थी, न प्यार की जिद के लिए करती थी... अब वो परफॉर्म केवल और केवल खुद के लिए करती थी।

अपनी पूरी कहानी बयां करने के बाद योगिता, अपनी पूरी कहानी, पूरी ज़िन्दगी का सार, नंदनी को देने वाली थी। और ये कहानी, ये सार, नंदनी अच्छे से समझ सकती थी। उसने भी तो बिल्कुल इस तरह की कहानी जी थी। वो होता ही है; कहानी का अर्थ कहने वाले से ज्यादा सुनने वाले पर निर्भर होता है, बस इसलिए नन्दनी उस बात को समझने में समर्थ थी।

''तूने अपनी पूरी कहानी तो मुझे सुना दी, पर True love शब्दों में तेरे लिए है क्या?'' नन्दनी ने कहा।

''सच्चा प्यार, मेरे लिए पल भर का एक एहसास है; वो एहसास, जो दूर रहने पर और बढ़ता है। तूने ये तो सुना ही होगा कि सच्चा प्यार कभी पूरा नहीं होता... ये बिल्कुल सच बात है। जो प्यार पूरा हो जाये, वो सच्चा नहीं रहता; वो बँधन बन जाता है। और जो पूरा नहीं होता, उसको हम कहानी में, कविता में और हमारी सोच में जी कर अमर और पवित्र करते रहते हैं। ये तो जीवन का सच है, कि अगर हमारे मन की दुनिया, जीने के लिए वरदान है, तो असल दुनिया उसी जीवन के लिए अभिशाप है।''

''फिर तो सच्चा प्यार मिलने का एक लालच हो गया?''

''लालच नहीं यार.. लालच बड़ा बुरा शब्द है; सच्चा प्यार तो मिलने की तमन्ना है, और तमन्ना तो दूर रहने पर बढ़ती है। जब ये तमन्ना कहानी, कविता के माध्यम से हमारी कल्पना में पूरी हो जाती है, तो बस उस पल का नाम ही सच्चा प्यार है।''

''कहानी और कविता में तो चल ठीक है, पर जब कोई लड़का लड़की साथ नहीं हो पाते, तो कई बार वो ज़िन्दगी भर एक दूसरे का इंतज़ार करते रहते हैं; क्या वो सच्चा प्यार नहीं है?''

''वो ही सच्चा प्यार है; क्योंकि वे साथ नहीं हैं। अगर कोई लड़का लड़की किसी परिस्थिति के कारण अलग हो जाते हैं, तो उनकी तमन्ना अधूरी रह जाती है; और वो तमन्ना इतनी ज्यादा होती है, कि वो ज़िन्दगी भर

के इंतज़ार का रूप ले लेती है।''

''तो ये तमन्ना वाली बात हर रिश्ते में होती है ?''

''तूने अपने और मेरे रिश्ते में तो ये बात देख ही ली। अपन दो प्रेमियों के रिश्ते को छोड़कर, एक अलग रिश्ते में इस चीज़ को समझते हैं। मान ले कि एक लड़का है, वो ग्रेजुएशन के बाद MBA करना चाहता है। उसके लिए IIM, उस समय, जब वो preparation कर रहा है, सच्चा प्यार है। अब एक बार के लिए मान ले कि उसका IIM में सेलेक्शन हो भी गया। तैयारी के वक़्त जो उसका IIM के लिए प्यार था, ठुरागें जाने के बाद वो नहीं रहेगा। पर अगर उसका IIM में नहीं हुआ, तो ज़िन्दगी भर उसको IIM से प्यार रह जायेगा, क्योंकि उसने वहाँ IIM को पाया नहीं, बल्कि खो दिया, इसलिए प्यार अभी भी जिंदा है।''

''तू अपने carrier में ही ये देख ले; जब तेरा carrier start नहीं हुआ था, तब तूने इस जॉब के लिए क्या कुछ नहीं किया। और फिर तूने शादी के लिए अपनी जॉब छोड़ दी; क्योंकि तुझे लगा, रोहन तेरा सच्चा प्यार है। और जब रोहन मिल गया, तो अब तू शादी छोड़ रही है। इनमें से कोई भी चीज़ अगर तुझे नहीं मिलती, तो तेरी अधूरी तमन्ना ज़िन्दगी भर के लिए तुझे उस चीज़ के साथ सच्चे प्यार में डाल देती।''

''तूने कभी True love महसूस किया है ?''

''हाँ किया; और हर पल करती हूँ; Infact तेरे ही कारण किया है।''

''मेरे कारण कैसे?'' नन्दनी ने पूछा।

''तेरी शादी में जो मैंने परफॉर्म किया था, उस समय, उससे पहले वो नॉवेल True love, मैंने आधे में, यह लाइन पढ़कर *'प्यार पढ़कर नहीं, बल्कि जी कर समझा जाता है'*, छोड़ दी थी, और अपनी ज़िन्दगी में True love को ढूँढ़ने लगी थी, यह सोचकर, कि प्यार पढ़कर नहीं, बल्कि जी कर समझा जाता है। पर तेरे कारण मैंने वो novel फिर से पढ़ी और उस पर perform भी किया। उस 6 मिनट के performance में मैंने उस कहानी को अपने मन में जीया था। उस 6 मिनट में जो मैंने एहसास किया, वो ही सच्चा प्यार था। अब, जब भी उस दिन के बारे में सोचती हूँ, मैं सच्चे प्यार

को हर बार महसूस करती हूँ, उस दिन के बाद मैंने अपनी डायरी से, अपनी ज़िन्दगी से, उस लाइन, *'प्यार पढ़कर नहीं, बल्कि जी कर समझा जाता है'*, को हमेशा के लिए काट दिया है, और एक नयी लाइन, *'प्यार न पढ़कर न जीकर, प्यार तो केवल खोकर समझा जाता है'*, को अपनी डायरी में, अपनी ज़िन्दगी में हमेशा के लिए लिख दिया।

"तूने बोला, प्यार खोकर समझा जा सकता है; पर उस 6 मिनट के performance को तूने पा लिया, तो वो सच्चा प्यार कैसे हुआ?"

"मुझे प्यार उस 6 मिनट के performance से नहीं हुआ; मुझे प्यार उस 6 मिनट में, अपने दिमाग में जी हुई उस True love कहानी से हुआ है।"

"तो बाद की आधी नॉवेल से तुझे पता चला कि True Love क्या है? क्या उस नावेल में writer ने उन दो प्रेमियों को अलग करके True love को समझाया है?"

"अरे बेवकूफ, नहीं... उस नॉवेल में तो वे दोनों प्रेमी मिल जाते हैं। वो तो एक happy ending है।"

"तो फिर?" नंदनी ने कम शब्दों में बहुत बड़ा सवाल पूछ लिया।

"उस नॉवेल में एक लड़का समय, और एक लड़की लविना थी। समाज और परिस्थितियों के कारण काफी उतार-चढ़ाव सहने के बाद आख़िरकार वे मिल ही जाते हैं। उन दोनों के बीच में प्यार को बहुत खूबसूरती से दिखाया गया है। शायद इसीलिए संगीत छोड़, मैं भी उसे ढूँढ़ने लगी थी। मगर जब मैंने वो पूरी नावेल पढ़ी, उस पर perform किया, तब उनके बीच के सच्चे प्यार को मैंने अपने दिल में जिया। उस 6 मिनट के लिए मैं लविना थी, और उस 6 मिनट में मैंने हर वो चीज़ महसूस की, जो उस कहानी में लविना कर रही थी। बस उस 6 मिनट में जिये हुए एहसास का नाम ही मेरे लिए सच्चा प्यार है। उस performance के बाद मुझे पता चला, कि सच्चा प्यार कोई हमेशा अपने पास रखने की चीज़ नहीं, बल्कि पल भर अपने पास रखकर, बार-बार महसूस करने की चीज़ है। अब वो पल, वो लम्हा, वो एहसास सब कुछ ही सच्चा प्यार है।"

योगिता सही थी; क्योंकि प्यार किसी रिश्ते का नाम नहीं, बल्कि प्यार तो केवल एक एहसास का नाम है, एक पल का नाम है; जिसे खोने पर, और पाने की चाह में महसूस किया जा सकता है; या फिर उस खोये हुए को किसी कविता में, किसी कहानी या अपनी कल्पना में जी कर पाया जा सकता है।

योगिता जब संभव से मिली, और नंदनी जब रोहन से मिली, तब वे उस True love नॉवेल की लविना ही थीं। और उसी की तरह सच्चा प्यार महसूस कर रही थीं। जब तक वे प्रेमी थे, तब तक प्यार ज़िंदा था, मगर जब बंधन में बंधे, तो प्यार ने बंदिशों का रूप ले लिया, सब कुछ पा तो लिया मगर प्यार को खो दिया।

योगिता की कहानी केवल एक कहानी नहीं थी, बल्कि दुनिया के लिए अपने आप में एक सीख थी। ऐसे शायद कम ही लोग होते हैं जो खुद जी कर दुनिया को एक नयी सोच दे देते हैं। योगिता की कहानी उन्हीं लोगों की कहानी की तरह थी। उसकी ज़िन्दगी को जितना समझा जाए, उतना कम है। उसकी कहानी को समझने की एक आखिरी कोशिश मैंने अपनी इस नज़्म में की है।

- चिराग खत्री

उम्मीद, ख़्वहिश, तमन्ना; शायद है इनका दूसरा नाम

पल भर रहता साथ में, फिर हो जाता बेनाम....

अधूरा होकर ये मुकम्मल हो जाता....

पूरा होकर ये कच्चा रह जाता.....

अफसानों से इसका जन्म होता,

हकीक़त तक पहुँचते ये धुँधला होता

लत, आदत, नशा, ये इसकी शुरूआत है

वादा, व.फ़ा, इखलास, अंत में होती ये बात है

आत्मा ही इश्क की एक परछाई है

झूठी ही सही, पर असल दुनिया से सुन्दर दिखाई है

छूने की चाह में मिट जाती है

पाने की आस में घूम जाती है
आज़ादी, अदृश्यता इसका स्वभाव है
केवल महसूस करना ही इसका भाव है
जीत लिया जाए जो, वो कोई इश्क़ नहीं
पूरी जो हो जाए, वो कोई आशिक़ी नहीं
शतरंज का ये पूरा खेल है
राज्य की क़ुर्बानी और रानी का मेल है
इस पूरी लीला में, दिल ही है जो हारता
शायद इसलिए, ये सच्चा प्यार कहलाता।

* * *

लक्ष्य ने उसकी नज़र में True love को कहानी से समझा के ख़त्म किया। दिग्विजय के चेहरे पर कुछ अलग से सवाल लिखे थे।

"ये है मेरी नज़र में True love... समझ गये?" लक्ष्य ने कहा।

"मैंने पहले भी कहा था, मुझे ये सब थोड़ा कम ही समझ में आता है; अभी भी, सब कुछ एकदम clear नहीं हुआ।" दिग्विजय ने कहा।

"कुछ नहीं है यार... इसको आसान शब्दों में ऐसा समझ ले, कि 'Love is not a relationship, it is a feeling.' इस कहानी का मतलब exactly ये नहीं है, पर आसान शब्दों में तू ये भी मान सकता है।" समर्थ ने कहा।

"भैया! वो कैंटीन का टाइम खत्म हो गया है; आप उठ जाओ तो मैं सफाई कर लूँ।" छोटू ने पूरी बातचीत को तोड़ते हुए सबसे कहा।

"अबे.. 12:00 बज गए; पता ही नहीं चला।" लक्ष्य ने घड़ी की तरफ देखते हुए कहा।

"कैंटीन बंद हो रही है, और मेस खुल गयी होगी; खाकर ही रूम पर चलते हैं, नहीं तो फिर से भूख लगने लगी है।" दिग्विजय ने कहा।

"अभी यहाँ इतना खाया है; अब फिर से मेस में चलकर खाना है?"

समर्थ ने कहा।

“नहीं.. दिग्विजय सही बोल रहा है; चलते हैं.. वहीं पर बैठक को आगे continue करेंगे।” इमरान ने कहा।

“चलो फिर..।” सब वहाँ से उठकर काउंटर की तरफ गए।

“कितने पैसे हुए गुड्डू जी?” लक्ष्य ने कहा।

“एक सौ पन्चानबे।”

“रुक मैं देता हूँ।” समर्थ ने कहा।

“रहने दे..है मेरे पास, देता हूँ मैं।” लक्ष्य ने कहा।

“ये लो गुड्डू भैया।” 200 रुपये देते हुए लक्ष्य ने कहा।

“क्या गुड्डू जी, फिर से 5 रुपये का token।” लक्ष्य ने कहा।

“लक्ष्य भाई, आपकी ही कैंटीन है; कभी भी आकर कैश कर लेना,” गुड्डू जी ने कहा। “मैं कब से आपकी बात सुन रहा था; आपकी बातों से, और आपके किस्सों से ही तो चल रही है ये कैंटीन। इतनी बातें हैं, इतने किस्से हैं, कि एक किताब बन जाए।” गुड्डू जी ने अपनी बात को आगे बढ़ाते हुए कहा।

“अरे गुड्डू जी, लेखक तो हमारा ये दोस्त है; ये लिखेगा किताब।” समर्थ के कंधे पर हाथ रखते हुए लक्ष्य ने कहा।

“बिल्कुल लिखूँगा.. और जिस दिन किताब publish होगी, उस दिन सबसे पहली कॉपी आपको खरीदनी होगी गुड्डू जी; क्योंकि ये सारे किस्से आपकी कैंटीन की ही देन हैं।” समर्थ ने कहा।

“ये किस्से हमारी कैंटीन की नहीं, बल्कि आपकी दोस्ती की देन हैं।”

गुड्डू जी की ये बात सुनकर, वे सब अपनी दोस्ती, और इन किस्सों के और नए धागे रचने, अपने मेस की ओर चल दिए।

।। समाप्त ।।